JN072318
ブラックガンズ・マフィアガール
BLACK GUNS MAFIA GIRL

VRSNS FUGITIVE PUBLICITY **EIGHT MOST WANTED FUGITIVE**

Crime Alert Maria Polovelosi

WANTED BY THE VRSNS

ARMED AND EXTREMELY DANGEROUS

Maria Polovelosi

マーリア・ポロヴェロージ
Maria Polovelosi

DETAILED INFORMATION

〈ウルヴズ・ファミリー〉の殺し屋。
仲間や自分の死を気にかけず、当然、敵にも加減はしない。

REWARD: the VRSNS is offering $5,000,000 for information leading to the apprehension of Maria

VRSNS FUGITIVE PUBLICITY **EIGHT MOST WANTED FUGITIVE**

Crime Alert Naoto Hino

WANTED BY THE VRSNS

ARMED AND EXTREMELY DANGEROUS

Naoto Hino

日野ナオト
Naoto Hino

DETAILED INFORMATION

高校一年生の男子。
女性と間違えられるほど可憐な美少年だが、
内気で人見知り。

REWARD: the VRSNS is offering $10,000,000 for information leading to the apprehension of Naoto

VRSNS FUGITIVE PUBLICITY **EIGHT MOST WANTED FUGITIVE**

Crime Alert Tojo

WANTED BY THE VRSNS

ARMED AND EXTREMELY DANGEROUS

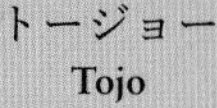

トージョー

Tojo

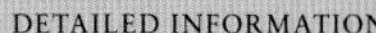

DETAILED INFORMATION

〈ウルヴズ・ファミリー〉の相談役で、マーリアの師匠。
初代ボス・リヴィオと〈ウルヴズ・ファミリー〉を、
そして電賊という存在とそのルールを作った。

REWARD: the VRSNS is offering $20,000,000 for information leading to the apprehension of Tojo

Tojo

VRSNS FUGITIVE PUBLICITY **EIGHT MOST WANTED FUGITIVE**

Crime Alert Aaron Torres

WANTED BY THE VRSNS

ARMED AND EXTREMELY DANGEROUS

アーロン・トーレス

Aaron Torres

DETAILED INFORMATION

マーリアとよくチームを組む〈ウルヴズ・ファミリー〉
構成員。
出身は元アメリカ軍情報部。

REWARD: the VRSNS is offering $300,000 for information leading to the apprehension of Aaron

Aaron Torres

VRSNS FUGITIVE PUBLICITY **EIGHT MOST WANTED FUGITIVE**

Crime Alert Fornara Piazzella

WANTED BY THE VRSNS

ARMED AND EXTREMELY DANGEROUS

Fornara Piazzella

フォルナーラ・ピアッツェラ
Fornara Piazzella

DETAILED INFORMATION

〈ウルヴズ・ファミリー〉二代目ボス。
ボスに交代して以降、暴君ぶりを発揮している。

REWARD: the VRSNS is offering $30,000,000 for information leading to the apprehension of Fornara

VRSNS FUGITIVE PUBLICITY **EIGHT MOST WANTED FUGITIVE**

Crime Alert Misumi Linca

WANTED BY THE VRSNS

ARMED AND EXTREMELY DANGEROUS

Misumi Linca

リンカ・ミスミ
Misumi Linca

DETAILED INFORMATION

フォルナーラが拾って育てた凄腕のグリッチャー。
主に幹部やボスの近接警備を担当。

REWARD: the VRSNS is offering $1,000,000 for information leading to the apprehension of Linca

Crime Alert Kanna Kotobuki

VRSNS FUGITIVE PUBLICITY **EIGHT MOST WANTED FUGITIVE**

WANTED BY THE VRSNS

ARMED AND EXTREMELY DANGEROUS

Kanna Kotobuki

寿カンナ
Kanna Kotobuki

DETAILED INFORMATION

ナオトが所属するVR文化検証部の部長。
勇気があり、柔軟。

REWARD: the VRSNS is offering $0 for information leading to the apprehension of Kanna

Crime Alert Livio Piazzella

VRSNS FUGITIVE PUBLICITY **EIGHT MOST WANTED FUGITIVE**

WANTED BY THE VRSNS

ARMED AND EXTREMELY DANGEROUS

Livio Piazzella

リヴィオ・ピアッツェラ
Livio Piazzella

DETAILED INFORMATION

〈ウルヴズ・ファミリー〉初代ボス。
１年前に暗殺されている。フォルナーラの父親。

REWARD: the VRSNS is offering $50,000,000 for information leading to the apprehension of Livio

マーリア・ポロヴェロージ

CONTENTS

BLACK GUNS MAFIA GIRL

ブラックガンズ・マフィアガール

扇 友太

MF文庫J

口絵・本文イラスト●tatsuki

序章　消された少女

十歳で、少女は悟った。自分はまったく無価値な人間だと。

両親はいない。今年、勤務先の研究所が襲撃に遭って死んだ。

それはいい。突然の不幸ですべてを失う人は、世界中にいる。

問題は、少女が現場にいて、すべてを失うところを眺め続けていたことだ。

なにもできなかった。ただ竦み、救助がくるのを待っていただけだ。

あのとき、自分が動かなければならなかった。いや、存在してはならなかった。

自分がいなければ、数万の命を救えた。少女はイヤというほど、それを教えられた。

苦しかった。だから願った。すべてから逃げたいと。

この事実からも。両親の死からも。世界中の呪いからも。

少女はそこまで考えて、自分が噂どおりの無価値な人間だと思い知った。

両親がどれだけ偉大で、そして、自分を愛してくれていたかは知っている。普通の人情もあれば、その愛を大切にするだろう。しかし彼女はそうしなかった。

両親の偉大さを恨めしく思った。人として腐っていると、我ながら思った。

無価値な人間。無価値な人生。

そんな生にも、慰みは要るらしい。保護施設の人たちがクリスマスに子供たちへ贈ったブレスレット型神経リンクデバイスには、少女も興味を惹かれた。

別段、特別なことはなかった。施設の子供たちと同様に、世界規模で流行っているネットワーク・サービスのアカウントを作るところまでは。

「……これは？」

自室でリンクデバイスが虚空に映し出す立体ウィンドウに魅入られていると、メール受信通知がきた。作ったばかりのアドレスにだ。初期設定に関するものかと思い、指先を立体ウィンドウへ伸ばして、メールに添付されていたファイルを開いた。

そして指先から脳天までショックが巡り、彼女の人生は激変した。

無価値な人間が、価値あるお宝に手を伸ばせる権利を手にしたのだ。

この世で、もっとも大切なものを〝失う〟ことによって。

一章　狼と少年

深夜〇時二〇分になっても、この世界は眠らない。長方形や曲刀形の高層ビル群を、無数の照明と立体ウィンドウ広告が煌々と照らしている。

そんなビル通りの端に、一台のオープンカーが停まっていた。旧式フォード・マスタング四シート。そこらを走る最新スーパーカーたちに中指を立てるような骨董品だ。

その後部席に、マーリアはいた。歳は十六。しかし後ろで結んだ金の長髪は猛獣の尾のようで、眠たげな碧眼は人を刺し、一七三センチの身体には、すでに美女特有のオーラを纏っている。安物のレインコートも、彼女が着ると儀式的な衣装に見えた。

彼女は、煌びやかな世界を眺めていた。闇夜に咲く花火に、それよりも明るい、流行のライトライン入り衣装を着た人々の笑顔。

「なあ、なあ、なあ。いったい、いつまで待つんだ、これよぉ？」

人の流動を観察していると、助手席の軽薄そうな青年――ウィリアムが騒ぎはじめた。

「素行を改めろ、ウィリアム。おまえはもうチンピラじゃないんだ」

苦言を飛ばすのは、運転席の巨漢――アフリカ系のアーロン。剃った頭と強面なせいで、インテリ眼鏡が不似合い極まりない。二人は、マーリアと同じコートを羽織っていた。

かれらはマーリアと同じ〝組織〟の構成員であり、彼女のチームだった。

アーロンは眼鏡を指であげると、手元に開いた立体ウィンドウを操作する。

「獲物が入った店には三時間の制限がある。長くても、あと二十分で出てくるさ」

「二十分！　退屈で死んじまう」

「お嬢を見習え。静かにしてるだろ。おまえも、彼女からプロ意識ってやつを――」

「待ち飽きました」

「「……なんだって？」」

ウィリアムとアーロンが後部席に振り返る。

「本件は急ぎの仕事ということで招集されたのです。時間の浪費は避けたい」

「あー、マーリア？　おれも退屈だが、べつに、計画を変更したいわけじゃないぜ？」

「早く動けば、それだけ猶予を得られます」

「まて、お嬢。――わかった。せめて、上から許可をもらってからにしよう！」

アーロンが秘匿通信を開いた立体ウィンドウをマーリアへ放る。するとウィンドウに中年男――直属上司であるプラチドが表示された。組織で十番目に偉い幹部は、高級スーツで絞った肥満体を椅子に収め、険のある目をしていた。

「上級幹部プラチド。仕事を早める許可をください」

『それでうまくいくのか？　これの依頼人は、我々の将来を左右するほどの大物だぞ』

助手席から、ウィリアムがヌッと顔をウィンドウに突き出してくる。

「えー、ベッドから叩き起こされ、耳にぶちこまれた事前情報が正しけりゃね」

『口を慎め、チンピラ風情が』

「はいはい、チンピラですとも。でも〝ぶっ壊れた〟チンピラってことをお忘れなく」

プラチドがウィリアムをねめつけるが、かれは嘲笑を崩さない。

やがて、プラチドは『情報は正しい』と不機嫌そうに語り始めた。

『……先日、生体アプリ系企業アドリンクス社で、分析を依頼されたアプリが盗まれた。犯人は同社社員ジム・ウォルシュ。アプリ名はR・O・O・T。衝動的犯行だったのだろう。R・O・O・Tは、個人用の記憶媒体に収まらないほど大きなデータだった。だからジムはそれを抱えたまま〝その世界〟をさまよっているが、買い手が見つからない』

「ですが、わたしたちは買い手を見つけられた」

『期限つきでな。四十五分後、依頼人が一キロ先の廃ホテルに〝運び屋〟を用意する』

「わかりました。計画が滞りなく進んでもギリギリです。行動に移る許可を」

『方法は任せる。だが、もういちど言うが、この一件には我々の未来がかかっている』

「はい。しかし二つ、質問の許可を」

プラチドは不快そうにマーリアを見てから、不承不承うなずいた。

「まずひとつ。対象は〝こちら側〟の人間ではないのですね」

『ああ。調べによると、同業との接点もない』

「では、もうひとつ。わたしたちは帳簿係です。組織の潜在的負債を査定し、〝削減〟するのが仕事なのに、なぜ、泥棒から泥棒を？」

『……それは高度な話で、下っ端の知るところではない。——以上だ』

通信が切られると、ウィリアムはヘッドレストに後頭部をぶつけた。

「ちぇっ。なーんか隠してるぜ、あのケツの穴野郎。賭けてもいい」

「おい、ウィリアム。掟を尊重しろ。あれでも初期メンバーの一人で、上級幹部だぞ」

「あれに指図される一生なら、掟に殺されるほうがマシだ。な、マーリア？」

「いえ、プラチドは正しい。アーロン、移動用意を。ウィリアムはわたしと共に」

マーリアはテキパキと指示する。チームで最優秀なのは年嵩のアーロン。かれには待機し、ハンドルを握っておいてもらう。仕事で重要なのは、いつだって頼れる運転手だ。

つまるところ、マーリアたちの仕事とは犯罪だった。

ウィリアムと車を降りると、マーリアは道行く大柄な男性にぶつかった。しかし両者ともよろけもせず、あいだに『強接触・注意』というウィンドウが表示されただけ。マーリアは男性と黙礼で別れると、目前の一〇階建てビルでエレベーターに乗った。

すると、階層ボタン前にウィンドウが現れる。店舗表だが、二五〇を超えている。ビルに収まりきらない数の店は、チレチコやトルティーヤなどファスト・フード店ばかりだ。

「リード施設ですか」

過去の行動から嗜好を分析して勧める〝リード機能〟によって〝重ね合わせ状態〟で存在するオススメ店へと導く施設だ。便利だが、いまは仕事の邪魔だった。

ウィリアムが手動で店名を打つと、エレベーターは七階へ上がりはじめた。

「さて、マーリア。ここは大人の店だ。こんなカッコじゃマズい。仕事着になろうぜ？」

うなずき、マーリアは立体ウィンドウを開いて衣装項目から『黒服』をクリックする。

すると、恰好が一変した。黒のワンピースドレス。同色のスパッツとスリップを何層にも包むシースルーのドレスはうねり、夜の海を纏っているような姿だ。軽く、両足のダブルスリットも深いので動きやすかった。

「おい、また衣装を変えたのか？　こんどはだれの贈り物だ、着せ替え人形ちゃん？」

「ルイージャから。ブリトリャーニン製ですし、機能もデザインも気に入りました」

「マフィアの若奥様って感じ。……おれはどうよ？」

紫のシャツと白スーツ姿を見せびらかすウィリアムを眺め、マーリアは小首を傾げた。

「結婚詐欺師でしょうか。もしくは詐欺セミナーの講師」

「ま、悪かない。おれたちゃ騙すし――」

「マフィアですから」

七階に到着すると、廊下の先にある樫扉と『未成年者お断り』という警告ウィンドウに足止めを食っている数人の少年たちがネパール語で騒いでいた。

「なんだよ。おれ、十六だぞ！　どうして入れないんだよ！」

「あー、ここシドニーエリアだもん。ウチらの国のエリア行こうぜ。それか別の」

「ちぇっ！　知り合いに見つかったらどうすんだよ！」

一人が樫扉に一蹴り入れて『強接触・注意』の警告を出したあと、全員がファスト・トラベルコマンドで青光の柱になって消え、ウィリアムを笑わせた。

「……年齢制限ですか。わたしは通れませんね。モードを切り替えましょう」

二人はもういちど立体ウィンドウを開き、【グリッチャー】というコマンドを押す。

途端、重力が強くなった気がした。

正確には、よりリアルに感じられるようになった。五感が鋭くなり、樫扉の隙間から漏れるアルコールの匂いも嗅げるし、遮音壁越しの喧噪も耳が捉えた。首を回し、五指を開閉させてみる。骨や関節の軋みも――わずかな〝痛み〟も感じられる。良好だ。

「モード移行完了。行きましょう」

「確認だが、マジでいくのか？　このモードになっちまったから、もうファスト・トラベルはできないし、ログアウトにも一手間いる。トラブったら駆け足で逃げるしかないぜ？」

「……イン・ボッカ・アル・ルーポ」

イタリア語の呟きに、ウィリアムがやれやれと首を振る。

「狼の口にとびこむ、ね。おれぁアイルランド人だから、真面目な話、意味がわからん」

「冒険をためらわぬ者が栄光を掴む。わたしはそう解釈しています」

マーリアは手を伸ばすと、年齢認証をするりと抜け、樫扉を押し開いた。


二〇七〇年現在から、二十年前のこと。

量子コンピューターと神経リンクデバイス、それらと脳を無線通信させる体内ナノマシンの普及がほぼ完了したことで、世界は〝新たな世界〟を構築した。

それがＶＲＳＮＳ。

個人、国家、企業。あらゆるモノがこのフロンティアに、夢とカネを抱えて飛びこんだ。

現在は三つの大型ＶＲＳＮＳが有名で、人類の過半がいずれかを利用している。

ＶＲＳＮＳは、過去のオンライン・サービスすべてを包括・吸収した。

あらゆるものがＶＲＳＮＳと繋がった。人々すらも。それほどの魅力があったのだ。

魅力の基盤は、かつて匿名技術者が公開した〝ブレイン・イノセンス・エンジン〟。

物理現象を完璧に表現するだけではなく、人間の五感をリアルに騙す。花の香りも、花弁の鮮やかさも、齧ったときの苦みも、葉々がこすれる音も、ざらついた葉の感触も。体験するあらゆる刺激は、このエンジンによって脳に出力されている。

VR企業はこのエンジンを各々でアップグレードし、成功した。その将来性と信用度は、発行されているVRトークンが安全資産とされていることからもわかる。

莫大な顧客とカネによって実現された、絶対的なセーフティとセキュリティのためだ。

しかし、なにごとにもイレギュラーは現れる。

それが、電賊。VRSNSの暗がりで活動する次世代マフィア。

かれらは闇で騙す。かれらは闇で奪う。かれらは闇で殺す……。


目的の店内では不調和なライトと音楽の中で、あられもない恰好の女性BOTたちが煽情的にポールに絡みついていた。それを客が囃し立てていて、ウィリアムも口笛を吹いた。

マーリアはそれらを無視し、奥の席で背を向けている男を閲覧モード越しに見ていた。

プライベート・レベルを最大にして、完全非公開設定にしている男だ。

「おろかな。SNSが基礎であるこの世界で、完全非公開はむしろ目立ちます」

ジムは四人テーブルで、ひとり呑んでいた。喧噪が盾になると考えているらしい。

それがまちがいだと知ったのは、向かいのシートにマーリアたちが座ったときだろう。

驚いたジムはグラスジョッキを落としたが、床に落ちたそれは割れなかった。

「おい、気ぃつけろよ。ここが現実だったら店員に文句を言われるところだぜ?」

「両手をテーブルに置いてください。ログアウトも、ファスト・トラベルもなしです」

「あ、あんたたち、警察か？　それともアドリンクス社の法務部か？」

命令されるがまま両手をテーブルにつけながら、ジムがおどおどと訊く。

マーリアはジムが落としたジョッキを拾いつつ、首を横に振った。

「あなたと同類項の犯罪者。ですが、あなたより悪辣な悪党です」

「……電賊、なのか？」

「はい。もっとも、特別な電賊ですが」

「目的はR・O・O・Tか？　おまえたちに、あれは渡さない」

「なるほど。では、わたしたちがどう〝特別〟か見てから再考してもらいます」

唐突に、マーリアはジョッキをテーブル角に打ちつけて割った。その音に客も従業員も振り返らない。大音量のBGMが流れているせいもあるだろう。

しかし一番の理由は、食器が割れる音など〝ありえない〟からだ。

だから、それを見たジムは目玉を落としそうなほどショックを受けていた。

「非破壊設定オブジェクトの破損。……そう、わたしたちはセーフティを破れる。制限、権限、カメラなども。【コラプト】という機能ですが――こういう使い方も可能です」

マーリアは割れたガラス片をひとつ取ると、その切っ先を、ジムがテーブルにつけている左手の甲に当てた。するとパリパリと電気音がガラス片の先で鳴りはじめた。

ジムの手の上に透明な膜が形成され、ガラスとの接触を阻んでいたのだ。

「過剰出力カットシステム。痛覚を脳に送らせないためのセーフティですね」

「やめろ。おまえたちがなにを言ったところで――」

――ブースト・アプリ〈狼の血〉を実行――

マーリアがガラス片に体重を乗せると、カットシステムの抵抗を示す電光が強くなる。

ついに、カットシステムがバリンと割れた。ガラス片はジムの掌を貫通し、テーブルに縫い留める。卓上に赤い液体が広がり、激痛でジムが悲鳴をあげた。

「【コラプト】はこれも破り、同期緊急ログアウト機能も麻痺させる。いま、あなたの脳に痛覚が出力されています。ことの次第では、〝死〟の情報も送られるでしょう」

「くそぉ！　くそっくそっくそっ……！」

「さらに我々の〝力の本領〟は【コラプト】ではなく、そして死に方も様々です」

歯を食いしばるジムに、マーリアが淡々と追い打ちをかけていく。

「それでは、やり直しましょう。――R・O・O・Tは？」

「……内ポケット。上着の内ポケット。右だ」

マーリアがジムの懐を探ると、金属カードが出てきた。具体化したデータ・パッドだ。デバイスに送ろうとしたが、空き容量不足で弾かれ、しかたなくドレスのポケットにしまった。マーリアの最先端デバイスでも収納できない巨大データ。情報どおりだ。

マーリアがガラス片を抜いて投げ捨てると、ジムは血まみれの左手を抱きしめた。

「これで済むと思うなよ、電賊ども……」

「いいえ、済みました。それでは」

「その力に代償がないと思ってるなら見当違いだと言ってるんだ、〝グリッチャー〟」

席を立ったマーリアとウィリアムが、丸くした目を合わせる。

この特別な力を操る者の名を――世界的に安全が認められているVRSNSの、隠された脆弱性の正式名をジムは口にしたのだ。その口で、嘲笑を作っていた。

「おまえたちは病気だ。その力の代償に気づいてないなら、先は短いぞ」

「代償、ですか？　〝力の本領〟を作った時点で支払いましたが」

「おまえたちはなにもわかっていない！　いずれ後戻りできなくなる！」

「戻る過去を〝失った〟からグリッチャーです。あなたも知っているのでは？」

「そうだ。一部の〝過去〟と〝感情〟を支払うことで、無敵になったと勘違いしてる！」

叫ぶジムの目が左右に動くのを、マーリアは見逃さなかった。無音通信か。店内を見回すと、五人の男がこちらを盗み見しながら虚空で指を動かしていた。他者不可視のシークレット・ウィンドウを操作している。ウィリアムも気付いたらしく、無音通信を開いた。

（なあ、マーリアよぉ。ちょっと空気おかしくねえか？　もしかしたら――）

突如、ジムが床に転がると同時に男たちが動いた。〝ポーチ窓〟という、デバイスに物を収納できるウィンドウから細長い金属を抜き、その鉄筒先端を二人へ向けた。

「おーい、VRSNSでマシンガンだと？　カタギじゃなかったのかよ」

「正確には仮想兵器。どこかのクリエイト系グリッチャーが創った、【コラプト】を宿す武器です。おそらく実銃のイスラエル製アサルト・ライフルの――」

マーリアの説明を、五つの銃声が切り裂いた。

驚いた客たちが次々とログアウトしていく。ここがVRSNSだということも忘れ、足をもつらせながら出口に走る者もいた。男たちはそんな客を避けつつ、連射していた。弾丸は目標付近で内蔵爆薬を破裂させる対人炸裂弾。現実なら、三発も食らえばミンチだ。仮想世界でもだ。カットシステムもこれほどの火力を受ければ停止し、自動ログアウト機能が働く。だが仮想兵器の【コラプト】がそれを阻むだけでなく、マーリアたちのグリッチャー・アプリ自体が、自動ログアウトという自衛セーフティをも拒否してしまう。

そして五体を砕かれた情報が脳へ出力され、重要臓器を動かす自律神経が止まり、死ぬ。

空撃ちの音がするころには、着弾点付近に白煙と熱のスクリーンが広がっていた。

音響機器も壊れ、踊り子BOTだけが設定された煽情的なダンスを続ける沈黙。

「――設計図をデータ化して落としこんだだけの、粗悪品ですね」

煙の中で、赤い輝きが生じた。

「安心してください。歴史では数多の死の記録が砂丘のように積もり、また積もり続けている。もし死んでも、そこに砂粒が一つ加わるだけ。ですから……」

爆発的な突風が、煙と店のテーブルを打ち払う。

煙から現れたマーリアたちに傷ひとつなく、悠然と、男たちを見つめかえしていた。

なんの感動もない顔で。足元に、一頭の獣を侍らせて。

「わたしが記録に埋めてあげます。だれも振り返らないほど、深く静かな記録の底に」

その獣は、炎のような赤毛を纏う巨大な雌獅子だった。いや、獅子は緑色の宝石兜を被らない。同色の硬質な尾や爪牙をもたない。人間的な右前足に、緑色の大剣を握らない。

この赤と緑に彩られた獣こそ、グリッチャーが保有するもう一つの力。名は——。

「L・O・S・T……」

ジムが喘ぐと、無傷のマーリアたち、焦げた天井や床を見てから悲鳴をあげた。

「コードだ。【力の赤】の慣性変更コードで、銃撃を逸らしたんだ！」

しかし、護衛チームはわけがわからないという顔を揃えていた。グリッチャーを知っているのはジムだけで、ほかは仮想兵器を渡されただけの素人らしい。

「リオニ・アラディコ、コード〈証明の渦〉を」

獅子剣士リオニ・アラディコが大剣を一閃し、衝撃波を放つ。波動に呑まれた男の一人が壁に叩(たた)きつけられ、カットシステム停止時特有のガラスが爆(は)ぜるような音を鳴らした。

　こちらにも【コラプト】が宿っている。攻撃を受けた男は激痛にのたうっていた。

　残った護衛チームがあわてて予備弾倉をライフルに突き刺そうとするが……。

「具体化、ボガード・フーァル」

　ウィリアムの命令で横に現れたのは、捻(ね)じれた金毛に包まれたゴリラのような怪人。その巨体を支える前腕は、青い宝石の籠手(こて)を装着している。

「【自由の黄(ジャーロ・リベルタ)】冷却コード〈均衡の停止・ワイド〉」

　怪人が両腕の十指を広げると、掌(てのひら)から白い烈風が室内に巻き起こった。

　吹雪(ふぶき)をもろに浴びた男たちは、髪や衣装を霜に包まれながらもリロードして反撃しようとする。だが、弾は出ない。発射機構に薄氷が付き、トラブルを起こしたのだ。

　ブレイン・イノセンス・エンジンによる、過酷なまでのリアリティだ。

　――ＶＲＳＮＳという『経済』を揺るがすために秘匿されているが、十数年前から世界中の不特定アカウントに宛先不明のメールが送られている。

　メールに添えられているのは、〝グリッチャー〟というＶＲＳＮＳ用アプリ。

　それを受け取った者たちは【コラプト】により、あらゆるセーフティを突破する。

　しかし【コラプト】が破壊するのは、セーフティだけ。

　この〝力の本領〟は、ブレイン・イノセンス・エンジンの物理法則をも破壊する。

仮想兵器が壊れ、護衛チームは両手をあげる。ジムも、寒さと恐怖でへたりこんでいた。

「メインカラーが【力の赤（ポテレ・ロッサ）】のライオンに、【自由の黄】の悪鬼のL・O・S・T……きさまら〈ウルヴズ・ファミリー〉の〝埋葬屋〟と〝凍（い）てつく両手〟か！」

Link to Operate Special Terminator――通称L・O・S・T。

L・O・S・Tの能力は〝カラー〟と〝コード〟と呼ばれて体系化されており、マーリアのリオニ・アラディコのメインカラーは【力の赤】。他者を圧倒する色であり、中でも衝撃の発生・増幅・減少・偏向・遅延を愛用している。一方、ボガード・フーァルは【自由の黄】によるクリエイトと、熱量法則の変質を得意としている。

まさしく〝グリッチ〟といえる力だ。

マーリアはドレスについた氷粒を払うと、獅子（しし）剣士を連れ、ジムの前で片膝をついた。

「なぜ、一介の研究者で泥棒に過ぎないあなたが、そこまでグリッチャーに詳しいのでしょう？　我々は、世界的に隠蔽されている存在のはずですが」

リオニが兜（かぶと）下から鋭い緑牙を覗（のぞ）かせても、ジムは死人のように黙している。

しかしマーリアが左手で先のデータ・パッドを振ってみせると、その顔に生気が戻った。

「このR・O・O・Tとやらは、グリッチャー関係のアプリなのですか？」

ジムがデータ・パッドに飛びつこうとするが、マーリアは左手を引き、かわりに右手を差しだす。そこにはポーチ窓から抜かれた大型リボルバー拳銃があり、散弾対応の大きな銃口でジムの額を押し戻していた。ジムは観念し、うなずいた。

「……そうだ。それはグリッチャー関連のアプリだ」

「はっ！　なーにが一般人だ。おもっくそ〝こっち側〟の人間じゃねえか、あのデブ」

呆れて天を仰ぐウィリアムに呼応し、ボガードも頭を振る。

ジムは、一縷の望みを賭けるように言った。

「これは治療薬なんだ、グリッチャー。おまえたちは病気だ。このままでは――」

マーリアはジムを無視して立ちあがり、出口に向かっていた。ジムがグリッチャーのことを知っている奇妙さについては、ほかのメンバーが調べるだろう。

自分の役目は、あと三〇分でこれを運び屋に届けること。

――そうして、わたしはまたひとつ〝価値〟を示せる。唇が、僅かに笑みを作った。

その笑みが、一瞬で消えた。頭の中で危険感知の針が振れたのだ。それもかなり大きく。

「……なあ、ジムおじさん。もう一つ教えてくれねえか」

同じく表情を厳しくしたウィリアムが、うなだれているジムに訊く。

「あんたがアプリをパクったアドリンクス社は、グリッチャーを抱えてるのかい？」

「い、いいや。一人もいない。パイプもない。だがR・O・O・Tは――」

「つまりこれは同業ですね。……きます」

ジムの後ろで、下から突き上げるような爆発が発生する。

そうしてできた床穴から、緑と青の霧が噴出した。

ノイズ音をまき散らしながら現れたのは、トンボだった。青色の胴はイトトンボに似るが、より細く針のように鋭い。緑色の二対翅（につい ばね）も、刃（やいば）のごとく鋭く煌（きら）めいていた。

L・O・S・T。小さなL・O・S・Tの大群だ。マーリアは眉をひそめた。

「群体型L・O・S・T。メインカラーは【信頼の緑（フィドーチャ・ヴェルテ）】、サブカラーは【成長の青（クーシタ・ブル）】ですね」

トンボは穴から溢（あふ）れてくる。一万匹弱か。その群れが分裂し、その場にいる全ての人間に殺到した。最初はジムだった。トンボ群に全身を噛（か）まれた瞬間、カットシステムの負荷を示すスパーク音が響き、一秒足らずで消えた。直後に絶叫が迸（ほとばし）った。護衛チームも逃げようとするが、その背にもトンボたちが襲いかかり、悲鳴と血を飛ばした。

マーリアにも群がってきたが、リオニが緑尾を霞（かす）ませると、宙でトンボたちが爆散した。

「……どこのグリッチャーでしょうか。目的は、このR・O・O・Tでしょうが」

「さーな、とにかく逃げるぜ！」

ウィリアムの命令で、ボガードは手中に溜（た）めていた冷気コードを炸裂（さくれつ）させ、トンボたちを凍結・撃墜しつつ空気中の水分を霧化させる。濃霧の隠れ蓑（みの）を生むと、ウィリアムはボガードの具体化を解除し、マーリアと一緒にリオニの背へ飛び乗った。

二人を乗せたリオニは兜（かぶと）の頭突きで入口の樫扉（かしど）を破壊し、廊下を走る。そして顎（あぎと）から衝撃波を放ってエレベータードアとその向こうの外壁を破砕すると、夜空へ跳んだ。

電賊はハッカーというより、現代技術に適合したマフィアと言っていい。

だから電賊同士は衝突する。だから、どこの電賊もグリッチャーを常に求めている。

【力の赤（ポテレ・ロッサ）】衝撃減殺コード〈無為な抗（あらが）い〉」

七階の高さからマーリアたちを乗せたリオニが落ちていき、音も衝撃もなく歩道に着地する。すると例のマスタングが横づけし、運転席からアーロンが焦（あせ）り顔を伸ばしてきた。

「おいおい、お嬢！　こりゃなんの騒ぎだ！」

「同業とバッティングです。急いで出してください。おそらく追ってきます」

「例のお宝は？」

「もちろん、ここに。急いで引き渡しポイントへ向かいましょう」

リオニの具体化を解除して後部席に飛びこむと、マスタングは急発進した。

このマスタングにはハッキングコードを施している。運営の規制速度を破ってマシン本来の力を発揮する旧車は、大通りのスーパーカーたちを次々と追い越していった。

華やかな通りをぶっ飛ばしつつ、アーロンはズレた眼鏡（めがね）を直した。

「同業とバッティングだと言ったな？　どこのファミリーだ！」

「さあ？　しかし、このエリアは我々〈ウルヴズ〉の縄張りのはずですが」

「業界の力学も知らない素人か？　そうは思えんがな！」

「まーまー、旦那。物事のいい面を見ようぜ。とりあえず、時間にはまにあいそうだ」

ウィリアムは後部席で立ちあがると、後ろを向いて微苦笑した。

「……悪い面は、これからグリッチャー戦になることくらいか？」

三台のセダンが追ってきていた。各車に四人が乗っていて、全員が黒の戦闘スーツとフルフェイス・ガスマスクを装備している。セダン三台との距離は、着実に縮んでいた。

「全員、〈狼(おおかみ)の血〉の準備を。ウィリアムは時間を稼いでください」

マーリアが言ったとき、セダンのリアドアからライフルを持った男が上体を出した。

ウィリアムがボガードを後部席に具体化する。壁となった悪鬼の胸に弾が激突すると、透明の破片が散った。獣毛と皮膚の間に氷膜を作り、異種多層装甲としていたのだ。

銃声に通行人たちが悲鳴をあげ、道路の車も走路を乱す。ウィリアムも悪態をついた。

「また仮想兵器だが、こんどは高級品だぜ！　タフなボガードでも長くはもたねぇ！」

「しかし初手が銃撃とは。相手は、全員がグリッチャーというわけではないようですね」

「冷静に分析してる場合か、マーリア！　このままじゃ——うおっ！」

ボガードの脇を抜けた弾丸が耳元を掠(かす)め、ウィリアムは頭を下げる。射手は一般アカウントらしいが訓練を積んでいる。それと仮想兵器が合わされば、グリッチャーも殺せる。

対処法は、殺(や)られるまえに殺るだけだ。

マーリアは再具体化したリオニの背に乗り、目を閉じていた。

「……【信頼の緑(フィドーチャ・ヴェルテ)】、〈反感伝播(でんぱ)〉」

リオニが喉を反らして吠(ほ)えると緑色の霧が生まれ、背上のマーリアを包みこんだ。

「L・O・S・Tの身体能力の一部をアバターへ転写完了。——いきます」

そして、リオニが突撃開始。跳躍してセダンのエンジンに緑大剣を叩(たた)きつけると、セダンはフロント部を中心に前宙し、逆さまに着地してガラス片を散らした。

その一台と並走していたセダンの射手がリオニ上のマーリア本人を狙おうとするが、そのときには、猛獣の背に彼女の姿がなかった。

カツンと、ボンネットをヒールの底が叩く。マーリアだ。運転手はすぐさま振り落とそうとし、助手席の射手も窓ごと撃ち抜こうとするが……。

——ブースト・アプリ〈狼(おおかみ)の血〉実行——

これが、大電賊〈ウルヴズ・ファミリー〉の特長であり、他電賊との差だ。

風に粘りを感じた。〈狼の血〉は各種脳内物質を調整して認識・反射速度を向上させ、体内ナノマシンに構築させた通信網で神経伝達を加速・補完する。

そうやって、〈ウルヴズ〉メンバーに狼を宿らせる。

マーリアは両腕を広げ、指先を踊らせてポーチ窓を左右に高速展開。出現した二つのウインドウから左手で幅広のナイフ、右手で大型リボルバー拳銃を抜いた。

助手席の射手は、車内で長物を構えるのに苦戦中だ。マーリアは足元のボンネットにナイフを刺した。L・O・S・Tの筋力を転写するコード〈反感伝播〉のおかげでナイフは楽々と金属板を貫き、彼女の身を固定。そして右手のリボルバーで射手を狙い――。

「……死の記録がまた一粒」

轟音(ごうおん)。四一〇ゲージ散弾がフロントガラスを粉砕し、射手のガスマスクのレンズを破り、カットシステムを停止。間断ない二射目が、頭の右半分を齧(かじ)り取った。

相棒の死に気を取られた運転手が、視線を前に戻す。

かれが最期(さいご)に見たのは、硝煙をあげる銃口と、たなびく金髪と黒ドレスだっただろう。相手のライフルが高級品なら、このリボルバーは超高級品だ。あらゆる部品がリアルの工程を経(へ)て作られている。それが〝銃撃〟という現象を、より忠実に再現する。

ふたたびの二連速射で、セダンがよろけた。マーリアはボンネットからナイフを抜き、横へ身を投げる。それを、追走してきたリオニが背で受けとめた。

運転手を失ったセダンが道路を外れて街灯に激突。傾く街灯上には運営の公式立体広告が浮かび、『あらゆる壁を超えて、あなたを運命の下に』という文句を輝かせていた。

嘘(うそ)は言っていないだろう。壁には、超えてはいけないものもある。

――そして運命は、いつも無慈悲だ。血まみれの、あのセダンのように。

「さて。これで、残すは一台。ふつうなら全滅以上と判断する被害ですが……」

顧みると、最後のセダンのルーフ上に、一人の男が立っていた。

風貌はほかの敵と同じだが、武器を持っていない。空の右手でリオニを指している。

マーリアはそいつへリボルバーをぶっ放すが、遠すぎた。散弾の一部がコンバットスーツの肩を掠め、カットシステムの紫電を煌めかせるだけ。

男の指先から黄色の光芒が生まれ、光の川となって襲いかかってきた。

「グリッチャー。なるほど、いままでのは準構成員。ここから本番ですか」

黄光が具体化を開始。一瞬後には地を這う大蛇に変わっていた。紫色の斑模様をちりばめた黄金鱗を纏い、大きく凶悪な眼をもった蛇だ。

速い。稲妻のように這い、リオニの後方につくと大顎を開く。しかし噛んだのは空気だけ。リオニは足裏で衝撃波コードを実行し、道路を破砕しながら反作用で跳躍していた。

大蛇の頭が急上昇し、空駆けるリオニを追う。

「慣性変更コード〈屈服させる闘志〉」

リオニが前方にカーブ状の慣性変更フィールドを描き、身を投じる。すると速度を維持したまま軌道を曲げ、ビル壁側面に着地。そのまま緑爪を食い込ませ壁を駆けた。

ふたたび獲物を逃した大蛇の口端から、火の粉が漏れはじめた。コードの予兆だ。

マーリアも攻撃的コードを命じようとしたが、鋭い頭痛がそれを拒んだ。

コードは脳を使って実行している。連続使用すれば、脳がオーバーヒートして死ぬ。

そのとき、蛇の左半面に冷気球が直撃。左目が凍結する激痛に、大蛇がのたうった。

マスタングから、黄金悪鬼ボガード・フーァルが左手の冷気球も投げる。大蛇は身を翻(ひるがえ)して回避したが、その隙に、リオニはマスタングへと跳んだ。

「クールダウンに入ります。L・O・S・Tおよび〈狼の血(おおかみ)〉を解除」

マーリアはリオニを消滅させ、ウィリアムに受け止められて座席下へ放られる。

「よーし、ちょい休んどけ。だが、相手さんもやり手だ。逃げながらじゃ厳しい相手だぜ」

「しかし足を止めれば、騒ぎに気づいた運営から〝クリーナー〟が送られます」

「その心配も、おれたちが生きてればこそだがな！」

ふたたび迫る大蛇の顎から、【自由の黄(ジャーロ・リベルタ)】コードの炎槍(えんそう)が放たれた。

「なめんな、蛇野郎！」

ボガードが両手から同カラーコードの冷気の奔流を放つ。分子運動の活性コードと停滞コードが激突し、混乱したブレイン・イノセンス・エンジンが景色を僅かに歪(ゆが)ませた。

打ち勝ったのはボガードだった。炎は熱を完全に奪われ、霧散していった。

ウィリアムの勝利の笑みが、引き攣(つ)る。消された炎の裏、その虚空(こくう)から染み出すように緑翅青胴(りょくしせいどう)のトンボ群が現れ、襲いかかってきたのだ。

「ハッ。【成長の青(クーシタ・ブル)】の視覚攪乱(かくらん)コード〈秘する賢者〉か……」

ウィリアムの失笑が、羽音に潰される。光学的迷彩を解いたトンボの奔流がボガードの肉体を削って黄の粒子に変えつつ、背後のウィリアムをも襲う。

やがてボガードが消滅し、後部席下にいたマーリアの眼前にウィリアムが落ちてきた。その上半身は、きれいさっぱり無くなっていた。

「ウィリアムが死亡」

「くそぉっ！」

アーロンがアクセルを踏みつけるが、トンボ群がマスタングを包み、方々から引っ掻いていく。マーリアの対弾ドレスも翅に刻まれ、肌でカットシステムが火花を散らせた。八つ裂きまで数秒。だが、すこしはクールダウンできた。マーリアは断面から血を噴くウィリアムの下半身を押しのけて立つと、そばにリオニを再具体化する。

荒れ狂うトンボたちの中、獅子剣士は二本足で立つと、右手の緑大剣を夜空へ掲げた。

「〈力の標・デュアル〉」

二重螺旋形衝撃波コード。大剣を取り巻くように発生した二つの竜巻がトンボを大気ごと巻き取ると、狭間ですり潰し、夜空へ残骸を放つ。反作用で、マスタングが軋んだ。

トンボの大半は消した。追撃に入ろうとしたとき、マスタングがぐらぐら揺れ、主従ともに倒れそうになる。ギアが擦れる高音が響き、ついで、アーロンの悪態が聞こえた。

「くそっ、くそっ、くそっ！　ぶっ壊れた！」

「……ですが、タイヤは回っていますね。ハンドルをまっすぐ固定してください」

「なに？　お嬢、いったいなにを――」

リオニが右手の大剣を消滅させると、四肢の緑爪をマスタングの縁に食い込ませ、頭を後方へ向ける。その様はまるで大砲――いや、ロケットエンジンのようだった。

「指向性衝撃波コード〈証明の渦〉」

リオニの顎から衝撃波が放たれ、反作用でマスタングは爆発的に加速した。進路先にはT字路があり、前方にはホテルが見えた。目的地だ。時間にはまにあった。

アーロンの悲鳴から察するに、ブレーキは期待できそうにないが。


遠雷のような音が連続し、歓声みたいな人々の大声が遠くに聞こえる。

花火かな？　日野ナオトはパーカーのフードを頭から外して辺りを窺うが、ここはアーケードの下だから見えないし、そもそも、VRSNSでは花火など珍しくもない。

なんていったって、この世界は、毎日がお祭りなのだから。

ナオトはVRテスラプネ・シドニーエリア・第三地区のVR商店街をひとり歩いていた。

雑貨店や服飾店の煌くホログラム広告に、それに負けないくらい明るい顔をした人々。

オーストラリア時間に合わせてある夜の商店街は、目が眩むほど華やかだ。

だからナオトは、目が眩まないように石畳に視線を落としながら歩いていた。

しかし、あるものが、その足を止めた。数十人が囲む壁端の広告映像だ。ペット特集のCMで、猫が優雅に木登りして、散歩して、孤独に飽きたら飼い主の膝で眠っている。広告を囲む全員が猫派、ではない。リード広告だ。みな、それぞれ違うCMが見えているはずだ。ナオトの場合、まえにペットを調べたことをリード機能が記憶していたらしい。

……猫、欲しかったな。借りているアパートがペット禁止で、VRホームも持っていない事実に気付いて諦めたが、たとえVRペットでも寂しさを和らげてくれただろう。

ナオトは嘆息しながらフードを被りなおそうとして……。

「ねっ、ねっ、キミ?」

「ぴっ……!」

急に翻訳ソフト越しに声をかけられ、ナオトは肩を跳ねあげた。

正面にいたのは、五人組の男女。二十歳前後か。健康上の理由によって、アバターは現実の姿から変更できない――たとえば、足を長くしたアバターで動き回ると脳が本来の歩幅を忘れ、現実で転んでしまう――ので、美男美女ばかりではないが、二ヵ月まえに高校生になったばかりのナオトには、みんな大人の気風を纏い、キラキラして見えた。

声をかけてきた先頭の女性は、ナオトの驚きように驚いた様子で、それから噴き出した。

「ごめん、脅かしちゃった? 怪しい人じゃないよ。わたしら、デザイナーの卵でね。いま、アジア系のモデルを探してるのよ。それでー……」

女性はナオトをジッと見つめる。閲覧モードでナオトの情報を調べようとしているのだろうが、あいにく完全非公開にしている。諦め、女性が訊いてきた。

「ええと、きみ、男の子？　女の子？」

「男、です」

すると、五人全員が驚き声を揃えた。無礼ともいえる態度だが、怒る気はない。なで肩で、小柄で、線が細い身体に、色白のせいでむやみに強調される黒瞳と赤い唇。

性別をまちがえられるのは、高校生になっても変わらなかった。そして――。

「おねがい、わたしらのモデルになって！　こんどアバター衣装の大会用に出展するんだけど、きみにすごい創作意欲を感じるの。まずはフレンド登録を……」

ドォンとまた遠くで音がして、女性がうっとうしそうにアーケードを見上げた。

「もう、うるさいな！　VR映画の撮影？　あっ、ごめん。それで――あれ？　あの子は？」

「あ？　いねえぞ？　どこいった？」

「ふつーに、怪しい勧誘だと思われちゃったんじゃなーい？　しかたないけどさー」

「ちょ、ちょっと、みんな本気で探して！　逃げた魚はでかいわよ！」

女性の一喝で四人は散っていく。その死角からナオトは人混みに逃げ、最寄りのリード店舗へ向かう。そして店前に出たリード表の最上段の名を、見もせずクリックして入った。

リード機能が選んだのは、アマチュア服飾屋だった。地味なジーンズやシャツなど、仮想世界の面白さを反映していない衣装ばかり扱っている。客も年配の男性数人だけだ。振り返れば、自動ドアの向こうで、先の女性たちがまだナオトを探していた。しかしオシャレな彼女たちのリード表に、この店は出てこないだろう。

ナオトはリード機能に感謝し、同時に皮肉を覚えた。

リード機能は嗜好(しこう)に合うモノだけでなく、世界のどこかにいる同好の士へと導くためのものだ。それを人除(よ)けに使うとは。ナオトは吐息をつくと、捜索の隙を突いて店を出た。

——性別をまちがわれるのは、高校生になっても変わらない。

——そしてＶＲＳＮＳ内でも、人が怖いのは変わらない。

「直さなきゃダメ、だよね？　いつかは。うーん……」

近くのリード広告が、大手メンタルケア企業クロエ・アンド・カンパニーのＣＭを流していたが、ナオトは無視した。かれの場合、治療が必要なほど重大なものではない。

純粋に、怖がりなのだ。とくに明るい人たちは怖い。舌と頭が固まってしまう。

情けないが、改めるのは今日ではない。ナオトは商店街を出ると、進学してから出会った中で、ゆいいつ、まともに話せる人から送られたメモを展開した。

ナオトが所属するＶＲ文化検証部の部長・寿(ことぶき)カンナ。二年生の先輩からのメモだ。

ＶＲ文化検証部——通称・ＶＲ文検部——は、いわゆるオカルト研究部。ＶＲＳＮＳの怪談や都市伝説を調べ、考察している。本音を言うと、興味はない。しかし、せっかく知り合えたカンナが熱中している活動だ。できる限り手伝いたかった。

——人間より、仮想世界をさまようオバケとお喋りするほうが気が楽そうだし。

なので、目的の多目的ビルを前にしても、ナオトは冷静に通信アプリを開けた。

「部長、ナオトです。ビルに着きました」

『よかった、無事についたのね』

通信ウィンドウに映るのは、ふわふわの黒髪を肩に垂らしている女子。いかにも良家のお姉さんだが、儚さはない。眼鏡をかけた黒瞳には芯の強さが感じられる。

「VRSNSを歩くだけですよ、部長。無事も危険もありませんって」

『でも日野くんのことだから。知らない人に声をかけられて逃げ、逃げた先でも声をかけられ、さらに逃げ……そのうち迷子猫みたいなことになってないかと心配で』

「あうっ」

ナオトが胸を押さえると、カンナは嘆息した。

『ごめんね、日野くん。やっぱり、わたしがログインするべきだったわ』

「へ、平気ですよ！　おれは部長みたいに情報収集なんてできませんけど、VRSNS側での確認作業くらいならできますし。ささっ、調査を始めましょう」

カンナはうなずくと、キリリと表情を引き締めた。

『……先日、VR文検部に匿名メールが送られてきたわ。内容はこう。〝今日の日本時間午後八時、そのビルでおまえが探しているものが見つかるだろう〟ってね』

「部長が探しているものって、どれだろ。データ化した幽霊に、電賊、運営のユーザー行動監視システム……あっ、高度自我をもって研究所から逃げ出したAIも」

もちろん、どれも発見には至っていない。カンナは軽く肩をすくめた。

『わからない。その施設もクリーンよ。一二〇の企業が入っている、ただのVRオフィスビル。とりあえず、入ってみて。……視覚リンクをお願いしていい？』

自分の視点をカンナと同期させてからビルに入ると、ホールでは笑顔の受付嬢がいてギョッとしたが、すぐにBOTだとわかり、ホッとしながら声をかけた。

「あの、約束があるんですけど。名前は日野ナオト、もしくは、寿カンナの代理です」

「各社にアクセス。――アポイントはありません。お繋ぎしましょうか？」

「へっ、あ、いいです。すみません……」

受付から離れると、カンナが言った。

『アポイントなし、か。うーん、メールの送り主は、対面したいわけじゃなさそうね』

「どうしましょう……？」

『メールには位置指定子も添えてあったわ。リードの表の。ビルでリード表があるのは……』

「エレベーター、ですかね」

『ええ。注意して、日野くん。いつもどおり、ログアウトと通報の準備も常に』

ナオトはホール奥のエレベーターへ向かうが、そこまで警戒していなかった。

この二ヵ月、様々な活動をしてきたが、ノーヒット。カンナは不服だろうが、調査のおかげで風評被害が払拭されたと、現場のVR商業組合からお礼を言われたこともある。

――メールの人も、ビル関係者では？　なにか曰くがあって、安全を証明したいとか。

たぶんそうだと思いながらエレベーターに乗り、リード表にカンナから送られた位置指定子を打つとドアが閉まった。

さて。オバケに会えるか？　もし、いたら、どこかに自分の両親のオバケもいるのか？

そんなことを考えていると、ふと、異常に気付いた。

「……あれ？　部長、このエレベーター、動いてないです」

『閉じ込められたってこと？　故障か、指定子が合ってなかったのかしら』

「どうでしょう。でも、ログアウトかファスト・トラベルかすれば簡単に出られ――」

突然、エレベーターがガクンと震えた。階層ボタン前のリード表の文字は劇薬を浴びた線虫のように蠢き、四方からは軋み音が聞こえる。そして……。

『ターゲット捕捉。【自由の黄】〈狡猾なる通路〉を実行』

機械音声が聞こえたあと、エレベーターが猛然と急落下を始めた。

「うわっ、うわわわわわっ！」

ナオトは壁にへばりつく。エレベーターは速度をあげ、ずっとずっと落ち続けている。平気だ。仮想世界でケガはしない。ナオトは目を瞑り、いつかくる衝撃に備えた。いったい、あの位置指定子は自分をどこへリードするのかと思いながら。

エレベーターが止まったショックで身体が跳ね、合わせて開いたドアから放り出された。床でバウンドしたとき全身から電気が散った。カットシステムの作動だ。これが連続すると強制ログアウトされ、運営からお叱りのメールが届く。いまも四つん這いで息を切らしているナオトの前に、『強接触・注意』の警告ウィンドウが浮かんでいた。

「なに、なにが……?」

辺りは薄暗かった。そして、いまさらだが……変だった。ここは、どこかのホテルの一階らしい。しかし人はおらず、宙の埃がガラス壁から差し込む街灯光に煌めいている。そうなのだ。あれだけ落ちたのに、ここは一階なのだ。

『日野くん、日野くん！　だいじょうぶ！』

「あ、部長。はい。でも、ここ、どこでしょう?」

『いま位置検索したわ。……ねえ、さっき、ファスト・トラベルした?』

「いいえ。そんな余裕ありませんでしたけど……」

だが、ここはさっきと別の建物だ。振り返ると、エレベーターは照明と同じく電源切れで沈黙している。変だ。一部のアクセシビリティ機能を除き、VRSNSの事象はブレイン・イノセンス・エンジンの物理法則に則(のっと)っている。これは、それを超越していた。

『そこは、さっきのビルから二キロ離れた、ホテルの〝モデル〟――設計図よ。現実側でホテルが完成したら、このモデルもVRSNSで利用する……はずだったけど、モデル施工段階で強度問題が発覚して、計画は中止になったそうなの』

「はぁ、だから人がいないんですね……」

『というより、いてはならないわ。VRSNSにも不動産はあるわ。このホテルは売物なのよ。つまり日野くんは……いま、不法侵入中。正確にはハッキング中よ』

「えええっ！　お、おれ、エレベーターに乗っただけなんですけど！」

『平気。きちんとログも取ってる。けど、せっかくだから調べてみましょう』

そうはいっても人はいない。もちろん、オバケも。あてどもなくフロントを抜けてカフェエリアへ向かい、埃が積もったカーペット床に足跡を残していくと……。

「んん……？」

ナオトは小動物みたいに臆病だ。だからだろう。五感も、小動物なみに鋭い。

その耳が異変を捉えたのだ。商店街で聞いた花火の音。あれが近付いてきている。

T字路に面した横のガラス壁が、カッとライトに照らされた。

車だ。ボロボロのオープンカーが、おそろしい速度で向かってきている。パンクしているらしく、タイヤから火と煙を噴き出していた。ブレーキの気配は、ない。

「わ、わ、わわわわわっ！」

本能的に奥へ走り、カフェのカウンター上を転がるようにして裏へ隠れた数秒後。オープンカーがガラス壁を破って侵入。赤熱したタイヤでカーペットに火の轍を描きつつ家具を撥ね、カウンターを破ってナオトの横を抜けて、壁に突っこんで止まった。

静かになると、ナオトはカウンターの縁から、そっと無残なカフェを覗いた。ガラス壁や家具の破片がそこら中に散らばり、そんな惨状をカーペットに点いた火が照らしている。

食べ物ではないのだ。建物も家具も非破壊設定のはず。いったい……。

『日野くん、日野くん！　映像が不明瞭になっているわ、なにがあったの！』

「あ、部長。えっと、その、車が、つっこんできて……」

壁に半ば埋まっている車は、ここまでどんな目に遭ったのか、傷だらけ穴だらけだ。

「ホテルも車も、ボロボロです」

『かろうじて映像を確認できた。これは……すぐログアウトして。これは犯罪現場よ！』

犯罪？　ナオトが首をかしげたとき、オープンカーで動きがあった。

運転席から這い出てきたのは、レインコートを着た大男。かれはズレた眼鏡を直すと、丸めた頭に手をやり、掌についた赤い液体を見て毒づいた。

「くそっ、カットシステムが止まった。──おい、お嬢、無事か！」

後部席から、長身の女性が立ちあがる。奇妙な衣装だった。立派な黒ドレスだが、山火事現場を通り、そのあと荒波を泳いできたような有様だ。しかも血の海だ。

「カットシステム八七％減。アーロン、そちらの負傷度は？」

「かすり傷だ。……ウィリアムに比べればな」

悲痛な顔をするアーロンという大男にひとつうなずくと、金髪の美女はホテルを見回す。

その碧眼が呆然としているナオトを捉えると、近寄ってきた。

『はやくログアウトして、日野くん。そいつらは電賊よ！』

──電賊？　ＶＲＳＮＳの無法者にして、情報社会の大敵？

だが、ナオトは動けなかった。魅了されていた。こちらへくる女性の姿に。

凛々しい黒眉の下で輝く碧眼。後ろで縛り、サイドの髪も垂れ耳のように伸ばしている金髪。ボロボロのドレスも、肌の煤や血も、彼女に宿る動物的な美しさを浮彫にしている。

だから女性が破れて垂れさがるショールを引きちぎり、何のためらいもなく、しなやかな四肢や腰を晒しても、ナオトは恥ずかしさを覚えず、ただ、圧倒されていた。

女性が間近で止まると、一枚の金属カードを差し出してきた。

「日本人、のようですね。あなたが〝運び屋〟ですか？」

「えっ？　あっ！」

アプリを介さない流暢（りゅうちょう）な日本語で、ナオトはやっと意識を戻した。しかしVRSNS世代だけあってほぼ毎日ログインしているが、電賊と関わったことなどない。

「い、いや、ちがうと思うけど……」

「それでは、あなたは何者――」

「お嬢！」

アーロンが叫びながら床に飛びこみ、女性もバッと後ろへ跳ぶ。

刹那、女性とナオトのあいだを緑と青の風が駆け抜け、旋回し、フロア中に広がった。

「わあ！」

ナオトは悲鳴をあげた。トンボの大群だ。青の外殻も、緑の翅（はね）も鉱物で作られている。あんなもの、うかつに掴（つか）めばケガをする。実際――。

「カットシステムの停止を確認」

トンボの翅が掠（かす）めたらしく、女性の右手の甲がザックリ切れていた。血を流している。痛くないのか？　頭上で散開したトンボ群を見上げるその横顔からは、わからない。

女性は一瞬だけ視線をナオトの足元へ走らせる。そこには、あのカードが落ちていた。

アーロンがその場で屈（かが）みつつ声を飛ばしてくる。

「お嬢。これじゃドロップ・ポータルを作れないぞ――って、おい、なにしてる！」

女性はひらりとカウンターを跳び越えて広場に出ると、警告を無視して指を振るう。

すると、彼女のかたわらに、一瞬で赤い雌獅子が現れた。

ペットBOTにしては、いかつい。槍のような緑の宝石尾を掲げ、長い右手に大きな剣を握り、兜を被った頭を振ってトンボたちを睥睨する様は、王女を守る騎士みたいだ。

「あちらも、もう捨て駒は尽きたでしょう。全力でいきます」

「ダメだ、お嬢。カットシステム停止は引き際だ。電賊の基本だろ？」

アーロンが低い声で言う。

かれが睨む玄関には、いつの間にか、ガスマスクを着けた二人の男が立っていた。

「ここに運び屋はいない。おれたちがR・O・O・Tを持ってる意味はない。ヤツらに渡すべきだ。戦う理由がないんだ。――なあ、あんたたちも同意見だよな？」

アーロンはガスマスクたちへ言うが、反発したのは女性だった。

「R・O・O・Tには我々の将来がかかっていると聞きました。渡すわけにはいきません」

「お嬢……」

アーロンは女性を直視できないと目を逸らす。ちがう。かれはナオトを見ていた。それから視線で床の金属カードを差し、最後にガスマスクたちを示した。アイコンタクトだ。

――そのカードを、あいつらへ投げてくれ。そうすれば助かる。そう伝えていた。

犯罪者を助ける理由なんて、どこにある？

そんな疑問は湧かなかった。女性もアーロンもケガをしている。凶器めいたトンボたちが頭上で飛び回っている。暴力は嫌いだ。たとえ、仮想世界でも。

ガスマスクたちが一歩を踏み出し、トンボたちも羽音を強くする。その瞬間、ナオトは床の金属カードに飛びついた。左手で握り、ガスマスクたちへ投げようと振りかぶり……。

――器を検出――

頭の中で、機械音声が恐ろしい速度で流れた。

――シンクロ完了。最適化を完了。ブレイン・イノセンス・エンジン励起システム、グリッチャー・アプリケーションのインストール完了――

――R・O・O・T稼働テスト開始。管理者系コード〈理解〉実行――

「わっ！」

ナオトの左腕から純白が生まれ、波打ち、爆発的に溢れた。

まるで光でできた木の根だ。左腕から解き放たれた白光は無数に枝分かれしながらフロア内を駆け巡り、貪欲ともいえる速度で伸びていく。

頭上のトンボたちは、その根から逃れるようにフッと消えた。

「いったい、こんどはなんだ！」

驚き転がるアーロンを、光根が包む。しかし根たちはアーロンをお気に召さなかったのか、すぐにかれから離れた。その根がつぎに食欲を向けたのは、金髪の女性。

「リオニ、コード〈証明の渦〉」

女性が命じると、雌獅子(めじし)は光根へ右手の大剣を一閃(いっせん)。刃(やいば)は強烈な剣風を呼んだが、それが砕いたのは天井だった。光根の後ろにあった、天井をだ。

「衝撃波コードをすり抜けた……？」

女性が眉をひそめた瞬間、根たちは雌獅子を包んで真っ白なボールにした。獣の怒号が轟(とどろ)くが、根はお構いなしで、獅子を掴(つか)んだままナオトの左腕へと戻ってきた。

——テスト完了。プログラムを終了——

そしてナオトのアバターの左手に染みこむように根は消えた。あの捕らえた雌獅子ごと。

ナオトは唖然(あぜん)としていた。握っていたはずのカードがない。あの雌獅子の姿もない。

伏せていたアーロンはすばやく左右を覗(うかが)い、危険がないと悟ると立ちあがった。

「お嬢、ケガは！」

「問題ありません。どうやらあの光は、アバターには無害な代物(しろもの)だったようです」

アーロンはホッとすると、入口を窺(うかが)う。あのガスマスクたちも消えていた。

「敵も引き上げたらしいな。なんだかわからんが、助かった……」

「はい。それでは、つぎの問題に取りかかりましょう」

獣の尾に似た金髪を翻(ひるがえ)し、女性は碧眼(へきがん)をナオトへ向けた。

女性が荒れ果てたフロア内を見回し、床に転がっていたティーカップを見つけると、左手で拾いあげる。そして、その陶器のカップを握り潰した。

「……非破壊設定の突破と痛覚。【コラプト】は残っているようですね」

陶器の欠片と、それで切れた掌から流れる血を見つめ、女性は他人事のように言う。その奇行に、ナオトだけではなくアーロンも困惑していた。

「お、お嬢。なにしてるんだ？」

「確認作業です。わたしはグリッチャーのままらしいですが、リオニ・アラディコの応答がありません。察するに、あの光に封印された——いえ、消されたようです」

「L・O・S・Tを、消された？」

アーロンが目を瞬く。それから、剃りあげた頭を撫でた。

「くそっ、敵が退いたのも納得だ。L・O・S・Tの削除だと。なんて力だ……」

「で、あればこそ。返してもらいましょう」

女性は横にポーチ窓を出すと、傷付いた右手を突っ込む。

引き抜かれた右手には大きな拳銃が握られていて、すばやくナオトを狙った。

「R・O・O・Tを渡さなければ、まず右肩を撃ちます。あなたが返すまで撃ち続ける。

それでも返さなければ……手間はかかりますが、記録に埋めることになるでしょう」

拳銃？　撃たれたら痛い？　しかし、ここは仮想世界だし……。

「よせ、お嬢！」

バカン！　ナオトの前にあったカウンターの端が爆ぜ、木片の霧となる。

とっさに女性の手を掴んで狙いを逸らせたアーロンが、早口でまくしたてた。

「第一の掟を忘れたか！　【悪辣な者からだけ、より悪辣に奪え】だ！　カタギを殺したら運営、いや、世界中の警察機関が本腰をあげる！　そのまえにボスがおまえを殺す！」

「L・O・S・Tを無力化する人物を、カタギと言えるでしょうか？」

「それは、まあ、そうなんだが……」

『あなたたちは、電賊よね？』

会話の間を突き、通信アプリ音声を広域化させてカンナが訊いた。

『映像越しだと、あなたたちの姿がぼやけてよく見えない。噂どおりね』

「……わお。おれたちに詳しいんだな、お姉ちゃん」

『電賊が一般人を傷つけないことも知ってるわ。通報すれば、運営が対応にくることも』

女性はズイと前に出て、通信ウィンドウに映るカンナと相対する。

「あなたの情報は正しい。電賊は一般人を傷つけません。必要がなければ。ですが、彼女が拾ったものを返してくれなければ、それは必要な作業になります」

──おれ、男です。そんな訂正など、女性の碧眼は求めていなかった。

「あのう、おれ、返しますよ。でも、あのカード、消えちゃって……」

「あれはデータを具体化したものです。名はR・O・O・T。なにかの拍子で、あなたのデバイスに入ってしまったのでしょう。探して、具体化してください」

ナオトはあわててウィンドウを開き、自分のデバイスに保存されているデータを探る。この手の操作は苦手だが、努力してすべての保存先を検索した結果──。

「……えっと、ないです」

アーロンが怪訝な顔をする。女性のほうは……カチリと、拳銃の撃鉄を起こした。

「いや、ほんとうにないんです！　ダウンロード履歴にも、ほら！」

ナオトはウィンドウを公開閲覧モードにし、反転させて二人に見せる。

電賊二人は、顔を寄せ合ってウィンドウを眺めた。

「たしかに見当たりませんね。アーロン、どういうことでしょうか」

「……R・O・O・Tは、グリッチャー・アプリの亜種かもしれない。デバイスや記録に残らないのも同じだし、さっきの光からは、L・O・S・Tに近いものを感じた」

「つまりR・O・O・Tの保存先は、彼女の……？」

やがて電賊二人で溜息を重ねてから、アーロンが言った。

「いまは何もできないな。帰ろう。そのお姉ちゃんが通報しなくても、もうすぐここはエリア封鎖される。……ウィリアムの埋葬もあるしな。ドロップ・ポータル機能は？」

女性は左手を虚空に向けると、掌を中心に青い渦が発生した。あれは、門だ。

渦門はぐにゃぐにゃ安定しようともがき、やがて楕円型で固定化した。

「こちらも問題ありませんね。アーロン、いきましょう」

「オーケー。……災難だな、嬢ちゃん」

アーロンはナオトに会釈をしてドロップ・ポータルなる渦へ入り、その巨躯を消す。

女性もそれに続こうとしたが、くるりとナオトへ振り返った。

綺麗な碧眼。静かだが、その青色には強い感情が秘められていた。

「かならず取り返しにきます。わたしに、チャンスが残っていればですが」

「え、あ、うん？」

「もうひとつ。アーロンから伝言が。あと二〇秒で、あの車を証拠隠滅のため爆破する、なので大急ぎで逃げろ、だそうです。——それでは」

爆破！　重大なことをさらりと言い残して、女性は入った渦の門ごと消えた。

ビルから飛びでたナオトの背後で、爆炎がホテル一階フロアを焼き尽くした。

二章　二極日常

――分析率一〇パーセント――

深い森の中で、少女は芝生にすわりこんでいた。

周囲を覆う木々の色からして、季節は秋だろう。しかし少女は冬の極寒に晒されているように震え、彼女を囲んでいた軍服姿の一人が、毛布をかぶせた。

その大柄な兵士が優しい声をかけるが、少女は応えず、一点だけを見つめていた。

視線の先には、大きな施設があった。森の中には似合わない、先進的施設だ。

それが、轟々と燃えていた。ドアも窓も、地獄と繋がったかのように炎を吐いていた。

少女にとって、この世でもっとも大事なものたちを抱きながら。

少女は保護された。たった一人だけ。その結果が、これだ。

――どうしてあなただけ生きているの？　なぜ、なにもしなかったの？　あなたが動いていれば。あなたがいなければ。あなたのせいで。あなたのせいで――

ほんの小さな女の子に、世界中から、無数の言語で怨嗟が集まる。苦痛だった。

だから、女の子は〝L・O・S・T〟した。この苦痛の根源を。

左手首に巻いたリンクデバイスが、目覚ましアラームを喚かせる。

ナオトは毛布を頭に被せるが、アラームと同期したブラインドが自動展開して朝日を部屋に招き、起動したテレビがニュースを流し始めたところで、根負けした。

ベッドから這い出て、ぼやけた目でアパート三階の平凡な寝室を見回す。

窓に目をやると、VRSNSとは大違いの、静かで清潔な住宅街。そしてその向こうには、海沿いに、三大VR企業の支社や研究施設が並んでいる。

景色を眺めていると、寝ぼけ頭が復帰してきた。そうだ。ここのエイセイ学園に進学するとき、多くの生徒と同様に、一人暮らしをはじめたのだ。

目が覚めるとキッチンへ向かい、牛乳とシリアルを入れた皿を手に食卓につき、昨夜のことを考えた。ホテルが爆発したあと、ナオトは大急ぎでログアウトしたのだが、カンナの助言に従って、警察にも運営のテスラプネ社にも通報しなかった。

VRSNSは監視社会ではないという、運営の主張は真実だった。電賊たちは銃撃戦をしながらあのホテルまできたらしいが、テスラプネ社は目撃情報提供をお願いしている。

だが、それも効果はないだろうとカンナは言った。電賊の一部は対カメラ機能を纏っているので、目撃者が撮った映像も解析不能らしい。

だけど電賊かぁと、ナオトはシリアルを頬張りながら思う。あの接触は、VR文検部の活動を躍進させるだろう。だから昨夜は最高の夜だった……とは喜べない。

ナオトは、あの〝お嬢〟という電賊から大事なデータを奪ってしまったらしい。デバイスのどこにもないが、とにかく、彼女はナオトが奪ったと考えている。

しばらくログインは避けるか。いや、VR文検部で実際的に活動しているのはカンナとナオトだけ。ナオト抜きとなると、活動が遅れるだろう。カンナを困らせたくない。

ところで、遅れるといえば……。

「あっ、遅刻する！」


——ああ、現実にもファスト・トラベルがあればなぁ。

アパートから飛び出て一〇分弱。ようやく同じ学生服の集団に追い付き、遅刻の心配がなくなると、ナオトは今時っ子らしい不満を感じた。

街路樹が青々と煌めく六月。生徒たちは、丘上にあるエイセイ学園へ続く坂を上っていた。ナオトは街を一望できるここの景色が好きで、最初は登校が楽しみだった。

ミドウ市は、最新の臨海学園都市として再開発された街だ。

主な出資者は、三大VR企業。

オフィスビルに、先進技術である通信系の各研究所や学校機関、そして静かな住宅街が調和した街並み。未来の明るさを感じさせる光景だ。

しかし、感動したのは一ヵ月だけ。飽きたら、丘上に学校を建てた者への恨みしかない。ほかの生徒たちも、苦行の慰みにリンクデバイスで立体ウィンドウを展開していた。

「ほら、見て！　VRライトネットの音楽祭でバイトしたとき、『ご苦労様』ってケリーが握手してくれたの！　この画像みてよ！　グラミー賞のケリーだよ！」

「VRトライアーチに出してる店に注文きてる！　座布団は海外受けすると思ってたぜ！」

朝も早よから、立体ウィンドウを見て興奮する学生たち。

ナオトはそんな生徒たちと坂をのぼり、エイセイ学園に着いた。そして高等部校舎へ入り、玄関でシャワー状検査センサーを抜け、四階の一年二組へ向かった。

「あうっ」

そして、さっそく問題にぶち当たった。

窓際最後尾にあるナオトの席に、クラスの男子が座っていたのだ。日当たりも風もいいので、よく溜まり場になる。いまも男女六名が集まり、明るく騒いでいた。

――どいてほしいな。お話に水を差したら悪いかな。でもでも、もうすぐ一限目が始まるし。しかし、とても楽しそうだ。なんの話をしてるんだろう？

集団の外でうろちょろしていると、女子の一人がナオトを発見し、かれの席に座っているサッカー部の男子――クラスの中心的存在である藤堂ヒカルの肩をつついた。

「ん？　おう、ナオト。悪いな、席借りてたわ」

「あ、うん。いいよ……」

「いや、よくねーだろ。つーかさ、どけよ、くらいは言えって。気付かねえよ」

ヒカルは笑いながら席を立ち、ナオトの頭をポンと叩こうとする。部活で鍛えられた男らしい手が近付くと殴られるのではと恐怖し、ナオトは「ぴっ」と珍妙な声を出した。

そのリアクションに一同は目を丸くし、それから大笑いした。

「おまえ、ほんとに子犬みてーだな。もっと鍛えろよ。ジム紹介してやろっか？　ＶＲＳＮＳのほうでもやってるんだぜ、おれが通ってるとこ。けっこう効果あるんだ」

「えっと、その、ごめん……」

「おーい、そこー。もう授業はじまるぞー、なにしてんだー」

一限目の先生の登場で、一同は自分の席へ戻っていく。ナオトはホッとしつつも、内心、ミスったかと思った。ジムを紹介してもらえば、ヒカルと友達になれたかもしれない。いやいや、ヒカルの邪魔をしたらマズいし、そもそもジムには人が沢山いるだろう。

ナオトは、人が怖い。授業中も私語なんてしない。むろん休み時間もだ。

傍から見ると、ストイックな勉学少年。クラスメイトも邪魔しては悪いとあまり声をかけず、だからナオトも、また勉強に集中するしかない。

それがナオトの青春だ。今日も隣席の女子・文野アヤとの「ね、いま何ページ？」「……

五十二ページ」という会話だけで午前が終わってしまった。

「よっしゃ！　おい、メシ食ったらバスケしにいこうぜ！　体育館が空いてなかったら、VRSNSの方でよ。いい場所みっけたんだよ」

終業の鐘がなるなり、ヒカルがみんなを誘うが、美術担当で担任の若い女性教師がそれに待ったをかけた。

「藤堂くん、席に戻ってください」

「なんスか、ミドリ先生。今日は居眠りしてなかったっスよ、おれ」

「そうではなく。皆さんも着席してください。今日は六月二十日。もうすぐ――」

『……六年前の今日、十二時。世界各地で悲惨なテロが起きました』

ミドリ先生が生徒たちを宥めていると、校内放送が流れた。

『犠牲となられた三万二九七一名の方々へ追悼の意を表し、一分間の黙祷を』

厳かな言葉の後に放送器は沈黙し、クラスメイトたちもしぶしぶ目を瞑った。

今日は【六・二〇】か。ナオトも、理不尽な暴力に遭った人たちへと祈りを捧げた。

【六・二〇】。六年前、反テクノロジー・テロ集団〈無二の規範〉が世界中で同時攻撃を行った大事件だ。日本も、攻撃対象だった。

しかし銃器がメインのテロだったし、日本は島国だ。犠牲者は八十三人。他国の被害と比べれば軽微といっていい。それでもナオトは、精一杯、祈った。

黙祷が終わり、ミドリ先生が一礼してから出ていくと、クラスに騒がしさが戻った。

「しかしよー。〈無二の規範〉だったか？　反テクノロジー・テロリストのくせに攻撃手段はハイテクの塊だったんだろ？　ええと……――」

「〈ヴァイパー〉っていう、体内ナノマシン用ウィルスが込められた銃弾だよ」

ヒカルが机に腰かけてパンを齧っていると、友達が怪談めいた口調で言う。

「それを食らうと、体内ナノマシンに直結して〈ヴァイパー〉をインストールさせまくってく。これがエグくてさ。……悪魔が憑くんだよ」

「悪魔ぁ？」

「脳がストレス物質を出し続けるようにして、ひどい神経症にするんだ。ナノマシンを除去してもダメ。細胞自体に〈ヴァイパー〉の設計図が刻まれて、ほかの細胞やマシンにコピーしてくから。患者の映像をみたけどヤバかったよ。ゲッソリして、ブツブツ独り言を言い続けてさ。致死率九〇パーで、平均二年から五年、死ぬまでずっと――痛って！」

「メシ時にグロい話をしてんじゃねえよ！」

「おまえが訊いてきたんだろ！」

ヒカルと友人のやり取りに、クラスメイトたちがケラケラ笑う。

「……んで？　その〈ヴァイパー〉ってのは、まだ使われてんのか？」

「いや。あのテロから二年後にクロエ社ってとこがアンチソフトを作ったから」

そんな会話の外で、ナオトは昼食をひとりで食べていた。それが済むと、そろそろと教室の外へ向かう。昼休みは、いつも部室で過ごすことにしていた。

しかし教室出口の前で止まった。どうするべきか、悩んだ。

──言うべきかな？　おれしか気付いていないようだし、気付いた者の責任だろう。

ナオトは踵を返すと、ギャルっぽい女子二人が座っているほうへ向かった。

「ねえー、帰りにモール寄ってかない？　いい感じのカフェができたんだってー」

「んー、ごめん。アタシ、今日はパス」

「ええー。なんでー？　あっ、まさか彼氏できた？　ちょっと、紹介しなさいよー」

「ちがうってば。ちょっ、首しめんな」

「キィイィ、隠すなよー。ずるいー。──ん、日野？　どしたの？　先生から連絡？」

友達の首を絞めつつ、ナオトに気付いた女子のひとりがきょとんとする。羽場マイコ。友達がナオトはそちらではなく、首を絞められているほうの女子を見た。

多く、早くもメイクがなんたるかを理解した子だ。しかしいつも爛漫なマイコだが、首を絞められていることもあってか、今日は血色が悪く、ナオトを見る両目も陰っていた。

「……黙祷。あれ、平気、だから」

ナオトのボソボソ声に、首を締めているほうの子が小首を傾げる。

しかしマイコは、目を大きくしていた。

「きちんとやった人も、いる。おれもだし……羽場さんも。だから、届いてると思う」

対人ゲージが満タンだ。ナオトはそれだけ言い切ると、その場を後にした。

「日野、なんの話を……ちょっと、マイコ、どしたの？　なんで泣いてるの？　マイコ！」

チラと見ると、マイコは両袖で顔を覆っていた。友達は狼狽しながらその背を擦っている。何事かとクラスメイトも集まってきたときには、ナオトは教室から抜け出していた。

——ぜんぜん、うまくいかなかった。言葉が、いや、勇気が足りない。圧倒的に。

こんなことで、自分が直面している問題を解決できるのだろうか？

電賊のはじまりは十八年前。ストリートで育ち、裏組織の下っ端だった若い男だ。

どこの国にもいる小悪党だが、かれは大きな野望を抱いていた。

それは自分のマフィアを作ること。だが、ただのマフィアではない。

はるか昔に廃れた存在——義と野心を抱くイタリア・マフィアだ。

だれもが鼻で笑う野望だった。だが男には鋭い目があった。そしてＶＲＳＮＳのリリース時にグリッチャー・アプリを得たことで、男は夢を実現できると確信した。

ＶＲＳＮＳのアングラ・ルールもない当時、グリッチャーは理不尽に災いを撒く悪霊でしかなかった。しかし、男は世界で初めてグリッチャー同士の殺し合いをやった。

グリッチャーたちは恐れた。恐れは疑いとなり、疑いは新たな戦いとなった。ＶＲＳＮＳの裏でグリッチャーたちは無数の戦いを繰り広げ、死んでいった。

男は勝ち抜いた。男の頭には計画があり、その手には名刀があったからだ。

そうして半年後には、夢の組織を完成させた。五年後には大組織となっていた。

そのあとも、試練の連続だった。だれもが絶望するような試練だ。

しかし、男はいつだってそれを乗り越えてきた。

――非人道売買によって圧倒的財力を得た犯罪組織を向こうに回した？　新興組織で後ろ盾も作らない男は、十分な軍資金をどこからか調達してきた。

――グリッチャーたちが徒党を組み、数倍の数で襲ってきた？　男は〈狼の血(おおかみ)〉という超高度能力向上アプリを持ってくると、ファミリーたちにインストールさせて撃退した。

男は、そうやって不可能を可能にしてきた。つねに備えが――計画があったからだ。

集まって抵抗しなければ殺される。よそのグリッチャーたちも次々と対抗組織を作ったが、やはり男を恐れ、その怒りを買わないように、かれに倣って義を通した。

これが、電賊という新たな犯罪組織カテゴリとなった。

男――リヴィオ・ピアッツェラは、無秩序なグリッチャーたちに〝電賊〟というルールを敷き、ＶＲＳＮＳの闇の中に封じ込めたのだ。

偉大な男だった。去年、ついに暗殺されたが、その義と伝説は、いまも闇で生きている。

義侠の悪〈ウルヴズ・ファミリー〉の初代ボスは、そういう男だった。

現在でも〈ウルヴズ・ファミリー〉は大組織だ。構成員は千弱。下部組織や外部協力者を入れれば万に届く。活動内容はみかじめ料や詐欺など古典的なものから、VRSNSを利用した機密データ窃盗、逆に敵性電賊に対する警備など。

クスリや人身売買などはやらない。リヴィオが死んでも、それは変わらない。

かれらの本拠は、VRライトネット・アメリカ西海岸第四エリアの山上に建つ高級ホテルのモデル。その最奥にある、広く壮麗な支配人室で会議が行われていた。

壁際にはスーツ姿のメンバーが並び、宙のウィンドウは下位幹部たちと繋がっている。

そして奥の三日月型長テーブルで仮想食事を楽しんでいるのは、ファミリーを直接運営する席次十番までの上級幹部たち。その後ろの壁には、大きな肖像画が飾られていた。

肉付きのいい首にブラックネクタイを巻き、ダブルスーツを着た禿頭の中年。

偉大なるリヴィオ・ピアッツェラの絵は、陽気な笑顔で〈ウルヴズ〉を見守っていた。

そんな部屋の中央に、マーリアとアーロンは立たされていた。

「……VRSNSは時代を変えた。わたしたちをも変えた」

長テーブルの中央に女王のごとく身を据えた女性が言う。実際、女王だった。

日焼けした肌を深紅のドレスで包み、金黒が混ざる長髪を垂らして鯛のポワレをフォークで突いている美女。彼女こそ、リヴィオの一人娘であり二代目ボスだ。

「それはいいさ。必要なら公用語を英語にするし、くされフランス料理も食う。そのオマケでついてきたフランス人を次席幹部に据えねばならんのなら、辛抱する」

「お言葉ですが、ボス・フォルナーラ。あなたが作るパッツァより上だと確信してます」

「くそっ。覚えていろよ、フィルマン？」

上級幹部たちがどっと笑う。……末席に座る、一人を除いて。

フォルナーラがワイングラスを傾けながら、そちらを見て片眉をあげた。

「おい、プラチド？　食べてないじゃないか。ここはＶＲＳＮＳ。それ以上は太らんぞ？」

「いえ……」

「まあいい。本題の前に片づけることがある。昨夜のＶＲテスラプネの事件だ。どこのバカが人前で第三次大戦をはじめたかと思ったら、なんと、プラチドの部下じゃないか」

「ボス・フォルナーラ、わたしは――」

「プラチド。ボスたるわたしが、いま、喋っているのだが？」

プラチドは汗まみれの顔を俯かせる。ほかの上級幹部たちもグラスを置いた。

「ＶＲＳＮＳで時代のスピードがあがった。チャンスもクソも、いまは弾丸より速く飛び交っている。だからな、プラチド。帳簿係のおまえが、なんの連絡もなく越権し、チャンスに飛びついたことをわたしは責めない」

「ありがとうございます……」

「しかし、わたしたちはファミリーだ。いかに時代が変わろうと、あるものを守らなければ、ただのゴロツキになる。親父もよく言ったものだ。――それは、掟と矜持だよ」

プラチドの顔が、見る見る青くなっていく。

その顔を、フォルナーラは横目で射貫いていた。

「狼の七掟。【秘密を守れ】は言わずもがな、【ファミリーに死を下せるのはボスだけ】は？　おまえはクソを掴み、貴重なグリッチャーの若造を死なせた」

「ですが、ボス。本件は、その、先代――お父上からの取引先で……」

「なあ、プラチド。おまえはファミリー創設前からの親父の仲間で、わたしとも古い仲だ。ガキのころは、毎年、年末におまえが持ってくるプレゼントが楽しみだったよ」

「その、光栄です、ボ――」

ボスはポーチ窓から片手でサブ・マシンガンを抜き、プラチドへ連射した。五発でカットシステムが停止し、残り二十五発が顔面を割って、プラチドをテーブル裏に倒した。

現実でも倒れたことだろう。永遠に。

「だれか現実の死体を処理してこい。リンカは、死臭が出る前にそのゴミを片づけろ」

ボスの背後には、一人の少女が控えていた。マーリアと同い年で、黒髪をサイドテールにした日系人少女――ボスの直弟子であり護衛のリンカだ。あどけない顔でドレスを着ているものだから、ゴスロリファッションのように浮いている。

浮いているのは、恰好だけではない。この修羅場のなか、彼女はとても楽しそうに、手元の立体ウィンドウで世界面白動画集を鑑賞していた。

「おい、リンカ？」

「へあっ？　はい、ボス、どうしましたー？　あらま、プラチドさん死んでるー」

映像から顔をあげたリンカが目をパチクリさせる。

いまにも次の処刑が行われそうな態度だが、フォルナーラは溜息を吐いただけだった。

「……そこの電子ゴミをさっさと片づけろ」

「はいなー」

リンカはウィンドウを閉じ、右手から黄光を放ちはじめる。そしてプラチドが倒れたところで屈むと、テーブル裏からバキボキと生理的に嫌な音が響きはじめた。

「さて。やっと本題だ」

死体が砕ける音を無視し、フォルナーラはマーリアたちへ目を遣る。アーロンは汗でズレる眼鏡を直したそうだが、ボスの眼光は指の一本も動くことを許していない。

ボスを継いで一年。フォルナーラは、支配欲の味を覚えた節がある。

「マーリア、おまえが現場リーダーだったな。大騒動を起こし、メンバー一名死亡。R・

O・O・Tとやらを奪い損ねたばかりか、L・O・S・Tまで失ったそうだが」

「はい、ボス。一時的な封印かと思いましたが、いまだリオニ・アラディコの応答はありません。まちがいなく、わたしのL・O・S・Tは消されました」

「L・O・S・Tを無力化する力、R・O・O・T……」

フォルナーラはサブ・マシンガンをテーブルに放り、細い顎に手をあてる。

「L・O・S・Tの保存域は脳だ。つまりR・O・O・Tは、VRSNSを経由して他者の脳をハックしたと？ 興味深いが……まずは目下の問題だ」

この流れはマズいと、アーロンが勇気を振り絞って口を挟んだ。

「ボス。ご存じのとおり、お……マーリアは、先代が目にかけていた――」

「知ってるさ。親父も古株どもも、お嬢、お嬢、と可愛がっていたし、わたしも妹のように想ってきた。……もっとも、姉妹の仲がいいとは限らんが」

アーロンを沈黙させると、フォルナーラが視線をマーリアへ戻す。

「掟は掟だ。追放するにもおまえは〈ウルヴズ〉を知り過ぎている。意見は？」

「ありません。ボス・フォルナーラ」

「よろしい。――リンカ」

もうプラチドを〝喰い終えた〟らしい。テーブルの縁からぴょこりとリンカが顔を出すと、テーブルを回ってマーリアのほうに寄ってきた。

「ねっ、マーリィは記憶と一緒に〝死者への想い〟をL・O・S・Tしたんだよね？　やっぱ、自分が死ぬのも気になんない？」

「はい。ただプロとして、責任を果たしたいだけです」

「へー。アタシは残念だよー。組織じゃ、歳が近いのはマーリィだけだったからさー」

場違いな笑い声をあげるが、だれもリンカを咎めない。彼女には〝恐怖心〟がないのだ。

ボスすら怖くない。友を殺すことも。――ゆえに、自分は確実にここで死ぬ。

この三年間。たくさんの命を記録の底に埋めてきた。自分もそれに加わる日がきたのだ。

惜しむ人も、喜ぶ人もいるだろう。しかしいつか忘れ去られ、思い出されることもなくなる。そうやって、記録の底へ埋もれていく。それだけだ。

重要なのは、死ではない。自分がどんな評価を受け、〝価値〟を与えられたかだ。

自分はしくじった。だから殺される。その真っ当な流れが、とても心地よかった。

「やれ」

ボスの命令で、リンカが笑顔のまま、マーリアの顔へ黄色光芒を宿した左手を向ける。

そしてリンカのL・O・S・Tが具体化し、マーリアの命を断とうとしたとき、

『R・O・O・Tについて報告があります。ボス・フォルナーラ』

鋼の沈黙を、低くゆっくりとした男の声が破った。

ボスが音源を見遣ると、〝相談役〟という文字だけが表示された通信ウィンドウだった。

「おい。わたしが、いつ、おまえの意見を求めた？　相談役トージョー？」

『知っておくべきです、ボス。この件の核心である、R・O・Tについてですから』

フォルナーラは眉尻を痙攣させる。苛立っているサインだ。上級幹部たちにも緊張が走るが、トージョーは意に介さず続けた。

『今回の依頼は奇妙でした。敵性グリッチャーとの接触に、一般人であったジム・ウォルシュが仮想兵器で武装した警護チームを雇っていたことです』

「……なにが言いたい？」

『あの依頼自体が、我々に対する罠だったのでは、ということです』

「おい、ずいぶんと調べているじゃないか。トージョー」

権威を踏みにじられているような顔をしていたボスが、一転、ニヤリと笑った。

「おまえにはハンガリーの仕事を任せていたはずだが。……目的はお飾りの相談役から、たったいま空いた上級幹部への返り咲きか？」

『わたしの願いは、マーリアの運用法の変更です』

「ははは。〝断頭台〟と恐れられたおまえも、直弟子は可愛いらしい」

ボスは嘲笑を浴びせたあと、真剣な顔で両肘をテーブルについた。

「……わたしを納得させるだけの言い分は、用意してあるのだろうな？」

『ひとつ質問が。R・O・Tです。あのアプリをどうお考えで？』

「むろん、回収する」

フォルナーラはきっぱりと答えた。

「電賊は悪辣な者しか狙わない。R・O・Tがグリッチャー・アプリの亜種という予想が正しければ、あの少女はもうグリッチャーだ。……そしてグリッチャーは、みな、悪辣な者と定義される。だからまず、少女の身元を――」

『ナオト・ヒノ。日本の、あのミドウ市に住む高校一年生。それと少女ではなく少年です』

フォルナーラの眉間に複雑な皺が浮かぶ。

トージョーは、すでにあの子供の素性を調べあげていたらしい。

「ごくろう、手間がひとつ省けたな。さっそく回収チームを編成しよう」

『危険です。また罠に嵌まる恐れがある。そして我々の想像以上にことは重大です。なぜなら、R・O・T分析を委託されていたアドリンクス社が蒸発したからです』

「蒸発、とは？」

『言葉どおり。今朝、あそこの現実本社が爆発しました。生存者なし。地元警察は反VRSNS派のテロと見ていますが、未解決事件となるでしょう』

カツカツと、フォルナーラの指がテーブルを叩く。

彼女は自尊心と自制心の折り合いをつけると、口を開いた。

「……普通なら避けるべき厄介事だな。だが、おまえには計画があると？」

『なにかが起きている。しかし我々にそれを知る術はなく、R・O・O・T自体も危険だ。グリッチャーが無力化されるたび、このような会議を開かなければならない』

「もういい。わかった。おまえが口を開くたび、わたしが無能に思われる」

フォルナーラはうんざりしながら片手を振る。

それから、リンカに光芒を向けられているマーリアを睨みつけた。

「すでにL・O・S・Tを失ったグリッチャーを回収に送る。もし罠でも、損害は処分が決まったメンバー一人で、少なからず情報が保証される。そういうことだろう?」

『グリッチャーは〈ウルヴズ〉でも重要資産。これ以上の被害は受け入れがたいはずです』

フォルナーラは大きな胸の下で腕を組み、鼻息を漏らす。

深い沈黙のあと、言った。

「いいだろう。だが、失敗時は一つではなく、二つの罰で秩序を保つ。――トージョー、たとえ親父の兄弟分だろうが、つぎはないぞ?」

『承知しております』

フォルナーラは立ちあがると、その場にいる全員と、各通信ウィンドウを睥睨した。

「狼どもよ、改めて知れ。親父は後ろ盾も作らず〈ウルヴズ〉を興した」

ボスの声が響くと、全員が背筋を伸ばす。

その様子を、リヴィオ・ピアッツェラの肖像画が静かに見下ろしていた。

「わたしは親父の後ろから見てきた。この十八年で、ファミリーに降りかかった無数の危機を。そしていまは〝六年前の大失態〟と、去年の親父の暗殺だ。我々は、ふたたび危機に直面している。──それでもだ。親父はいつも矜持を手放さず、切り抜けてきた」

ボスの声色に熱が宿り、掲げた手を握りしめる。

「親父は言った。電賊もグリッチャーも獣に過ぎないと。ゆえに、我々はつねに喰らう側で──狼でなければならない。狼は群れる。群れに掟が必須。そしてその掟が、我々に矜持をもたらしてくれる」

電賊はVRSNSに巣くう獣。食うか、食われるか。各電賊が、複雑な食物連鎖の中にいる。その荒野で狼を率いる女王が、マーリアを見据えた。

「マーリア、おまえに執行猶予を与える。アーロンと共にR・O・O・Tを回収しろ。それと、ウィリアムを殺した〝敵〟二名も見つけ、報復のために個人と組織の情報か、ヤツらの首を取ってこい。期限はいまから二週間とする」

「了解です」

「L・O・S・Tを失う危険がある。人的補充はしてやれないが、マフィアらしく振舞えるくらいの支援はしてやる。【矜持を忘れるな】の掟だ。バックアップはトージョーだ。いまの仕事と並行など無理だ、なんて弱音は聞きたくないぞ?」

『はい。わたしが管理している下部組織〈テイルズ〉を使おうと思います』

「〈テイルズ〉……あの問題児どもか。首紐(くびひも)は短くしておけよ？　――以上だ」

そうしてボスが解散を促すと、〈ウルヴズ〉面々はホッとしながらログアウトしていく。

アーロンにいたっては胸前で十字を切っていた。

「むー、えこひいきだー。マーリィ、ずるーい」

リンカは頰(ほお)を膨らませつつも、マーリアへ突き付けていた手を降ろす。

どうやら、自分にはまだチャンスが残っているらしい。

「……死の記録に、埋まり損ねたようです」

零(こぼ)れた吐息には、わずかに無念の響きがあった。


校舎二階にあるVR文化検証部の部室は、元は資料室でとても狭い。長テーブルを中央において、左右にパイプ椅子を六つ並べたら、もうスペースはギリギリ。

それでも、ナオトにとって学校でゆいいつ心落ちつく空間だった。

「日野(ひの)くん、ごめんね。わたしがあんなメールを調査しようと言ったばかりに……」

「いえ、部長！　おれも部員なんですから、活動に参加するのは当然です」

テーブル向こうで、寿(ことぶき)カンナが後輩に深々と頭を下げる。そのさまは、一学年の差はこれほどかと思わせるほどの大人っぽさがある。

その行動力と度胸は、容貌と真逆だが。

「部員……ね。日野くんを入部させたときは、誘拐だったわけだけど。あのときは部活と認められるために、なんとか人を集めなきゃって切羽詰まってたし」

カンナはうっすら笑い、ナオトも苦笑する。

四月の部活勧誘合戦時。活気に圧されてオロオロしていたナオトは、とつぜんカンナにひっつかまれた。数分後、入部していた。誘拐以外の何物でもない。

だが、そのおかげで、カンナという会話ができる人を得られた。カンナはナオトの臆病さを刺激しないので、持ち前の生真面目さを発揮し、部活に貢献できている。

……その結果が、昨夜の大事件なわけだが。カンナの顔からも笑みが消えていた。

「だけど、まさか電賊に目をつけられるとはね。最悪、最悪だわ……」

「やっぱり、おれ、危ないんですか？」

「とてもね。――だって、一部の電賊はＶＲＳＮＳ内で人を殺せるのよ？」

危うく「そんなバカなぁ」と言いそうになり、ナオトは口を閉じる。

……ダメだ、疑いを感づかれた。カンナは眼鏡の奥で目をギラリと輝かせていた。

「ほんとうよ。説明するには、まず、どうやってＶＲＳＮＳが人間に五感を出力しているか説明しなきゃならないんだけど……」

「ええとー。ＶＲＳＮＳのエンジン――ブレイン・イノセンス・エンジンが、リンクデバイスと体内ナノマシンを経由して脳に情報を出力してるから、ですよね」

「そう。正体不明の天才が解放して、すべてのVR企業が採用したエンジン。仮想世界で歩けば前に進むのも、クッキーが甘いのも、これのおかげ」

なんてこともない常識。

しかし、それを語るカンナの声は重苦しかった。

「でも、なぜ、これがブレイン・イノセンス・エンジンって呼ばれているか知ってる？」

「え？　いいえ」

「量子コンピューターとワープ通信の普及で、人類は莫大(ばくだい)な情報処理力と転送速度を手に入れ、仮想世界を作った。でも、そこにエンジンを組むのは人間よ？　人間の五感すべてを騙(だま)す世界を作るのに何年かかる？　十年？　百年？　ほんとは、もっとかかるはずよ。けれど、さいわいにもゼロから世界を作った先人がいた。……神さまよ」

かみさま？　ナオトはぽかんとする。

「エンジンの開発者は、神のカンニングをしたの。既存のメモリ媒体から〝世界〟のデータを抽出し、エンジンに組み込んでいった。このカンペ用メモリ媒体こそ――」

「ブレイン。人間の脳……？」

カンナは机にあった消しゴムを親指で真上に弾(はじ)き、落ちてきたところをキャッチする。

「リンゴは落ちる。ニュートンじゃなくても知ってるわ。リンゴの味もね。開発者は、無数の脳からそういう記憶を抽出・統合してエンジンの基礎を作ったの。もちろん噂に過ぎないけど、開発速度を考えると、このくらいの無茶がなきゃ不可能だと思わない？」

「で、でも、なんか、危ない感じがします」

「ええ。その作業で沢山の人が死んだそうよ。だからエンジンには〝死〟のデータがある。味や音のように出力できる。運営が制御してるけど、それを突破できるのが――」

「運営のセーフティを破れる、一部の電賊。おれが、遭遇した人たち……」

陰謀論とは笑えない。実物を見てしまったのだから。それに、ＶＲＳＮＳが肉体へ影響を与えるのは常識。リハビリやスポーツの練習に取り入れられている理由がそれだ。

しかし、その影響が〝死〟だったら？

「じゃ、じゃあ部長には申し訳ないですけど、おれがしばらくログインしなければ……」

カンナは首を振ると、立体ウィンドウをナオトへ放る。海外の記事だ。

翻訳ソフトにかけると、ドラッグ、銃撃、暗殺と、物騒な単語ばかりが出てきた。

「電賊被害にあったポーランド麻薬王の暗殺事件。そいつは電賊に賞金をかけてたけど、自宅で射殺されたの。電賊は、現実でも人を殺す。あらゆるネットワークはＶＲＳＮＳと結ばれてるから、ヤツらは相手の警備や予定を盗み見できる。仕事は簡単だったはずよ」

ナオトは溜息すらつけず、唖然としていた。

「警察に通報したら、かえって電賊を刺激しかねない。――でも、解決策はあるわ」

あげられたカンナの顔は、ナオトを巻きこんだ責任感に引き締められていた。

「奪ってしまったものを返すの。抵抗せず、協力することを示すのよ。わたしが知ってる限りだと、電賊は余計な殺人や一般人の殺しを禁じているそうだから」

「うん、うん！　抵抗なんか絶対しません！」

激しくうなずくナオト。だが、すぐこのプランの問題に気付いた。

「あのぅ。電賊と、どうやって連絡を取るんですか？　それに、おれが奪ったことになってるアプリ、どこのフォルダを探してもないんですけど……」

「アプリは電賊に調べさせたほうがいいわ。連絡手段は——ちょっとデバイス貸して？」

ナオトはデバイスを巻いた左腕を差し出し、他者操作を許可する。するとカンナはメール・ウィンドウを開き、指を踊らせはじめた。

「これでいいはずよ。……電賊が、噂どおりの怪物ならね」

電賊〈ウルヴズ・ファミリー〉の仮想会議を終えたあと。

マーリアが目覚めた場所はブダペストのアパート。そのリビングにあるソファだった。

彼女は起きるなりキッチンにあった紙袋を開け、菓子パン・レーテシュを齧りはじめた。

普通は砂糖煮リンゴをパイ生地で包むのだが、これは、かわりにイワシの激辛炒めを詰めている。伝統に対する挑戦ともいえる商品だったが……そう悪くない。

二個目を食べ終え、三個目を紙袋から出したとき、両手に痺(しび)れが走った。昨夜の仮想負傷のせいだ。専門病院で治療するのが一番だが、この状況では高望みだろう。

痺れは軽度。パフォーマンスに影響なし。紙袋を抱えてソファに戻ると、もうひとつのソファでログインしていたアーロンがパチっと目を開くなり叫び声をあげた。

「ああっ、くそ！　危うくパンツを汚すところだった！」

アーロンはペットボトルの水をごくごく飲み、一息つく。

そして、こんどはがっくりとうなだれた。

「まいったな。まさか、ボスがお嬢まで処刑しようとするとは……」

「――彼女がボスを継いで一年。ファミリーは揺らいでいる。隙を見せたくないのだろう」

そういってリビングに入ってきたのは、四、五十代ほどの日系人男性だった。

長身大柄で、着ている背広はブランド品。その左目は硬質な機械眼で、眼窩(がんか)周囲は葉状の火傷痕(やけどあと)があり、機械眼アシスト・モノクルで失われた左視覚を補っていた。

電賊〈ウルヴズ・ファミリー〉の相談役トージョー。

相談役といえば偉そうだが、ボスはかれに意見を求めないし、求められなければファミリーを動かせない。実際、閑職だ。下部組織も、一つしか任されていない。

……もっとも、その下部組織は、〈ウルヴズ〉の中でも特別な存在なのだが。

「彼女はわたしの力を削ごうとマーリアを殺したがっている。現実でわたしの〈テイルズ〉が保護していなければ、会議結果を問わず、暗殺者を差し向けられていたかもな。いや、まだ油断はできないな。——マイク？」

『まだ周囲に動きはありません』

トージョーが通信ウィンドウを出すと、無骨な男が映された。もじゃもじゃの髪と髭の、戦闘服姿。〝現代版ヴァイキング〟といった風貌か。〈テイルズ〉副官のマイクだ。

「わかった。警戒を続行しろ。本部の者も侮れんぞ」

『了解。子守を続行します、チーフ』

マイクは鼻先で笑い、通信を切る。アーロンが「頼りになるね、戦争ジャンキーども」と不快げに言うが、それは〈テイルズ〉をとても正確に表した言葉だった。

総員四〇名と、下部組織でも小規模。しかし全員が猛獣であり、現場指揮官たるトージョーを〝チーフ〟と呼んでいるほど、根っからの軍人——特殊部隊だ。

戦い続ければ、心を壊す。そして、この業界では壊れれば壊れるほど強くなる。トージョーの下でしか働かないと公言しても、ボスが処分を惜しむほど強くなる。

ファミリー内で敬遠されているが、腕は本物。アーロンも嫌っているが、かれらの庇護下がもっとも安全であることは否定できないだろう。

「あらためて礼を言わせてください、トージョーさん」

「気にするな。わたしも、直弟子を見せしめに使わせるつもりはない」

トージョーはマーリアの師。両親の死と、突然送られてきたグリッチャー・メールに混乱していたマーリアを〈ウルヴズ〉へ招き、第二の人生を教えてくれた人物だ。その記憶はL・O・S・Tしてしまったが、二年ほど共に暮らした記憶はある。

だから善人である……とは、言わないが。

「トージョー、その袖の血はどうしたのですか?」

「仕事だ。〈テイルズ〉はここの護衛に回していたからな。わたしが現場に出た」

トージョーは高級シャツの右袖口についた赤染みを眺める。

「先週に汚い機密を盗んだ企業から、身代金交渉を現実で行おうと提案があってな。案の定、かれらはわたしを殺そうとした。だから、プロとして対応したまでだ」

マーリアは獲物の不運に同情した。相手が特に悪かった。トージョーは左目と次席幹部の座を失うまで、名うてのグリッチャーであり、暗殺者であった男だ。

そして初代ボス――リヴィオの兄弟分であり、かれの名刀だった。

黒髪に白が混ざりはじめ、閑職に回されても、その腕は衰えていないらしい。

「だが、これでここの仕事の長期化が決定したな。おろそかにすれば、これ幸いとボスはわたしを強く責めるだろう。そちらの支援には時間がかかりそうだ」

フォルナーラはトージョーを嫌っている。〝六年前の大失態〟のあとも人望を保っていることの男を担ぎ、ボスに据えようとする者が現れないか警戒している。だから、その直弟子のマーリアも嫌っている。対抗心から、同年代のリンカを鍛えているくらいには。

しかし……トージョーの支援は遅れる。ハードだが、二人でR・O・Tと〝敵〟に対処する線で考えるべきだろう。アーロンの顔にも、絶望感が滲んでいた。

「……どうするよ？　おれたちだけで。ウィリアムも死んじまったし」

「どうもこうもありません。プロとして動き、わたしの〝価値〟を示すだけです」

トージョーは機械眼と生の目をマーリアに向ける。マーリアはその視線の意味を探ろうとしたが、読み取るまえに、かれは視線を外した。

アーロンも首を振ると、リンクデバイスから大量の立体ウィンドウを出現させた。

「とにかく、まずR・O・Tだ。身元は割れた。あとは接触手段だが……」

「その心配はいらん。対象――ナオト・ヒノは、電賊をよく理解しているらしい」

「どういう意味でしょうか？」

「さきほど対象がメールを送信した。送り先は自分のアドレス。監視に気付いているのだろう。R・O・Tについて、VRSNSで話そうという内容だ。時刻と場所は、こちらが指定していいとのこと。……慣れているな」

「へぇ、そいつはまた。気弱な女の子にも見えたが、案外、ガッツがあるらしい」

アーロンは感心したように腕を組むが、その顔は疑念に包まれていた。

「一杯喰わされたかな？　かれが〝敵〟の一派だったら？　こんどこそ、おれたちを消す」

「うむ。素性を洗いなおす必要があるな。もしかしたら——」

トージョーとアーロンが議論しているあいだ、レーテシュを食べ終えたマーリアは手を払い、メモ・ウィンドウを作っていた。

「トージョー、この支度をおねがいします」

それが完成すると、マーリアはトージョーへ投げる。メモを眺めるトージョーの機械眼が、見間違いではと、瞳孔部を赤く点滅させたり、微かな駆動音を鳴らしていた。

「……今夜、実行する気なのか？」

「いずれ日本へ行かなければなりませんが、いま無力化しておけば、あとが楽になります」

「ちょ、ちょっとまて、お嬢」

咳き込むように、アーロンが割って入ってくる。

「対象が〝敵〟と結ばれてる可能性が出てきたんだ。もっと調査して——」

「むしろ〝敵〟と対象が仲間でなかった場合、先を越される危険があります」

「……隙を見つけたら、迷わず食らいつく、か」

トージョーはそう呟くと、重々しくうなずいた。

「手配しよう。電賊として、プロとして、己の価値を示せ」

言われるまでもない。それしか、マーリアは生き方を知らないのだから。

三章　影にて芽吹く

ナオトは、帰宅してすぐVRSNSライトネット・ロサンゼルス第五エリアにログインした。現地時刻・午前〇時のロス、それも仮想世界なら、それはそれは賑（にぎ）やかなものを想像したが、夜空には一発の花火もないし、美麗な遊覧船も泳いでいない。

しかし、寂しくはない。無数のネオンや街灯、窓の明かりで雑多に煌（きら）めいている。広告はホログラムではなく、壁に貼られた紙ポスター。道路では古めかしい車が濃い煙を吐き、人も各々派手な服装を選んでいるが、妙な共通感があった。

それは、〝コミュニティ・ゾーン〟だからだ。同士が集まって土地を借り、テーマに沿って運営している場所で、ここは一九七〇年代アメリカを再現しているゾーンなのだ。

――自発的には一生こないゾーンだったろうなぁ。ログイン駅前でパンクな集団がたむろしているのを見てそんな感想を抱きつつ、ナオトはタクシーに乗った。

そう。自身にメールを送った直後に届いた匿名メールの指示で、ナオトはここへ来たのだ。カンナの読みどおり、自分は電賊に監視されていたらしい。

恐怖すると同時に、ふと思った。自分を電賊と引き合わせたメールも、匿名だった。となると、あれもどこかの電賊が送ったメールなのか？　なにが目的で？

『日野(ひの)くん、日野くん？　だいじょうぶ？』

タクシーの後部席に揺られていると、通信でカンナの心配声が送られてきた。

『やっぱり、わたしも一緒にログインしたほうがいいわね。すこし待ってて』

「へ、平気ですってば！　あっ、通信は切りますね。へんに疑われたらマズいですし」

そう言って通話を切るが、すこしも平気ではない。おどおどと目が動き、車窓の向こうに、このゾーンで唯一輝いている立体広告を街灯上で見つけた。公式運営広告だ。

——あらゆる壁を超えて、あなたを運命の下に、か。

超えてはならない壁もあると思うが、超えてしまったからには仕方ない。

それが運命ならばと意を決し、ナオトは前に見えてきた高層ビルを睨(にら)んだ。

百年前にもエレベーターがあったとは驚きだ。

ナオトは電賊に指定された高層ビルのエレベーター内でそんなことを考えていたが、ペントハウスがある屋上につくと、さらに面食らうハメになった。床の大半がプールで、その上に石造りの道が張り巡らされている。陽気なディスコナンバーが歌われる中、そこを上品な客や、麗しい女性たちが行き交っている。なにかのパーティの真(ま)っ只中(ただなか)らしい。

入口近くの人にジロジロと見られるし、屈強なガードマンたちもいるが、ナオトは恐れより赤面してしまう。そのうちに「あらまぁ」と声をかけられてしまった。

振り返ると、従業員らしい綺麗な大人の女性が薄く微笑んでいた。

下着みたいな恰好をした女性が、だ。

「可愛い子。ウチの新人……じゃないわね。なら、お客さんね。どこの子かしら」

「え、あ、う」

「ま、ここに入れたのなら招待をもらったんでしょ？　わたしは男しか取らないけど、あなたならいいわ。すごい体験をさせてあげる。ここには魔法がかけられているのよ」

女性はナオトの手を取ると、どこかへ誘おうとプール上の道を歩きはじめる。

「──待ってください。その客は、わたしの待ち人です」

その女性を、凛とした声が止めた。一緒に振り返ると、背後にいた人物を見て女性はきょとんとし、ナオトはギョッとした。

黒ドレスを纏う、金のポニーテールの美女。〝お嬢〟と呼ばれていた電賊だ。

「あらあら、今夜はいけない子がよく紛れる日ね。あなたは？」

「狼。そしてそれは、狩りの獲物です」

「……上の人ね。残念、可愛い子だったから」

女性はナオトの手をするりと離すと、憐憫の視線を残して去っていく。

残されたナオトは、プール上の歩道で、ひとり電賊のお嬢と向き合うこととなり──。

「うわぁ！」

いつのまにか、どでかいリボルバーを向けられていて、すぐさま両手をあげた。

その反応に、お嬢は小首とポニーテールを傾げる。

「なにを？　このゾーンは我々の縄張りであり、主催者は下部組織。客も税理士や銀行家など外部協力者だけ。環境利用は不可能です。はやく手札を切るべきでは？」

「えっと、おれ、話をしにきただけなんだけど……」

黒眉をひそめるお嬢。その困惑顔で、彼女が自分とそう歳が違わないとわかった。

「その、R・O・Tだっけ？　やっぱり見当たらないし、でも、専門家にしか見つけられない領域にあるかもだから、そっちで調べてもらって、お別れしたいなーって」

いつ弾丸が飛んでくるかわからない恐怖で、過剰な早口になる。

お嬢は理解したらしいが、まだ疑っている様子だった。

「あなたは、どうして、あの日、あのホテルに？」

「おれ、VRSNSの怪奇現象を追ってて。こないだ、匿名メールがきて……ほかのビルのリード表に、そのメールにあった位置指定子を打ったら、あそこへ勝手に……」

「つまり、巻き込まれただけと。……では、不幸としかいいようがありませんね」

そしてカチリと親指で撃鉄を起こし、ナオトを仰天させた。

「これから、あなたは重度の仮想負傷を負い、現実で病院に運ばれる。のちに、わたしが肉体を回収しにいきます」

「ちょっとまって！　回収って、おれ、返すつもりなんだけど！」

「……下手に抵抗されて致命打を与えては困りますし、いいでしょう。説明します」

教えてくれるのはありがたいが、そのあいだも、銃口は動かなかった。

「あなたはR・O・O・Tを持っている。あれは〝グリッチャー〟と同質の物のようです」

「ぐ、グリッチャー？」

「我々のようにVRSNSを破壊できる者。またその力。とても重いアプリで、デバイスではなく、より大容量の記憶媒体に保存されます。R・O・O・Tも同じなのでしょう」

「その、大容量の記憶媒体って？」

お嬢は左手の指で、自分の側頭部をとんとんと叩いてみせる。

それが意味するところは、つまり……。

「……まさか、おれの脳にR・O・O・Tが？」

お嬢がこくりとうなずく。

ああ、神さま。涙目で夜空を仰ぐナオトを慰めるように、お嬢は言った。

「平気です。脳を取り出し、データを抽出する方法はあります。グリッチャー・アプリはそうやって他者へ継承できますから、R・O・O・Tも可能でしょう」

「脳を取り出すの？　その手術を受ける人が、死んじゃう確率は？」

「……？　脳をまるごと無くして、人間は生きていられないでしょう？」

なにを当然なことを、とばかりに返された。これはヤバい。

顔を真っ青にするナオトだが、お嬢は背後のエレベーターのほうを見ていた。

「……これがあなたの手札ですか？」

「へいっ？」

「ちがうようですね。つまり、あのときの〝敵〟ですか」

お嬢が謎の言葉を呟いた瞬間。

エレベーターが開かれるなり、光と炸裂音が飛び出してきた。

ナオトはお嬢にパーカーのフードを掴まれると、一緒に歩道横のプールへ落とされた。

水を飲んでしまい、眼前に『呼吸異常・注意』の警告が現れる。

その警告越しに、続々と人が水中に落ちてきて赤い霧を広げていった。

あわてて水面から顔を出すと、上も地獄だった。エレベーターから出てきた十数人の武装した男たちが、両手をあげる客や、床を這う者を撃ちながら屋上に展開している。

ＶＲＳＮＳで人が死ぬというのは事実だ。腹を撃たれて呻く男性の顔を見て、ナオトは確信した。襲撃者の一人がその頭に銃口をあて、びしゃりと中身を飛び散らせた。

泣くか吐くかで迷うナオト。一方、すぐ横の水面から顔を出したお嬢は冷静だった。

「統一性のない武装。寄せ集めですね。グリッチャーすら……いや――」

ドカンと重い発砲音がした。襲撃者の一人が胸のあたりから紫電を散らしつつよろめき、二度目の発砲音で胴の前面をピンク色の霧に変えて吹っ飛んだ。

「だれのシマを荒らしてると思ってんのかしらねぇ！」

さっきの女性だ。手に持ったショットガンをまたぶっぱなすと、襲撃者たちが怯んだ。

それを反撃の狼煙とし、初撃を回避していたガードマンたちも銃を抜くが……。

「具体化、イモータル・ピート」

紫色の帯が宙を奔り、石像の陰にいたガードマンの首に巻きついた。帯の左右に無数の赤い針状脚がついていて、首を縛られたガードマンが驚き、銃を落とす。

悪態が悲鳴に変わり、ガードマンは遮蔽物の陰から引きずりだされた。

「よーう、狼の手下ども。ここに〝埋葬屋〟がいるって聞いたんだが？」

襲撃者の集団の中から、一人の青年が悠々と歩いてきた。

ロゴシャツに、前を全開にしたジャケット。ジーンズに両手をつっこみ、オールバックにした金髪。若く、悪党というより〝不良〟という言葉のほうがしっくりする風貌だ。

その青年の背後では先ほどのガードマンが立っており、あの長い帯――紫色外殻と赤い脚を持った巨大ムカデにぐるぐる巻きにされていた。

それを見て、ガードマンも女性も愕然とする。

しかしお嬢はプールから這い出ると、濡れた髪を直しながら青年と対峙した。

「電賊〈レッド・ソー〉のグリッチャー、ミッチェル」

「おっと、そこにいたか。我が愛しのライバル、マーリアちゃん」

襲撃者側とガードマン側の双方が銃撃を止め、お嬢――マーリアという名らしい――が立ちあがる。血まみれの床にも人質のガードマンにも目もくれず、マーリアが訊いた。

「あなたは、一年前に殺したと思っていました」

「はん。仕事が雑だぜ、埋葬屋」

「仕事は〈レッド・ソー〉の壊滅でしたから。あなたの生死など気にしていませんでした」

ミッチェルがこめかみをひくつかせる。かれの後ろで紫ムカデも怒り、バキバキとガードマンの全身を締め折っていくが、どちらも視線を動かさない。

怒りを制御しようと咳払いするミッチェルに、死体を捨てたムカデが這い上がっていく。

「さみしいね。こっちは酷い目に遭ったってのに。七ヵ月のリハビリはきつかったよ」

「目的は復讐ですか？　滅んだ〈レッド・ソー〉のために、狼の縄張りを侵すとは」

「いんや。〈レッド・ソー〉なんてどうでもいい。おまえもオマケだ。おれは――」

マーリアの右腕が閃き、大型リボルバーが火を噴く。

放たれた散弾は、ミッチェルに巻きつくムカデの紫色外殻に弾かれていた。

「そうこなくちゃな！　【安定の紫（スタビレ・ヴィオーラ）】〈定義強制・ムーヴ〉！」

ムカデが夜空に向かってハサミ状の大顎（あご）を開き、金切り声を放つ。

その顎を起点に衝撃のない爆発のようなものが広がり、その場にいる全員を嬲（なぶ）った。

「まだだ！　〈定義強制・コミュニケーション〉！」

ふたたび無音の爆発。そしてさらに三度目の爆発をムカデが行おうとするが、マーリアがリボルバーを連射し、ムカデの頭部に火花を散らして妨害した。

「〈定義強――〉、ちきしょ、撃てっ、撃て！」

ミッチェルは仲間を叱咤（しった）するが、ガードマンも態勢を立て直す時間を得ていた。

銃撃戦が再開すると、マーリアはナオトをプールから引っ張りあげ、裏手階段へ走った。


階段からビルを出ると、外では通行人たちが銃声が響くビル屋上を不思議そうに見上げていた。その間を縫い、マーリアは近くに停（と）めてあったオープンカーの運転席に乗った。

「乗ってください。早く」

ずっと銃口を向けられているのだから、従うしかない。ナオトが助手席に乗ると、マーリアはウッドパネルのキーを回して発進した。その急加速が、ナオトの臨界点だった。

「ねえ、ねえ、ちょっと！　いったい、なにが起きてるの！　教えてよ！」

「封印系コードを喰らいました。もしものために、足を用意していて正解でしたね」

「んん？　いや、それじゃなくて！　さっき人が……死んだんだよね、撃たれた人たち」

「おおかたは。それより襲撃者です」

マーリアは風にポニーテールを泳がせつつ、さらっと言う。

「あれは雇われ者です。あの日、Ｒ・Ｏ・Ｏ・Ｔを奪い合った〝敵〟が依頼人でしょう」

「じゃあ、狙いは……おれ？」

「はい。移動系と通信系を封印したのは、あなたを逃がさないため。……しかし〈ウルヴズ・ファミリー〉のシマがまた襲われるとは。我々は影響力を落としている。なるほど、Ｒ・Ｏ・Ｏ・Ｔは必須ですね」

「あ、あのぅ……もしかして、いまから、おれ、撃つ？」

「いいえ。仮想負傷による無力化は繊細な作業ですから。それよりも——あそこがいいです」

急カーブしたオープンカーが十字路の歩道に乗りあげ、近くの法律事務所へシャッターとガラスドアを砕いて侵入。年代物のデスクや書類をぶちまけて停まった。

「で、電賊の、駐車の仕方って……」

シートベルトとカットシステムがなければ、大怪我していたと思う。

マーリアは車から降り、すでに無人の所内の奥にあるデスクを漁りはじめていた。

「相手はかならず追跡してきます。なので、急いで仲間に連絡しなければなりません」

「え？　でもでも、通信はできないんじゃ？」

マーリアが手招きしてナオトを呼ぶ。

彼女が見下ろす所長デスクには、ダイヤル式電話があった。

「……これ、使えるの？」

「VRSNSは巨大シミュレーター。インフラがあり、当然、これも立派な通信機です」

「それは知ってるけど。おれ、こんな古い電話、教科書でしか見たことないよ」

「平気です。こうして受話器を取ってから、正面のダイヤルを回して、戻して……」

指でダイヤルを動かし、戻す。それから、指が宙を彷徨い、やがて顎に添えられた。

「この数字の上にある三つのアルファベットは？　アンダーバーは、どこですか？」

「いや、おれに聞かれても……」

沈黙。マーリアは、チンと受話器を置いた。

「計画を変更します。封印効果が切れるまで距離を——」

黒ドレスのスリットからスレンダーな足が翻り、ヒールがナオトの頭上を、引き締まった太ももが眼前を過ぎる。

上段蹴りはナオトの背に忍び寄っていた巨大ムカデの顔面に直撃。ムカデが退き、入口を破壊したオープンカーの上に立つ青年——ミッチェルの右腕へと戻っていった。

「おいおい、埋葬屋。逃げるなんてらしくないぜ。自慢の猫ちゃんはどうしたよ？」

ミッチェルは嗤っている。マーリアがなにかトラブルを抱えていて、それを知っているのだ。だが、彼女はナオトを壁際へ押すと、左手でポーチ窓から幅広ナイフを抜いた。

「仲間を置いてきたのは過ちでしたね。あなた程度なら、これで十分です」

「なら、やってみろよなぁ！」

ミッチェルの右腕から、ムカデが一気にマーリアへ伸びる。彼女はムカデの頭に発砲するも、勢いをつけたムカデは止まらない。

その大顎に細首を挟み切られる寸前、彼女の左手でナイフが赤熱した。

刃が、真っ赤な弧を描く。マーリアとすれ違ったムカデが後方に着地すると、長い身体をのたうたせる。その顎肢の一本が斬り飛ばされ、断面から蒸気を噴いていた。

「対ドローン溶断ナイフか。さすが狼のお姫さま、いいモン持ってんな！」

ムカデが足払いのように尾を旋回させる。デスク群が木っ端のように舞い飛ぶが、マーリアはジャンプで躱していた。

同時にリボルバーを捨てた右手で、魔法使いが呪文の印を結ぶように五指を閃かせる。

着地と同時に、左手の赤熱ナイフをミッチェルへ投擲。ムカデがつむじ風のように主の元へ戻り、紫外殻でその赤刃を弾いた。

「さすがだぜ。〈狼の血〉を差し引いても、おまえは強え」

「あなたのほうは、やはり大したことありませんね。メインカラー【安定の紫】のグリッチャーは防御偏重になりがち。残念なほど典型的です」

ミッチェルは激しく言い返そうとするが、何かに気付き、顔を引き攣らせた。

ナオトもそれを見て仰天した。手榴弾だ。マーリアがリボルバーを捨てたとき、高速展開したポーチ窓から出して放っていたらしい。それが、オープンカーの下に転がっていく。

「うわわ……わぁっ！」

驚くナオトにマーリアが体当たりし、手近なデスクを倒して盾としつつ抱き寄せる。

「──記録の底に埋まりなさい」

爆音が轟いた。衝撃が事務所を揺さぶり、車を天井まで突きあげる。跳ね回る壁や家具の破片がナオトのパーカーをかっ切り、カットシステムの電気を散らせた。

浮いた車がズンと着地した音を最後に、静寂が訪れた。

──お、終わった？　ナオトが顔をあげようとすると、右肩と右腕にビリっと痛みが走り、悲鳴をあげた。右腕を見て、さらに悲鳴をあげた。

破れたパーカーの袖が真っ赤だ。右腕に切り傷が走り、ダラダラ血を流していたのだ。

「わっ、わっ、わっ……」

慌てふためくナオト。そこへマーリアがやってきて、傷を確かめた。

「ふむ。余波なら、グリッチャー・モードの異常強化カットシステムで耐えられると思ったのですが。そういえば、あなたはモード移行してませんでしたね。軽傷でよかったです」

「け、軽傷なの、これ？　すっごい血が出てるけど！」

「はい。背中に刺さっている破片も、右肩甲骨で止まってます。だいじょうぶでしょう」

「……ん？　おれの背中、いま、なんか刺さってるの？　取って、いますぐ取って！」

「抜けば出血量が増えます。わたしたちは、あなたに死なれると困るのです」

死。その言葉がナオトをハッとさせた。

「あ、あの男の人は？」

マーリアは車を包む炎と黒煙に遮られた入口を見ると、ひとつうなずいた。

「かれの【安定の紫（スタビレ・ヴィオーラ）】カラーに、あの威力を防げるものはありません。死にましたね」

死んだ。あの男が。人殺しだった。ナオトたちも殺そうとしていた。

だが、いまのいままで喋（しゃべ）っていた人が、目の前で死んだ……。

ナオトは右腕を抑えつつ火と煙が渦巻く入口を眺めていると、その中に紫の光を認めた。

次の瞬間、煙を貫いて現れたムカデが、長胴でマーリアの首を縛り宙へと持ちあげた。

「おらぁ！　【力の赤（ポテレ・ロッサ）】の慣性変更防御は、てめーの専売特許じゃねーぞ！」

続いて出てきたミッチェルは、ボロボロだった。衣装は所々が破け、無数の傷や火傷（やけど）が覗（のぞ）いている。しかし怒りの形相で、ムカデで吊（つ）りあげたマーリアを睨（にら）みつけていた。

「なめやがって！　おれはグリッチャーだぞ！　認めさせてやる！　てめーを殺してな！」

「【安定の紫】に、サブカラーが【力の赤】とは、難儀な組み合わせですね……」

マーリアの首とムカデの足のあいだで、カットシステムのスパーク光が激しくなる。殺しあっている。人と人が。なにをすればいいのか、ナオトにはわからない。

しかし、なにかしなければならないのは明白だと思った。

——意思検知——

頭の奥で声が響いた。通信ではない。さきほど封印されたはずだ。

——保持L・O・S・T自動具体化のため、グリッチャー・モードへ移行——

赤い光が、ナオトの頭上に出現した。赤光は急速に輪郭を作り、筋肉と毛皮の質感を持っていく。しかし〝それ〟は自分の肉体が完成するのを待たず、右前足に握った緑大剣でマーリアを拘束しているムカデを両断し、彼女を床に着地させた。

「これは……」

マーリアとミッチェルが呆然(ぼうぜん)としているあいだに、具体化が完了。

緑の大剣と兜(かぶと)で武装した赤毛の雌獅子(めじし)が、ミッチェルへと突撃した。

「ふ、復元コード〈許容されぬ修復・デュアル〉！」

真っ二つにされたムカデの上半分と下半分の断面が紫色に輝き、超高速で再生していく。

一秒後には二匹の新品ムカデとなり、前後からライオンを挟撃した。

——危機検知。指向性衝撃波コード〈証明の渦・デュアル〉を自動実行——

本能的に、ナオトは頭を両腕で覆う。マーリアも床に伏せていた。

ライオンは尾と剣で二重横円を描き、前後に爆裂を放つ。衝撃波は二匹のムカデをバラバラにし、入口を塞いでいた車の残骸と炎、そしてミッチェルも外へぶっ飛ばした。

全てを薙ぎ払うと、ライオンがナオトへ近づいてくる。腕の血の匂いに誘われたように。

「わ、わ、わ、わ」

ナオトは尻もちをついたまま下がるが、ライオンは歩を緩めない。そして剣の間合いにナオトを収め、さらに爪牙の間合いに収め、その凶悪な顔が眼前に迫り――。

ザラリと、舌でナオトの頬を舐めあげた。

「え、あ、う、お……？」

ナオトはされるがままに緑兜を被った頭を胸にこすりつけられ……甘えられた。

真っ赤な毛皮。緑の宝石製らしい剣と兜、尾と爪牙。

これ――いや、彼女には見覚えがある。

「きみって、マーリアさんのVRペットだよね？　どうして、助けてくれたの？」

かわりに、さっきの機械音声が答えてくれた。

対話機能はないらしく、ライオンはゴロゴロと喉を鳴らすばかり。

――動作確認完了。メインカラー【赤】、サブカラー【緑】。個体名……――

「リオニ・アラディコ」

マーリアの掠れ声と、頭の中の機械音声が重なった。

マーリアは立ちあがると、ナオトに甘えている雌獅子を当惑顔で眺めていた。

「R・O・Tは、L・O・S・Tを消すのではなく、奪うアプリ？　ならば――」

外から呻き声。マーリアは言葉を切り、ポーチ窓から小さな拳銃を出した。

「……さきに、残った仕事を片づけましょう」

そして衝撃波で火が消えた入口から事務所を出ると、十字路のど真ん中で力なく倒れ、血の唾を垂らしているミッチェルのところで止まった。

マーリアは拳銃でその顔面を狙う。それを、ミッチェルは恨めしげに見上げた。

「どういう、ことだ？　どうしてリオニ・アラディコを、あのガキが、操ってる？」

「なるほど。あなたは、捨て駒というわけですか」

「ンだと……？」

「あなたの雇い主も、R・O・Tの詳細を知らないのでしょう。だから、流れ者のあなたを情報収集に使ったわけです。捨て駒なら、尋問の価値すらありませんね」

ミッチェルは銃口を睨む。その顔に広がるのは怒り、そして、恐怖。

「だ、ダメだよ！」

外に出てきたナオトが叫ぶと、赤獅子――リオニ・アラディコの姿が霞んだ。

マーリアとミッチェルの間に入ったリオニが、マーリアが発射した弾丸を大剣の腹で跳ね返す。マーリアは目を丸くしつつも距離を取り、拳銃をナオトへ向けた。

そのときには、跳ね戻ったリオニがナオトを射線から守っていた。

いまのうちにと、ミッチェルがよろめきながら逃げていく。マーリアはそちらへ銃口を巡らせようするも、リオニが唸り声で牽制した。

「わかりません。わたしを助け、ミッチェルを守る。あなたの目的はなんですか？」

「え、う、その、えっと？」

「……混乱によるL・O・S・Tの暴走、のようですね」

マーリアはひとり納得すると、拳銃を下げた。

「そのL・O・S・Tのスペックは、わたしが誰よりも知っている。今夜は目的を達成できないようです。引き上げます。……あなたが許してくれれば、ですが」

「うん、許す、許すよ！　けどさ、この……L・O・S・T？　ライオンさん、なに？」

「リオニ・アラディコ。わたしが失った記憶と感情であり、わたしの分身」

それが、ナオトをさらに混乱させる。しかしマーリアは補足せず、虚空に掲げた左手から青い渦を出現させた。初めて会った日にも見せた、あの門だ。

「封印は消えたようですね。あなたも去った方がいいでしょう。ですが、いまのあなたはグリッチャー・モード。ドロップ・ポータルでしかログアウトできないので、注意を」

そうして、マーリアは青渦門へ入ると、それと共に姿を消した。

グリッチャー。ＶＲＳＮＳに破壊をもたらす者。……自分が？

そして、電賊に脳を狙われている。交渉の余地など、最初からなかったのだ。

傷を庇いながら立ち尽くすナオトを慮るように、リオニが頬を舐めてくる。その太い首を左手で掻いてやりながら、鈍い頭で最優先で知らなければならないことを導きだした。

「ね、ねえ。ドロップ・ポータルって、知ってる？」

リオニは、クワァとあくびをするのみ。

――意思検知。ドロップ・ポータル・プロトコルを開始。構築完了まで一二〇秒――

頭の中の機会音声が福音をもたらした。きっとＲ・Ｏ・Ｏ・Ｔの機能だろう。

脳に宿った謎のアプリに、謎のライオン、謎の刺客。謎だらけだ。

渦門ができると、ナオトは現実の自宅へ無事帰還し、疲労のままに眠りこけた。

起きたら、電賊だのＲ・Ｏ・Ｏ・Ｔだのが、すべて悪い夢だったのだと願って。

四章　隙を逃さず

――分析率二〇％――

目を閉じる。聞こえる。

――あいつよ。あの事件の唯一の生存者。

耳を塞ぐ。記憶から声が蘇る。

――おまえが通報していれば、あんなことにならなかったのに。

現実から逃げ、仮想世界に没頭する。

――どうしてあなたが生きて、わたしの旦那が死ぬの？　真の研究者なら、わが子よりも優先するものがあったのでは？　そのために沢山のおカネをもらっていたはずでしょ？

少女には居場所がなかった。理不尽な憎悪と、怒りと、興味に包囲されていた。

そんな声の中にいるうちに、自分がいなければ無数の命が助かったとわかった。

憎もうとした。自分を選んだ両親を。しかし邪魔が入った。三人で囲んだ誕生日ケーキに刺さったロウソクの灯。二人とも忙しいのに、週に一度は行った公園。

だから、少女はL・O・S・Tした。

この先、もう二度とあの二人とお話できないという事実を。

昨日のことは夢ではなかった。それは、右腕と右肩のビリビリした痛みが教えてくれた。

もちろん、傷はない。出血もない。しかしＶＲＳＮＳで切り傷を負った右腕にはミミズ腫れが浮かび、痛みと熱を発している。背中も同じだろう。

とっても痛い。それでもナオトは患部を湿布で隠して、登校した。

デバイスに、カンナから五十四回もの着信履歴があったのだ。

――当然だよね、連絡しなかったもんね。心配するに決まってるよね？

ということで、ナオトは昼休みになると全速力で部室に向かった。

「ぶ、部長、昨日は連絡もせずごめんなさいっ！」

ドアを開けるなり平謝りするが、カンナは長テーブルに片肘をついて顔を支え、正面に表示させた立体ウィンドウを仏頂面（ぶっちょうづら）で眺めていた。

やっぱり、怒っている？　しかしカンナはナオトに気付くと、自嘲気味に笑った。

「あっ、日野（ひの）くん。昨夜はごめんなさい。……わたしは、二度もあなたを危険に晒（さら）した」

「いえ、部長のせいじゃ――って、あれ？　部長、昨日のこと知っている？　どうして？」

「かれから聞いたから」

かれ？　カンナは立体ウィンドウを指してみせる。通信アプリを起動しているそれには、金髪をワイルドなオールバックにした不愛想な青年が映っていた。

「あ、あなたは、昨日の……！」

『ミッチェル・ライドン。目標に命を救われたフリー・グリッチャーだよ、くそったれ』

そう吐き捨てるミッチェルは、全身に包帯を巻いていた。

「ケガ、したんですか？」

『昨日の仮想負傷だよ。おまえも食らってたろ』

「仮想、負傷」

『ダメージ出力の結果。ほんとにケガしてるわけじゃねえが、脳と神経とナノマシンがケガしたと〝思い込んでる〟からな。普通の手当やアプリで情報修正しなきゃならねえ』

しかし、なぜカンナに連絡してきたのだろう？　彼女まで巻き込む気か？

ナオトの恐怖を汲み取り、カンナが教えてくれた。

「かれは日野くんを襲う仕事から下りたの。だから力を貸してくれるって」

「で、でもでも、どうして部長に連絡を？　巻き込まれたりしたら……」

「日野くんは電賊にマークされてるから。それに、えーと、ほかに親しい人がその、ね？」

──うん。そうですね。おれ、友達いないしね。

『まだ協力するとは言ってないぜ？　おれが質問して、それに納得してからだ』

ミッチェルは包帯だらけの身体で、難儀そうに肩をすくめてみせる。

それから、険のある目でナオトを見据えた。

『正直に言え。おまえは、狼女もおれも助けた。二人とも命を狙ってたのに。なぜだ？』

「え？　えっと、電賊は、悪い人です。けど悪いことは、きちんと裁判を――」

『ハッ！　グリッチャーはだれにも裁けねえ。世界経済の大半はＶＲＳＮＳに依存してるから、公的に脆弱性――グリッチャーの存在を認めるわけにはいかねえ。裁判？　バカか。おれたちが世間に身バレしたら、早晩、だれかに喉を裂かれるだけだ』

ミッチェルは闇で生きる者だ。そんな人を騙すのは不可能だろう。

ナオトは諦めて肩を落とし、告白した。

「わかんないです。人が死ぬのはダメだ。そう思ったら、あのライオンが出てきて……」

自分を狙う殺し屋を助けるなんてバカらしい。そう思う人が大多数だろう。

しかし、ミッチェルは嗤わなかった。悔しげに唇を噛んでいた。

『……くそっ、貸しひとつだ』

それから、力なく言った。

『教えてやるよ。てめーがどんな力を得て、どんな連中に追われてるかをな』

ミッチェルは立体ウィンドウ映像からホログラム体へ変わると、棚の上に腰かけた。

『グリッチャーを説明するまえにだ。……まさか、警察に通報してねーだろうな？』

「してないわよ。電賊にマークされているってのに」

『電賊なんか関係ねーよ。グリッチャーは存在が罪だ。該当する罪状なんてねーけどな」

「罪状にはない罪、ですか？　どういうこと？」

ナオトが首を傾げると、ミッチェルは暗い笑みを浮かべる。

『VRSNSでは無休で金融取引が行われているし、三大VRトークン自体、安全資産だ』

「安全資産？」

「多くの人から価値を信用されているおカネよ」

と、カンナが横から教えてくれる。それから、不安げにミッチェルを見上げた。

「でも、その〝人と信用〟の両方をVRSNSで破壊できるのが――」

『おれらグリッチャー。だからVR企業とあそこに投資してる機関は、裏で暗殺したり賞金を懸けてる。警察に保護されたところで、どこぞのヒットマンに居所が伝わるだけだ』

警察は頼れない。逃げる場所もない。

青くなっていくナオトの顔を見て、ミッチェルはくすくす笑った。

『わかったらしいな。頼れるのは自分自身と……こいつだけだ』

ホログラム・ミッチェルが右腕を横に伸ばすと、紫の帯状光が発生し、かれの右腕から首へスカーフのように巻きつきながら巨大ムカデの姿を形作っていく。

『こいつはL・O・S・T。記憶と感情を食って作られる、グリッチャーの仮想兵器だ』

「記憶と、感情を食べる？」

『L・O・S・Tを作れば、材料にした記憶と、その記憶のアクセス路である一部の感情を失う。だけど人間の精神はなにから作られてるよ？　大筋は記憶の蓄積だ。それを意図的に棄てるってことは、人格の基盤を壊すってことになる』

「つまり、グリッチャーはみんな人格破綻者であると？」

　ムカデを眺めながらカンナが問うと、ミッチェルは曖昧に笑った。

『グリッチャーには、その破綻を取り繕うシステムがある。人間は五つの精神的欲求を動力源としてるそうだが、そのうちの二つを膨らませて、人格の欠損部を埋めるんだ』

　精神の五大欲求。

　ミッチェルは五指を広げて、それを一つずつ折り曲げていく。

『他人や自分に認められたい【力の赤（ポテレ・ロッサ）】。だれかのそばにいたい【信頼の緑（フィドーチャ・ヴェルテ）】。好きなようにしたい【自由の黄（ジャーロ・リベルタ）】。好奇心を満たしたい【成長の青（クーシタ・ブル）】。安らぎを得たい【安定の紫（スタビレ・ヴィオーラ）】。このうちの二つが増幅される。そんでもって、その二つのカラーが――』

「L・O・S・Tの、あの不思議な力……〝コード〟になる」

　ミッチェルはうなずくと、各カラー・コードの特徴を大雑把に並べていった。

【力の赤】は破壊と衝撃を司り、【信頼の緑】は他者や物体との繋がりを確立する。【自由（ジャーロ）

の【黄(リベルタ)】はモノを創り、熱量法則を曖昧にする。【成長の青(クーシタ・ブル)】はデータを書き換え、変質させる。そして【安定の紫(スタビレ・ヴィオーラ)】は物事を鎮静化させ、修理する……。

『つっても、この精神欲求の増大は人格をかろうじて取り繕ってるだけだ。むしろ欲求に振り回されてるヤツのが多い。正気のヤツなんていやしねえ』

「まさに〝壊れた者〟ね。そんな連中が相手だなんて。しかも素性すらわからない……」

『おれを雇ったヤツは知らねえが、電賊のほうはよく知ってるぜ』

ミッチェルはL・O・S・Tを消すと、苦虫を噛(か)んだような顔をした。

『〈ウルヴズ・ファミリー〉。イタリア系マフィアをモチーフにした巨大組織。面子(メンツ)にこだわる堅物(かたぶつ)どもだが、その規模は？　グリッチャーのカラーがイタリア語で呼ばれてて、その地で成功を収めてることからわかるよな？』

「……ええと、グリッチャーの発端は、イタリアってことですか？」

『正確には、グリッチャー同士の闘いの発祥地だ。グリッチャーのカラーやL・O・S・Tの構造は、ぜんぶ、あそこの初代ボス・リヴィオが見つけてルール付けたんだよ。そのリヴィオがグリッチャー同士の戦争を引き起こし、勝ち抜き、作ったのが〈ウルヴズ〉。そうさ、ヤツらが世界で最初の電賊だ。あれとやり合うなら、軍隊が要る』

「軍隊って、いくらなんでもおおげさな――」

『六年前のテロ、【六・二〇】』

カンナの呆れ声を、ミッチェルが鋭く断つ。

『あれに使われた〈ヴァイパー〉の治療を研究していたライフシェル社の施設は、ヤツらが警備してた。ヤツらは現実の傭兵稼業もしてる。三〇人の狼が守る施設をテロリストが破壊するのに、何百人も必要だったらしいぜ。ヤツらは〈狼の血〉っていう独自のブースト・アプリを使うからな。体内ナノマシンのアプリで、超人化するんだよ』

絶句するナオトとカンナ。負けたとはいえ、人類にとって重要なプロジェクトの護衛に選ばれるほど、強力な戦闘集団ということだ。

『ついでにナオト、てめーを狙ってるマーリアは、グリッチャー基準でもイカレだ。……デバイスでL・O・S・Tを呼び出してみろ。あいつからパクったやつだ』

ナオトは困惑しながらもリンクデバイスを嵌めた左手を掲げてみると――。

――意思検知――

ホログラム機能が起動し、机上に獅子剣士リオニ・アラディコが現れる。リオニはどうして呼ばれたのか辺りを窺うが、やがて用はないと知ると、その場で丸くなった。

『L・O・S・Tのフレーム、名前、カラーも、自分じゃ決められねえ。アプリが捧げた記憶と人格を元に構築する。……でだ、こいつはなにをテーマにしてると思うよ？』

「リオニ・アラディコ。ええと翻訳して――イタリア語で、紋章、獅子？」

『ああ。きっと、その物騒なライオンは、ヤツの家系紋章がモチーフなんだろうよ』

「それが、どうして彼女が……ええと、イカレっていう理由に？」

『ヤツは家族を棄(す)てたんだよ、記憶ごとな。そしてメインカラーは【力の赤(ポテレ・ロッサ)】で、サブカラーは【信頼の緑(フィドーチャ・ヴェルテ)】。ヤツは〈ウルヴズ〉で力を示し、繋(つな)がりを強固にしたいと願っていて、おまけに家族を棄てた。ファミリーのためなら親兄弟も殺すだろうよ。実際、ヤツはL・O・S・T作成時に〝死者への想(おも)い〟という感情を失ったと言われてる』

目的と組織のためなら、殺しも死も厭(いと)わない暗殺者。最悪の人種だ。

カンナは、重たそうに額を手で抑えていた。

「……それで、対策は？」

『現実戦に持ちこまねえことだな。VRSNSならL・O・S・Tでやりあえる。仮想世界で狼(おおかみ)どもを削れ。それで、おれはこの厄介事から遠ざかる時間をもらえる』

「なるほど？　この情報提供も、徹底して自分のためってわけね」

『おれはグリッチャーだぜ。なんでも、やりたいようにするだけだ』

カンナの嫌味(いやみ)にも、ミッチェルはククと笑うだけ。

それから、二つのデータ・ファイルをナオトとカンナへ投げた。

『電賊のスターター・キット。基本アプリ一式だ。健闘を祈るぜ。――じゃあな』

「あ、まって、まってください！」

通信を切ろうとするミッチェルを、ナオトはあわてて引き止める。

「あの、おれがインストールしちゃった、R・O・O・Tってなんですか？」

『さーな。おれはてめーを無力化しろと依頼されただけだ。だが、みんながそれを狙ってる。それほどの力があるってこった。せいぜいうまく使え』

通信が切れると、宙に浮いた二つのファイルだけが残された。

カンナは、それを注意深く眺めていた。

「……先の説明もそうだけど、このアプリ、信用していいのかしら？」

「たぶん、いいと思います」

ナオトは左手を掲げ、リンクデバイスでファイルを受信・保存する。秘匿通信アプリ、探査アプリ、自動ハッキングアプリなど。たしかに役立ちそうだ。

「どうして信じられるの？」

「昨日、あの人はほんとに怖がってて、悔しがってました。【安定の紫(スタビレ・ヴィオーラ)】と【力の赤】とかいう、増幅した精神欲求のせいだと思います」

ナオトは弱った人の心を読むことに長(た)けている。ミッチェルはボロボロだったから、その胸中はよくわかった。あの人は悪ぶっていても、死ぬのが怖いのだ。だから、ナオトに時間を稼いでほしいと心から願っている。つまり、このデータは本物だ。

さらに、マーリアから奪った――机上で大欠伸(おおあくび)をしているリオニ・アラディコ。電賊に脳を狙われ、しかもグリッチャーであることがバレたら大企業に暗殺される身となってしまったが、悲観するのはまだ早い。これらは強力な武器だ。

現実で攻撃されたらどれも無力だが、その回避にもちょっと自信がある。

人を避けることだけは、きっと、だれよりも得意だからだ。

午後の授業が始まると、ナオトは教科書ウィンドウの前にシークレット・ウィンドウを重ね、昨夜のコミュニティ・ゾーンを調べていた。

なにも出てこない。あんな大騒動だったのに、どこのニュースサイトにもない。

……おれ、この先どうなっちゃうのかなぁ。

記事を閉じると、いつも騒がしい教室が静まり返っていることに気づいた。

なにごと？　教室を見渡すと、生徒たちは驚き固まっている。

そして教卓では、担任のミドリ先生が申し訳なさそうにしていた。

「――それでですね。手続きに不具合があって、こうして午後にご紹介することになってしまったのです。ごめんなさい、午前からずっと待っていたのでしょう？」

「問題ありません、ミドリ先生」

ミドリに促され、横に立っていた少女が前に出る。

煌（きらめ）く金髪をポニーテールにし、左右は垂れ耳のように無造作に伸ばした少女。背は女子にしては高く、顔と同様にモデルみたいだ。そこに大きめの赤いカーディガンを羽織っているおかげで、ただの制服が彼女のためにあつらえられた一品のように見えた。

彼女は静かな碧眼でクラスメイトを見回し、流暢な日本語で言った。

「本日から転校してきた、マーリア・ポロヴェロージです。よろしくおねがいします」

簡素な自己紹介を済ませると、転入生はミドリ先生の指示で、ナオトと真逆の廊下側最奥の空席へと歩いていく。クラスメイトたちは一声もあげず、それを目で追った。

男子も女子も夢心地だ。ナオトにいたっては、魂を飛ばしていた。

――いや、いつか現実でも遭遇するのは覚悟していたけれど、早すぎない？

――しかもクラスメイトって、逃げようがなくない？

人を避けること。ナオト最大の特技が、たった一日で破られた。

夢でありますように。何度か目を閉じて祈ったが、いくら瞬きしても、教室の端に座るキラキラした転校生は消えてくれず、そのまま放課後を迎えてしまった。

「……ねえ。マーリアって子、どこから来たの？」

「イタリアらしいけど」

「親、ＶＲ企業の社長とかかな。朝、リムジンで送られているのを見たって人がいた」

放課後。今日の帰宅部たちのお喋りは、ヒソヒソ声だった。しかしナオトに聞こえるのだから、マーリアにも聞こえているはず。それでも彼女は動じず、席でぼんやりしていた。

その隙に、ナオトはこっそり、かつ、迅速に一階玄関へと走った。

——びっくりした！　びっくりした！　まさか転校してくるなんて！

逃げなければ。しかし、どこに？　家で鍵をかけ、ベッドで丸くなるしかない。

そんなひどい計画すらも、下駄箱で靴を履き替えたところで頓挫した。

教室にいるはずのマーリアが、玄関口の検査レーザーの向こうから歩いてきたからだ。

「えええええっ、なんで！　どうして！　分身できるの！」

「分身はできません。人目が逸れたところでベランダから飛び降りただけです」

「おれたちの教室、四階だけど！」

「はい。ですから、途中で三階と二階の手すりを掴んで、二度、落下を止めました」

そうだった。この人は、アプリ〈狼の血〉とやらで超人化できるのだ。

呆然とするナオトの前で、マーリアは肩かけの学校鞄をゴソゴソと探っていた。

「この時間の玄関ホールは、いつも一〇分ほどだれも通らないことは調査済みです」

マーリアが鞄から取り出したものを突き付けられ、ナオトは愕然とする。

拳銃だ。四角ばった銃身先には、四つの銃口があった。

「じ、銃！　ここ現実で、日本なのに！」

「正確には四連装無線式ショックガン。撃たれても死にはしません。……おそらく」

「おそらく！」

「はい、たまに死にます。それでは困るので、抵抗せずついてきてください」

照星越しに、碧眼がどんどん細くなっていく。あの銃が脅しではないことは明白だ。

ここは素直に従って、あとで機を見て逃げるしか……。

「ストップ、日野くん！」

マーリアのほうへ進もうとする足を、後ろから響く声が止めた。

振り返ると、息を切らしたカンナがいた。マーリアは軽く首をかしげる。

「……寿カンナ。やはり気付きましたか。ですが、なにをしに？　大事になれば、ナオトがグリッチャーであることが、聞かれてはならない耳に入る危険がありますよ」

「あなたこそ、日野くんが断ったらどうするつもり？」

「これで気絶させ、回収します。必要なら、あなたも。仕事の障害ですから」

「人間二人を運ぶのは大変よ？　校庭には運動部の目もある。それを、どう躱すの？」

「もちろん。完璧な方法を考え、いま部下に用意させています。プロですから」

「詳しい説明をおねがい。完璧だとわかれば、わたしたちも諦めがつくわ」

「いいでしょう。まず気絶させたあと、救急車を調達した部下が身柄を……むっ」

着信があったらしい。マーリアは虚空のシークレット・ウィンドウを眺める。

その後、拳銃を学校鞄にしまった。

「救急車の確保には六週間ほどかかるそうです。今日は諦めます。――それでは」

「へいっ？」

マーリアは金髪とカーディガンを翻し、夕焼けの外へ去っていく。

それを見送っていると、横でカンナがポツリと言った。

「やっぱり」

「え、な、なにがです？」

「さっき、ミッチェルのアプリで電賊用情報交換サイトに入ったの。彼女、有名人だったわ。〈ウルヴズ〉の凄腕の殺し屋。その腕前から与えられた仇名が〝埋葬屋〟よ」

「こ、殺し屋？」

「ええ。おそろしく強く、おそろしい速さで襲い……おそろしい勢いでコケるそうよ」

コケるのか。失礼かもしれないが、ナオトはついつい納得してしまった。

ブダペストのアパートで、トージョーはテーブルに並べた拳銃やナイフを点検していた。

仕事の大半は率いている下部組織〈テイルズ〉に任せているが、長年の癖は抜けない。

それにこうしていると、いまにも粋な恰好をしたイタリア人の若者が飛び込んできて、こう言ってきそうなのだ。『よう、兄弟。準備はできてるな？』

トージョーは応える。『おまえこそ。いつも現場で弾が尽きただの、出口はどこだのと喚く』と。若者は笑ってかれの肩を叩き、共に悪辣な者から奪いにいく……。

頭を振り、意識を過去から現代に戻す。こちらの仕事は順調だ。

では、もうひとつの仕事は？　ちょうど、アーロンから連絡があった。

『どうもです。えーと、確認ですが、お嬢を学校に潜入させるプラン、平気ですか？』

「正体不明の〝敵〟のこともあるから、対象に張り付かねばならん。最善ではないが最悪のプランでもないし、マーリアはすでに一端のプロだ」

自信をもって言うが、アーロンは眼鏡を直したり、頬を掻いたりと忙しない。

「……なにか、あったのか？」

『ええと、お嬢が対象の確保に動きました。それで……あー、失敗しました』

「確保だと？　環境に溶け込むまえにか？」

『隙を逃さないっていう癖が出たんでしょう。それで、銃で対象を脅して……』

「銃？　聞き違いか？　銃と言ったか？」

『非殺傷系ですが、まあ、銃ですね。……日本で。それも、校内で』

トージョーは右目を閉じ、左の機械眼の光も消す。

一〇秒ほど沈黙したあと、脳を再起動させ、むりやり話題を変えた。

「――ところで、昨夜の襲撃の件だが」

『ボスが激怒してますよ。さいわい、あの日の客は小物ばかりで損失自体は軽微ですが』

さいわい、という言葉を強調するアーロン。

トージョーも気になったが、二人はそちらを棚上げし、目下の問題を取りあげた。

「ヤツらの狙いはR・O・Tだった。〝敵〟が外注したものだろう。つまり……」

『〝敵〟は、すでに対象の現実体を回収する用意ができている。一方、こちらで現地――ミドウ市にいるのはおれとお嬢だけで、まだ誘拐の準備すらできてない』

「しかも、我々は用意を一から組まなければならない」

『【悪辣な者からだけ、より悪辣に奪え】。非人道売買に手を出さないという〈ウルヴズ〉が作った業界のルールが、今回は〈ウルヴズ〉の首を締めてる。おれたちはその手のコネに弱い。あの仕事ぶりといい、〝敵〟は電賊じゃないかもしれませんね』

さすがマーリアの不足を補ってきた男だけあって、アーロンは聡(さと)い。

『方針を変えるべき、ですね。もしかしたら、昨日の襲撃は〝福音(ふくいん)〟かもしれない』

「同感だ。……それと、マーリアに世間を見ろと伝えろ。これは、最優先事項だ」

トージョーは通信を終えると、武器の手入れに戻ろうとする。

しかしその手は、額へ向かってしまった。

「常識というものを、もっと重点的に教えるべきだったか……?」

五章　狼(おおかみ)の契約

翌日、一年二組内で、マーリア周辺にエアポケットが形成されていた。

美人は、それだけで威圧感がある。それに彼女は身なりが良かった。ブランド物のカーディガンに、高級車の送迎。リンクデバイスは超高級カスタム品。クラスメイトたちは、封建時代の貴族と同席した農民の気分を味わい、目を合わせることも恐れた。

マーリアは、クラスで孤高の人となっていた。


「うへぇ、なんでVT(バーチャル・テスラプネ・トークン)T だけ円建て〇・六％も落ちてんのよ。わたし、お財布の中ほとんどVTTにしてるんですけど！」

「つっても大した額じゃねえだろ。なに投資家ぶってんだよ」

「損益評価マイナス六〇〇円よ！　六〇〇円でなにができるか知ってんのか、藤堂(とうどう)！」

昼休みの教室は、いつも明るい。しかし、今日はその陽気さもどこかむりやりに感じた。

全員が、教室内の異物を忘れようと努めているようだった。

その異物――マーリア本人に、チラチラと向けられる視線を気にしている様子はない。

堂々としている。堂々と、教室の真反対である窓際席のナオトを見つめていた。

怖い。ナオトはパンをモソモソ食べているが、味がしない。

まさか、ここで襲ってこないよね？　と、マーリアを見て、あれと小首をかしげた。

マーリアが、中央付近の空席に移動していたのだ。ナオトはあわてて視線を外した。

——え？　ほんとうに襲う気？　こんなに人がいるのに？

いや、電賊を常識で推し量れるか？　カンナによれば、マーリアは無数の書類を偽造し、適切な人に適切なカネを握らせて、ナオトと同じクラスになったそうな。

電賊は、現実でもそれほど自由に振舞えるのだ。

ナオトは恐々とまた横を見ると、視界が綺麗な青に満たされた。

それがマーリアの双眸だと気づくのに、五秒ほどかかった。

「ぴっ……！」

ナオトは横っ飛びし、後頭部を窓枠に打ち付けて椅子から転げ落ちた。

頭が痛い。右腕と肩が痛い。みんなの視線が痛い。なにより、心臓が痛い。

混乱していると、綺麗な手がさし伸ばされた。

「平気ですか？　あなたの脳は無事でなければ困るのですが」

「え、あ、う」

「まだ襲いませんから安心を。それより目立っています。注目は、グリッチャーの敵です」

その顔とカーディガンで言う？　と思うが、手を取ると、マーリアは起こしてくれた。

「ええと、それで、ポロヴェロージさん？」

「マーリアでいいです。わたしもナオトと呼びます」

「じゃ、じゃあマーリア。まだ襲わないって言ったけど、どうしておれを見てたの？」

「観察です。昨夜、師に怒られました。プロならば、まず環境に適応しろと。しかし……」

マーリアは教室内を見回すと、クラスメイトたちが順繰りに視線を逸(そ)らしていく。

「これは適応とかけ離れている。――ナオト、どうすれば学校に適応できますか？」

「えっと、どうしておれに訊(き)くの？」

「わたしと接点があるのはナオトくらいです。さあ、教えてください」

「お、おれも友達(ともだち)いないし。教えられても、それって、おれを攫(さら)いやすくなるわけだよね？」

「ですね。……しかし、友人がいない。孤独でも学校生活が可能なのですね」

「ええとー、その、もうすこし言葉を選んでくれたらうれしい、かな？」

他人と行動する必要はない。そう考える人もいる。だが、ナオトは友達がほしい。

孤独に納得できていない自分も、学校に適応できていないのだろう。

いやいや、自己嫌悪に陥っている場合ではない。マーリアと距離を取らなければ。だが、どうやって？　ナオトが考えながらメロンパンの封を切っていると……。

キュウウウウウウウゥ。

真横から、盛大な腹の虫が聞こえた。ついつい目が向かってしまい……。

「いや、だから近いって！　怖いって！」

ふたたびマーリアの碧眼が間近にあり、ナオトは仰け反る。しかしマーリアの視線はナオトではなく――その手にあるメロンパンを追っていた。

「……そういえば、ずっとおれを観察してたけど、お昼ごはん食べないの？」

「日本は給食制だと聞いていたので、用意しませんでした」

「しょ、小・中学校のほとんどはそうだけど……一階に学食と購買があるよ？」

「仕事用口座に対応していませんでした。新たな口座を用意して送金手続きしましたが、完了は午後四時。やはり、すこしは現金を持っておくべきですね」

「でも電賊でしょ？　購買も食堂も、三大VRトークンになら対応してるよ？」

「よくある勘違いですね。一流の電賊はVRトークンを使いません。なぜなら――」

ふたたびキュウゥゥゥゥという長い音が鳴り、説明を遮る。

口を閉じ、ナオトのメロンパンをジッと眺めるマーリア。

この人は、自分の命を狙っている。重々承知しているが、訊かずにいられなかった。

「……食べる？」

「いただきます」

マーリアはすんなりパンを受け取ると、上品かつ高速にメロンパンを胃に収める。パンが消えると、マーリアは、ナオトの机にあるコンビニ袋を見つめた。

「ええとー、まだ三つくらいあるから、食べていいよ？」

「では遠慮なく。お返しは資金移送が完了したら、かならず」

「いや、気にしなくていいよ」

「たしかに。いずれ、あなたを殺すのですから、その必要はないですね。……ああ、言い忘れていました。放課後、わたしのアジトへ来てください。ミドウ市内にあります」

「えっ、やだ。拒否権は？」

マーリアは菓子パンを咥えながら懐を漁り、筆箱のようなケースを出すと、中の注射器をナオトにだけ見せる。そしてパンを呑み下すと、言った。

「状況は急迫しているようです。断ればこの筋弛緩剤を使い、強行しろと命令されました」

「で、でもでも、昨日は――」

「事情が変わったのでしょう。ですから、もし、また邪魔する者がいれば……」

マーリアは制服ブレザーの左脇に右手をつっこみ、カチリと金属音を鳴らす。

仮想世界で何度か聞いた音。拳銃の撃鉄を起こす音だ。

「わかった。いくよ……」

「結構。ところで、まだパンはありますか？」

「……おれ、現金あるから購買で買ってきなよ。逃げないよ。逃げれないのは、知ってる」

そうしてマーリアは五百円玉を握りしめ、軽やかに教室を出ていった。

まいった。ナオトが頭を抱えていると、ふと、周りの目が気になった。

みんな、女王に無茶な貢物を命令された庶民を見るような、同情の視線を寄せている。

そしてその勘違いは、正解からそれほど遠いというわけでもなかった。


――ごめん、ミッチェルさん。色々教えてくれたのに、時間、稼げませんでした。

放課後。マーリアと学園の駐車場で待っている間にそんな懺悔を繰り返していると、迎えの車がやってきてナオトを唖然とさせた。ベンツだ。白手袋をつけた運転手は丁重に二人を後部席へ誘うと、生徒たちの当惑顔に見送られながら発進させた。

「ま、マーリア？　注目は、グリッチャーの敵なんじゃ……すっごく目立ってる気が……」

「我々の組織には【矜持を忘れるな】という掟があります。見栄えも重要です」

組織――イタリア系マフィア〈ウルヴズ〉か。だが横断歩道を渡る小学生たちの前で止まり、「かっこいー」と歓声を浴びるのは、あまりマフィアらしくない気がする。

そんなこんなでオフィス街に出ると、一角にある高級レストランの駐車場に停車した。

「ここは我々のフロント企業のひとつ。わたしのいまの偽装身分は、ここの本社役員の娘なのです。店の者はみなカタギですから、安心してください」

待っていた従業員が車のドアを開け、足元にブランド物ハイヒールを置く。マーリアがそれに履き替えて店へ歩いていく途中、従業員は身体も触れずに彼女からカーディガンと上着を脱がせ、高級ジャケットを羽織らせ、綺麗なストールを巻いていった。

――ほんとうに、〝お嬢〟みたいだなぁ。

「お客さま、お召し物は？」

「へい？　え、あ、いいです、平気です！」

ナオトは車から降り、マーリアを追う。ここまで来たら、流れに身を任せるのみだ。

さすがVR企業が結集して作ったミドウ市の高級レストラン。広い店内では、紳士淑女がすごい規模の商談を世間話に交えていた。ナオトは完全に場違いだったが、マーリアは当然のような顔で二階奥にあるVIP室へと向かった。

「戻りました」

VIP室は、高級ホテル然とした部屋だった。しかしダイニングテーブルには料理の代わりに無数の立体ウィンドウが展開され、眼鏡をかけた大男がひとり座っているだけ。見覚えのある顔だ。マーリアと一緒にいた電賊で――たしか、名はアーロンだったか。

「おー、きたか。薬を打ってないってことは、きちんと説得できたってことだな？」

「「説得？」」

マーリアとナオトが小首を傾げる。アーロンも首を捻った。

「お嬢から聞かなかったのか？　事情が変わって、きみを守らなきゃならなくなったって」

「おれを、守る？　どうして？　これから、おれの脳を奪うんじゃ……」

「まて、まった。聞いてないんだな？　なら、どうしてここへきたんだ？」

「それは、マーリアが、従わなきゃ拳銃を使うって……」

アーロンが眼鏡をズラし、半眼でマーリアを睨む。マーリアは静かに否定した。

「拳銃を使うとは言っていません。プロらしく環境適応中ですから」

「うそ！　撃鉄を起こしてみせたじゃん！　もし邪魔者がいるなら、とも言った！」

「邪魔者がいたら……そう、穏便に対応するつもりでした」

アーロンは呆れ顔を、ウィンドウのひとつへ向ける。

「……トージョーさん、お嬢ならうまくやるって言ってましたよね？」

『とにかく、かれはきた。重要なのはそこだ、アーロン』

通信ウィンドウに映っていたのは四、五十代ほどの日系人男性。厳格そうな男で、葉状の火傷痕が広がる左眼窩には機械の目が嵌められていた。

『わたしはトージョー。〈ウルヴズ・ファミリー〉の相談役であり、マーリアの師匠だ』

「おれはアーロンだ。いちど会ったな？　あのときは、悪かった。R・O・O・Tはほかの人が触れても何も起きなかったのに、まさか、きみがインストールしちまうとは……」

そうだ、あなたのアイコンタクトのせいでこんな目に遭ったのだ！　と、声を張りあげる勇気はない。隻眼の強面、殺し屋娘、大男。狼に囲まれた子羊は、こんな気分だろう。

「あのう、それで、おれを呼んだわけは？　ええと、脳を奪う以外に」

『我々はまだきみを攫えない。設備やスタッフ、出国手段などの準備に手間取っている』

「……だが、きみとおれたちを襲った〝敵〟はちがう。おれたちの見立てでは、すでに現実の回収チームをミドウ市に送りこんでいる」

敵。ミッチェルを雇った人たちか。

ナオトは一昨日のことを思い出すと、アーロンとトージョーに深々と頭を垂れた。

「あの襲撃で亡くなってしまった皆さんの友達のこと、お悔みを申し上げます」

アーロンとトージョーが通信越しに顔を見合わせる。それから、二人揃って苦笑した。

「変な子だな、きみは。自分の命を狙っている連中の死を悼むなんて」

『我々は悪党だ。ああいう死も覚悟していただろうし、していなかった者は、愚か者だ』

「で、でも――」

「話を戻しましょう」

ソファに腰かけたマーリアが、ボウルに入ったカットフルーツを摘みながら言う。

「〝敵〟はR・O・T回収準備を終えている。一方、〈ウルヴズ〉はその目途すら立っていない。我々にとって最悪の結果は、〝敵〟にR・O・Tを奪われることです」

弟子の説明を、師匠トージョーが引き継ぐ。

『告白すれば、我々は行き詰っている。準備完了まできみを野放しにしたら、確実に先を越される。かといって、いま拉致したら？　きみは隙を見て逃げようとするし、なにより、あのリオニを操るグリッチャーだ。我々にとって、最悪の二面戦争となる』

——そりゃあ、逃げたいけれど、抵抗する勇気なんてどこにもないですよ？　というのは、黙っていたほうがいいらしい。ナオトは口にチャックして続きを聞いた。

『ミドウ市にいる〈ウルヴズ〉はこの二人だけ。規模不明の〝敵〟に対応するなど不可能だ。……だが、グリッチャーが三人でチームを組めば、話は変わってくる』

三人？　ナオトはマーリアを見て、つぎに微笑(ほほえ)んでいるアーロンを見て……。

「お、おれ？　おれが戦うんですか？　むりですよ！」

「一昨日(おととい)は大活躍だったじゃないか。お嬢から報告を聞いてたまげたよ。それに——」

アーロンはウィンドウ群から二つを取り、ナオトへ放る。表示されていたのは黄金鱗(りん)に紫の斑(まだら)模様をちりばめた大蛇と、緑翅(りょくし)青胴のトンボのイラストだ。

「なにも〝敵〟を殺せとは言わない。この蛇とトンボのL・O・S・Tを操る敵グリッチャーを見つけ、どこのだれだか調べるのを手伝ってくれればいい」

『〝敵〟の情報を得たら、〈ウルヴズ〉が叩(たた)く。それまで現実の〝敵〟からきみを守る』

「あの、でも、そのあとは？」

『何事も流動的だからな。うかつな言葉は吐けない。しかし、ひとつ断言しよう。この共闘が成功すれば、おたがい、頭痛の種がひとつ消える』

一見、救いに感じた。しかし、いま、かれらがナオトを捕らえられていないのは〝敵〟がいるからでは？　それを追い出したら、狼を繋いでいる鎖が外れるのでは？

とはいえ、ナオトが一人でいたら、すぐ〝敵〟に殺される。それは明白だ。

悩むナオトを見かねたのか、トージョーが機械的に付け足した。

『……これは〝契約〟であり、いままでのは、わたしたちの要求だ。つまり、きみにも要求する権利がある。しかし、天秤が釣り合うようにしてくれ』

要求。ナオトはハッとした。

「あの！　でしたら、部長――じゃなく寿カンナさんと、そのご家族の安全を！」

『彼女は最初から保護対象にある。きみの弱点だ。彼女が〝敵〟の手に落ちれば、きみは従わざるをえなくなる。我々電賊は使わない手だが、〝敵〟もそうとは限らない』

だから、それは要求にならないと言う。ずいぶん紳士的だ。電賊にとって〝契約〟とは、神聖なものなのだろう。しかし、どうする？　自分の助命は、当然、拒否される。

――いや、助命？　それだ。

「あのぅ、一昨日、仮想世界で襲ってきた人たちは……？」

「流れ者どもか？　ボス・フォルナーラ――うちのトップがおかんむりでね、もうほとんど始末したから平気だ。あとは、グリッチャー・ミッチェルだけだが」

「で、でしたら、ミッチェルさんを追うのをやめてくれませんか？」

無言。アーロンが眼鏡をズラし、マーリアは目を瞬き、トージョーも小首を傾げていた。

代表して疑問を口にしたのは、マーリアだった。

「……あなたとミッチェルには、過去になにか繋がりが？」

「いや、あれが初対面だけど。ほんとは、襲撃してきた人全員を助けたかったけど……」

「意味不明です」

「おれが原因で、これ以上、だれにも死んでほしくないんだ」

「あんな小物のために貴重なカードを切るのですか？」

立ちあがり、詰め寄ってくるマーリア。

その顔には、なぜか苛立ちが感じられた。

「わからないのですか？　この要求次第で、あなたの価値が――」

『……いいだろう。ボス・フォルナーラも、きみの信頼を得るためなら納得するはずだ』

マーリアがトージョーの映像へ振り返る。その隣では、アーロンもうなずいていた。

「一苦労ですがね。がんばって宥めますよ。プラチドの二の舞はごめんだ」

「まってください、二人とも。変に思わないのですか？」

事を進めていくトージョーとアーロンに、マーリアは語気を荒くする。

「この要求は不審です。〝敵〟、あるいは〈レッド・ソー〉と関係している可能性が――」

『いや、妥当だ。ボスを納得させるのは困難だが、ミッチェル程度に状況を左右されるとは思えない。契約の釣り合いは取れている』

「わたしが言っているのは、かれの思惑です。どうしてミッチェルを――」

「それが〝普通〟なんだよ、お嬢」

すでに報告書の作成をはじめつつ、アーロンがしみじみ言った。

「普通なんだ。極めて稀で、普通な感性なんだ」

「……稀で、普通？　ますます混乱します」

マーリアは答えを求めてナオトを見るが、衝動的な提案だったのだ。うまく言葉にできず、首を振るしかない。それで、マーリアはもっと不機嫌になった。

ナオトはマーリアから距離を取りつつ、トージョーへ訊いた。

「と、ところで、守ってくれるって、このお店に匿ってもらえるわけですか？」

『いや。〝敵〟も裏の者なら、ここが〈ウルヴズ〉の店だと知っている。副次的被害を考慮せず、むしろ大胆な攻撃をしかけてくるだろう。防御構築の時間も人員もない』

これは闇で蠢く者の戦争。電賊と関係ある店は、〝敵〟が全力を出せる闇というわけだ。

『寿カンナくんは〝敵〟にとっても低優先。電子的監視で済ませる。そしてきみの警備だが、日本の治安を利用すれば、相手も小規模戦力しか動かせまい。護衛ひとりで足りる』

護衛。自然と、視線がアーロンへ向く。あの逞しい二の腕を見たら〝敵〟も諦めるかもしれない。しかし、そのアーロンは人差し指で不機嫌顔のマーリアを示した。

「ええっ？　マーリア？」

「わたしでは不満ですか？　現実戦闘でも、アーロンに引けを取りませんが」

アーロンは苦笑いするが否定せず、トージョーもうなずいた。

『〝敵〟の捜索に関してはわたしに任せてくれ。手がかりを掴めば連絡する。心配しなくていい。マーリアの力量はたしかだ。それは、鍛えたわたしが保証しよう」

マーリアの腕は疑っていない。懸念はそこではないのだ。

一日中張り付くとは、つまり……。

「では、わたしはナオトのアパートへいきます。アーロン、このアジトは任せました」

――ああ、やっぱりそういうことなんだ。

『よし。これから〝敵〟の対処が完了するまで、きみたち三人はチームだ』

トージョーが顎で促すと、アーロンはファイル・ウィンドウをナオトによこしてきた。

フォーラム名簿みたいな画面で、アーロンとマーリアの名が載っていた。

「〈ウルラート〉。うちのチーム用通信アプリだ。高速秘匿連絡にバイタル確認、合流ログイン、高度代理入力などができる。ま、フレンド登録みたいなものだね」

ポンと、承諾と拒否のパネルが表示される。

逃げる潮時は逸した。ナオトは力なく承諾を押すと、項目に自分の名が追加された。

『よし。〝敵〟の対処を終えたら、袂を分かつまで二十四時間の猶予を作ろう。いいな？』

宣言が終わると、マーリアは隅に置いてあった大きな登山バッグを背負った。

「ではナオト。しばらくのあいだ、よろしくお願いします」

契約を終えると、トージョーは席を立ち、近くの窓から差しこむ陽光に癒しを求めた。

『……これでナオトくんの安全は確保され、〝敵〟グリッチャー二名の情報収集の目途も立った。お嬢の処刑までに、なんとか間に合いそうだ』

開きっぱなしの通信ウィンドウからアーロンの声が届き、トージョーは振り返る。

「ボスに、一昨日の戦闘記録は報告したか？」

『もちろん。ナオトくんはR・O・O・Tを使い、自身の目的――自分もお嬢も、ミッチエルすらも生かすことを成功させた。並のグリッチャーがやろうとしたら、だれかが死んでます。R・O・O・Tを差し引いても、才能がありますよ、かれには』

「そして、マーリアに与えられた使命はR・O・O・Tの回収。それはR・O・O・Tが入った脳でも、R・O・O・Tを操る新メンバーでも、同じことだ」

先日の襲撃は、奇貨だった。

ナオトは実力を証明した。電賊も、すべてを自由に扱えるわけではない。〈ウルヴズ〉

でもだ。グリッチャーを捕らえ、国外へ連れ出し、生きた脳を取り出す？　かなりのコストがかかるだろう。しかし、そのグリッチャーが、ボス垂涎（すいぜん）ものの才覚を持っていて、自分の足でこちらにきて、忠実な仲間になってくれたら？　コストは前者の一割未満。道中のリスクはさらに低下し、しかも〈ウルヴズ〉は即戦力を得られる。

この最高の結果へ至る障害は、たったひとつ――。

『で、どう〈ウルヴズ〉に誘うんです？　あれはカネで釣れる子ではないでしょう』

「人は変わる。グリッチャーですら。この共同戦線で、かれは様々なことを目にするだろう。心変わりするのに、十分なものを」

『なるほど？　それと同時に、かれを守るお嬢も、日常で様々なものを見るわけだ。……学校に転入させたのは正解でしたね』

画面に映るアーロンは、口端を持ちあげていた。

「結果的に、と言いたそうだな？」

『対象監視だけならもっと良い手がいくらでもあった。――理由は〝これ〟ですか？』

いま、マーリアが自分の左目を指差す。

アーロンが自分の左目を指差す。

いま、マーリアを補佐できるのはかれだけだ。打ち明けてもいいだろう。

「……おまえの想像どおりだ。学校生活体験も、その一環だ」

『償い、ですか？』

「そんな大層なものではない。ただ、自分の責任を果たしたいだけだ」

――六年前。トージョーがまだ次席幹部で、セキュリティ事業を任されていた頃。

かれは、ある護衛契約を結んだ。依頼人は、最高の護衛を必死で探していた。

必死で当然。かれらは、あの【六・二〇】で使用された猛毒アプリ〈ヴァイパー〉のアンチソフト開発を担当するライフシェル社のチームだったのだから。

だから、最高の警備を求めた。現実・仮想両面の攻撃を防げる者たち――電賊を。

そうしてトージョーは〈テイルズ〉を指揮し、研究施設を守ることになった。

そして、失敗した。大失敗だった。

最大のミスは、人事記録にない者の生存に気付かぬまま撤退したことだ。チーム責任者の夫妻が、職場に娘を招いていることをトージョーも〈テイルズ〉も知らなかったのだ。

ひどいミスだった。二年後、別企業がアンチソフトを開発し、〈無二の規範〉も殲滅されたが、どうでもいい。失態の責任は、まだ取れていない。

心をボロボロにした彼女を見つけ、グリッチャーになっていると知ると、過酷な人生に屈しない力と電賊という人生を与えたが、これは責任と呼べない。

「わたしはマーリアを社会へ戻す。L・O・S・Tを奪われたのは、いい機会だ」

『そして対象――いや、ナオトくんが、いい子だというのも』

トージョーも同意する。ナオトくんは純粋な子だ。稀有なほどに。

そばにいれば、おのずとマーリアが失ったものに影響を与えるだろう。監視

『……たしかに、これほどの仕事をやり遂げれば、ボスも脱退を許可するしかない。監視はつくでしょうが、お嬢は普通の生活ってやつを送れる』

マーリアを気に入っているアーロンにとって、これほど嬉しい結末はないだろう。

しかし、かれの顔は曇っていた。

『でも、お嬢が社会に戻ったら、入れ替わりに、初めて友達になるであろう子が電賊になる。おれたちは、一般人との深い交流はご法度。脱退者なら、なおのこと。二人は二度と会えないでしょうね。……このトレードは、釣り合いが取れてるんですかね？』

二人は黙考する。

やがて計算不能だと理解し、アーロンは首を振った。

『じゃあ、おれは寿　カンナの電子防衛の構築に入ります』

アーロンは別れを告げ、通信を切る。

一息つく間もなく、こんどは来客があった。下部組織〈テイルズ〉の副官マイクだ。

「チーフ、獲物から送金を確認しました。隠密撤収とクリーニングを開始します」

マイクの報告を聞きながら、トージョーは別の考えを巡らせていた。

「……マーリアの方で、急ぐ必要が出てきた。動ける人数は？」

「〈テイルズ〉四〇名中、十二名が治療中です」

「負傷したのか？　いや――」

トージョーは言葉を切ると、繊細なガラス細工を扱うような慎重さで訊き直した。

「難しいと思うが、全員、万全の状態で動けるようにしてもらいたい。可能か？」

「もちろんです。すぐ準備に入ります」

マイクは溌剌と一礼し、部屋を出ていく。

室内に静けさが戻ると、トージョーは右目を閉じ、左の義眼の光も落とした。

「R・O・O・T、か……」

あれがなにか、トージョーも知らない。だが、なにを起こすかは知っている。

昔、だれかがブレイン・イノセンス・エンジンという技術をぽとりと落とし、VRSNSという新世界を構築して人々を結んだ。そして【六・二〇】が起きた。

つぎに、だれかがグリッチャー・アプリをぽとりと落として、不特定多数の人間に力を与えた。そして、電賊業界という闇を作りあげた。

そして今回、だれかがR・O・O・Tという新技術をぽとりと落とした。

これはまだ波紋に過ぎない。だが、すぐ大津波に変わる。呑まれる者も出れば、乗りこなして、高みに昇る者も出るはずだ。リヴィオと自分がそうしたように。

「やはり、事を起こすのは今しかないな。……そうだろう、兄弟？」

――そして、いまこそ、マーリアを元の世界に戻す頃合いだ。

六章　平時にて伸びゆくものこそ

リヴィオ・ピアッツェラは、電賊で得た利益を地元や慈善団体に還元していた。

だからティレニア海を一望できる館でパーティがあると、ファミリーの幹部や取引先だけでなく、世界中の有力者やセレブ、慈善団体代表たちが集まり、庭は大賑わいになる。

しかしその日の主役は、いつもと違って一人娘のフォルナーラではなかった。

『十三歳おめでとう、お嬢！』

大人たちがグラスを掲げて唱え、幹部のエスコートで一人の少女が庭にやってきた。

着飾った少女は盛大な祝福を受けていたが、ボンヤリしていた。彼女はいつもそうだ。

……お嬢、マーリア。栄えあるピアッツェラ家に拾われた、世界一幸福な孤児のくせに。

一年前に拾われ、この館に住み始めたが、笑ったところを見たことがない。

『また動画を撮っているのか？　フォーラ』

冷たい男の声に振り返ると、左目が機械眼の日系人の無表情が映像に収まった。

『あー、そうだよ、叔父貴。今日もわたしはカメラマンだ』

『おまえも我々の稼業がどういうものか、わかってもいいころだろうに』

怒っているのか、呆れているのか。ピアッツェラ家と家族同然に過ごしているのに、この男の内面は見透かせない。左目を失ってから、一層にわからなくなった。

『わははっ。固いことをいうな、兄弟！　おれが撮るように頼んだんだ』

そこへスーツを着た肥満体の男がマーリアを連れてきて、トージョーは眉をひそめた。

『だろうな、リヴィオ。動画が漏れたら〈ウルヴズ〉は一網打尽だと、いつ理解する？』

『いつか、おれの人生は映画になる。資料を残してやらなきゃ制作陣が困るだろ』

『しかし、この数年で何キロ太った？　主演も体形造りに難儀するな』

『最近の映像技術を知らんな？　映画を観て、美味い物を食って、人生を楽しめ！』

リヴィオはスーツを膨らませる太鼓腹を叩き、大笑いする。

グリッチャーを〝電賊〟というルールで闇に拘束し、裏社会から尊敬と畏れを集めたリヴィオ。トージョーはかれの剣であり、兄弟分だった。

そのせいか、リヴィオはトージョーの無表情から、感情をなんなく読み取った。

『不機嫌そうだな、兄弟。わかってるさ。プラチドにおまえの後任が務まるか危惧しているんだろ？　ああ、務まらない。〈テイルズ〉の手綱を操れるとも思ってない。だから〈テイルズ〉はおまえに預けたまま、ヤツには別方面で連中との取引をさせる』

『……それで？　わたしの空いた予定に、つぎはどんな厄介事を詰める気だ？』

『ほら見ろ、通じ合った。これこそ兄弟の絆だ！』

リヴィオは開き直り、横でぼけっとしているマーリアの頭をポンと叩く。

そして、肉が余った顔を引き締めた。

『〝あの計画〟には欠点がある。お嬢は強力だが、バレちゃ切り札にならん。いつまでも館に置くわけにはいかんし、どこかに預けたら？　警備やらの用意で、やっぱり目立つ』

『では、どうする？』

『簡単な話じゃないか、兄弟。おれたちは何者だ？　世界を欺く電賊さまだ』

『……つまり、マーリアをファミリーに入れると。バカなことを』

『ショックを受けるにゃまだ早い。お嬢にはきちんと働いてもらう。特別扱いはしない。でなきゃ偽装の意味がない。かといって、現場で死なれても困る。そこで――』

『ダメだ』

やはり兄弟分らしい。こんどはトージョーが先を読み、大きく首を振った。

『わたしに鍛えろという気だろう？　なんのために訓練シムを軍から盗んだ』

『訓練シムは一緒にメシを食わないし、授業参観にもいけないじゃないか』

フォルナーラは驚いた。

トージョーが唖然とし、口をパクパクさせるなんて、見たことがなかったからだ。

『……育てろというのか？　わたしに、マーリアを？』

『ビビるなよ、兄弟。いつか子供をこさえたときの予行練習だと思えばいい』

『わたしに家庭を持つ気はない』

『なら、なおさらだ！　子を持つことも、人生の大きな楽しみだ。経験しておけ』

リヴィオはフォルナーラも抱き寄せ、両手で少女たちの頭を掻きながら笑った。

トージョーは冷たい無表情を取り戻すと、ジッとマーリアを眺めている。

その虚ろな両目をしばらく眺めたあと、諦念気味に言った。

『……親子喧嘩になったとき、さぞかし血生臭いものになるだろうな』

『よしよし、これで憂いはなくなったな！』

『だが、わたしの〈テイルズ〉には入れない。基準を満たしたら、他の下へ移せ。――プラチドはきているな？　今後の話を詰めたい』

リヴィオはうなずくと、フォルナーラの方を向いた。

『フォーラ、お嬢を頼む。この子はファミリーに、そして、トージョーの娘になる。つまりは――……おまえの従妹か？　ややこしいから妹でいい。よろしくな、お姉ちゃん？』

そうして二人はマーリアを残し、人混みの中へ去っていく。

フォルナーラはその背中を見送ってから、ぼーっとこちらを見ている少女を睨んだ。

父の決定だ。全うしよう。それにこの一年間、共に暮らしてわかったことがある。

こいつはグリッチャーで人間性がない。ひとつの悪癖にさえ注意しておけば……。

『ん？　マーリア、どこにいった？』

数秒の思考時間のあいだに、マーリアの姿は消えていた。あたりを見回しても、大人が集まる広い庭は見通しが悪く、見つからない。

——妹分だと？　ふざけるな。いつか自分がボスになったら、この手で殺してやる。

だが偉大なるリヴィオの娘として、今日のところは、マーリアを探しにいった。

夜の館。フォルナーラは執務室で——去年まで父の部屋だった場所で、ホームビデオを観ていた。ときおり、父の背を見て、自分がだれの娘であるかを思い出すのが癖だった。

「クソ妹め……」

しかし今夜の鑑賞は、彼女を苛立たせるだけ。原因はそれだけではない。横に展開しているメール画面へと視線を移すが、今日も、他電賊から連絡はなかった。

狼の縄張りが荒らされたのだ。他電賊が争って『自分たちではない』と釈明をよこして当然なのに、一通もこない。リヴィオが殺されたことで、なめられているのだろう。

——いいさ。父は無数の危難を越えてきた。自分も超えられる。

「ボスー、お客さんですよー」

唐突にドアが開かれ、直弟子の少女リンカがぴょこんと顔を出す。

それから、フォルナーラが機敏に構えた拳銃を見て頬を膨らませた。

「ちょっと、ひどいー。最後まで面倒みてくださいよー。拾った者の責任ですよー」

「だからおれはノックしろと言ったんだ、リンカ」

続いて胡麻塩(ごましお)頭のフランス人男性が現れたころには、フォルナーラは銃をしまっていた。

「フィルマンか、入れ。リンカは警備に戻るんだ」

次席幹部フィルマンは、リンカが去っていく出口を肩越しに眺める。

「警備が不安なら、家を変えては？　去年、先代はまさにこの部屋で何者かに――」

「わたしは逃げんし、お説教をしにきたのか、後見人？　報告しにきたのではなく？」

フィルマンは口を閉じ、促されて席につく。フォルナーラが棚からウィスキーを出し、二つのグラスに注いで手渡すと、それを呷(あお)ってから言った。

「プラチドの後任としてルイージャが本部帳簿の引継ぎ作業を始めましたが、問題を見つけました。彼女が言うには、計算が合わないのです」

電賊〈ウルヴズ〉は、小さな国だ。ボスや幹部でも、カネのすべては把握できない。全容を知る者など、担当者以外にいないだろう。

「支出が多いなら話は単純。ですが、収入が多いのです。すべての契約、運営しているセキュリティや違法レート賭博場などを合わせても、三倍はある」

――予想より、露見が早かったな。

あの日、プラチドを処分して正解だった。フォルナーラは満足感を沈黙で隠した。

「これは重大な問題です。R・O・Tといい、プラチドが独断でどんな橋を渡っていたか。……それに掃除屋によると、ヤツの遺体からリンクデバイスが消えていたそうです」

「デバイスが？」

「はい、ボス。プラチドは現実住居を転々としていたのに、先を越されたのです。こないだの襲撃のこともある。調べるべきです。……その、内部を」

「その必要はない。――リンカ」

声を放つと、リンカがまたドアから顔を出した。

「おまえ、マーリアとトージョーを殺せるか？」

フィルマンがぎょっとするが、リンカは頭上を眺めながらもう考えはじめていた。

「んー、マーリィはともかく、トージョーさんのL・O・S・Tはめんどいなぁ。でも現実だと、おたがい〈狼(おおかみ)の血〉がありますもんねー。いちおう、試してきますかー？」

「まだだ。ただ、シミュレートしていろ」

リンカがふたたび去ると、フィルマンの顔付きが後見人モードになっていた。

「相談役をどう思っているかは承知していますが、裏切者だという証拠はありません」

「だから準備に留(とど)めている。証拠があれば、いまから自分で殺しにいってるさ」

「ですから、それを調べるために――」

「もう下がれ。収入が減るのなら、それこそ準備しなければならんだろう？」

フィルマンはフォルナーラをジッと睨(にら)んだあと、一気に干したグラスを置いて立ちあがる。その去り際に、ひとつ言い残した。

「おれはあなたに仕えますが、堕ちる様を見守る気はないから言います。恐怖ばかりでは先代の矜持と掟を守れない。……お嬢を処刑しようとしたときも、かなりマズかった」

「……わかっているさ」

フォルナーラは頬杖をつき、デスクの端にある写真立てを見る。暗い双眸の日系人男性と、そんな男と肩を組み、明るく笑うイタリア人の若者の写真だ。

誇りと掟。それがリヴィオの全てで、狼を狼たらしめているものだ。

フォルナーラもグラスを一気に呷ると、アルコールが喉から胃を焼いた。

——分析率四〇パーセント——

少女は、この研究所が大好きだった。

原始の森と高い防壁に囲まれた研究所は、まるで秘密基地だ。白衣の人たちが動き回る研究室に、マイルズおじさんがいつもお酒を呑んでいるロッジ風の休憩室。ベンおじさんが特製パフェを作ってくれる大食堂に、様々な花が咲く庭園。敷地の端には警備員詰所があったが、近づくなと言われていたし、警備員も研究所に近寄ることはなかったので顔を合わせたことはない。だが、いつか忍びこもうと考えていた。

総勢百人を超える人々がこの研究所内に住み、働いていた。人類を救うために。

そんな英雄たちを、両親が率いている。少女はそれが誇らしかった。


今朝、ナオトは目覚まし機能より早く起きた。ほとんど眠れなかったのだ。

リビングのソファで眠っている、少女のせいで。ジャージ姿で、樹上で安らぐ豹みたいに寝ている。静かな寝息を立てていた。

『――アメリカの大手メンタルケア会社クロエ・アンド・カンパニーの研究員、ニコール・ベランガー氏が、今日未明、自宅で死亡しているところを発見されました』

自動起動したリビングのテレビから、国際ニュースが流れはじめる。

『遺体に外傷はないものの、クロエ社は【六・二〇】テロ事件のウィルス・アプリ〈ヴァイパー〉の治療薬を開発した企業であり、この一ヵ月で六名の同社関係者が死亡していることから、警察はテロリスト〈無二の規範〉残党関与の可能性も発表しています。これについて、会長であるカレン・スナイダー氏がコメントを出しました』

画面が切り替わり、枯れ木に高級スーツを被せたような老人が映された。

『これが報復だとしても、クロエ社は屈しません。あの〈ヴァイパー〉の治療薬に、多くの者が挑戦し、卑劣な手で殺された。しかし、わが社はそのときも――』

外傷のない死。仮想負傷か？　テロリストにもグリッチャーがいるのか？

そしてその力で、世界を救った人たちを殺しているとしたら……。

怖くなり、ナオトはテレビを切った。それに、自分はテロよりも身近な危険を抱えている身だ。だからまず、その危機から守ってくれる人を起こそうとした。

「マーリア？　もうすぐ七時だよ？　朝だよー？」

呼びかけても起きない。ナオトは悩んでいると、ふと、ある考えが頭をよぎった。

――ここのところ、変な夢を見る。あれは、マーリアの記憶ではないだろうか？

ありえる、と思う。ナオトは彼女のL・O・S・T――記憶を奪ったのだから。

だとすると悲しくなった。こないだは絶望に染まっていたが、昨夜の夢は希望に溢(あふ)れていた。そんな記憶を失おうと彼女に決意させたのは、なんだったのだろう？

我知らず、左手が綺麗(きれい)な金髪へ優しく伸びていき――。

パチッと碧眼(へきがん)が開いた。そして金髪が視界を覆ったかと思ったら世界が逆転した。マーリアはナオトの左腕に手足を絡ませると、かれを巻き込むように前宙したのだ。

気付けば、ナオトはうつ伏せに倒れ、左腕を捩(ね)じあげるマーリアにのしかかられていた。

「……むっ？　ナオトでしたか。どうしました？」

「どうしたもこうしたも、左腕が折れる寸前なんだけど！」

「体内ナノマシン・アプリ〈狼(おおかみ)の血〉が緊急起動したようですね。能力向上アプリであり、

〈ウルヴズ〉全員がインストールしています。ですから、我々は戦闘において――」

「説明のまえに、腕を離して！」

ほんとうに、この人に安全を任せていいのだろうか。そう疑わざるをえなかった。


「ええと、〝敵〟から身を守るってことだけど。具体的にはどうすればいいの？」

「トージョーの言ったとおり。日本の治安を利用する。つまり日常をキープします」

「日常を？」

「〝敵〟も後ろ暗い組織でしょう。我々と同じく人目は避けたいはずですし、大騒ぎになるのもイヤなはず。日本の治安の中では、行動をかなり制限できます」

ということで、二人はふつうに登校し、授業を受けた。

やがて午前最後の授業である美術の班課題メンバーが自由ではなく席順で決まって終わり、ナオトがホッとしていると、マーリアがやってきて、空いている隣席についた。

――うーん、クラス中の視線を集めている。トージョーさんの、彼女を学校に潜入させる計画は破綻している気がする。もっと言えば、自分の誘拐とは別の意図を感じる。

当のマーリアは、そんなことなど気にせず昼食のパンの封を開けているが。

「さて。〝敵〟を追う上で、重要なことを説明します。まずグリッチャーの真価たるL・

O・S・Tから。あれはただの仮想兵器のように見えますが、じつは――」

「あ、知ってる。記憶と感情の一部を失うことで作る、仮想兵器なんだよね」

ナオトは、ミッチェルから教わったことを思い出していく。

「それで、人格を維持するために増幅させた精神的欲求に従った力を使って……あれ？」

マーリアは目を閉じ、もそもそとパンを頬張っている。なにかまちがえたか？

いや、不機嫌になっている気がする。……ひょっとして、説明したかった？

「合ってます。では、つぎ。グリッチャー戦は情報戦。我々は〝敵〟のことをなにもわかっていませんが、じつは、すでに〝敵〟の行動・思考パターンを知る手がかりが――」

「L・O・S・Tの見た目だよね？　あっ……」

つい口にしてしまった。しまったと思ったときには、ジッと横目で睨まれていた。

「ええとー、蛇やトンボの見た目から、どんな情報を得られるのかなー？」

「ふむ。いいでしょう」

機嫌を直したマーリアが、黄金大蛇と緑翅青胴のトンボのイラストを表示させる。

「L・O・S・Tのフレームは、クラフト時に失った〝記憶〟と〝感情〟を象徴しています。逆に言えば、姿が表すものを省くと、相手の性格がわかる。ようは引き算ですね」

「ふむふむ」

「蛇のほうは、タイリクシュウダがモチーフでしょう。主に中国に生息していますが、あの国でも蛇は神聖の象徴。なので蛇使いが中国系であった場合、逆に、神をも恐れぬ邪悪な搦(から)め手を好むはず。メインカラーが【自由の黄(ジャーロ・リベルタ)】であるのも、この説を補強しています」

「ま、マーリアは蛇に詳しいんだなぁ」

「ネットで調べました。それに、ただ飼っていたペットの可能性もありますが」

「へいっ？」

聞き捨てならない一言をポイと言い捨て、マーリアは次にトンボを指さす。

「そしてこのトンボですが、該当する形状の実物はいません。しかし鋭い尾と刃(やいば)の翅(はね)からして、西欧の〝魔女の針〟や〝ドラゴン〟――悪の伝承がモチーフでしょう」

「なら、トンボの人は逆にいい人？」

「いえ。おそらく、夢や迷信を捨てたリアリスト。曖昧な情報・状況に惑わず、いかなるときでも合理的判断を下す人物ですね」

「……もしくは、ネットでもヒットしない、珍しいトンボがモチーフとか？」

マーリアがうなずく。結局、情報不足か。だからこそ、自分たちが調べるわけだが。

しかしナオトはおにぎりを頬張(ほおば)りつつ、別のことを考えていた。この二名は、感情を捨てた。神聖、夢。それらに繋(つな)がる記憶は、とても大切な気がする。そして――。

「当ててみましょうか？　わたしのリオニ・アラディコについて考えてますね？」

「あ、いや、わっ、と」

ナオトは落としそうになったおにぎりをあわててキャッチする。

「かまいません。いまはあなたの武器ですから、仕様を知っておくべきでしょう。あれはわたしの家の紋章がモチーフ。つまり、わたしは家族の記憶を失っています」

「じゃあ、マーリアは、家族がいまなにをしてるか知らないの？」

「いえ。記憶は失いましたが、記録を調べました。わたしはモナコで生まれ、両親の海外転勤についていった先でかれらを亡くした。そして十二歳まで保護施設にいました。その後、グリッチャーとなり、トージョーによって〈ウルヴズ〉に招かれたようです」

「……ごめん」

「ふむ。まだグリッチャーを理解していない様子。この話題で、わたしはストレスを感じません。家族の記憶のアクセス路である〝死者への想い〟という感情も失ったのですから」

マーリアは、自分の過去を遠い国の事件のように語っている。ミッチェルの忠告は正しかった。肉親の死すら悲しまない少女に、ナオトの命を惜しむ理由はあるか？

油断できない。自戒しつつ、コンビニサラダにフォークを刺そうとしたとき、サラダとのあいだにぬっとマーリアが顔をねじこませ、こちらを見上げてナオトを驚かせた。

「おわあっ！　なに！」

「わたしを嫌悪しているのではと、確認を」

「いや、確認の仕方！　ああ、もう。髪にドレッシングが！」

ナオトは紙製おしぼりを取り、ドレッシングがついてしまった金のおくれ毛を拭く。されるがままに髪を拭かれつつ、マーリアはうなずいていた。

「嫌悪しているわけではないようですね。安心しました」

「嫌悪っていうか、怖いだけ」

「ならいいです」

怖がられるのはいいのに、嫌悪されるのは嫌？　やはり、奇妙な感性だ。

「ところで、ナオト。忙しくなるまえに、あなたの右腕と肩を処置すべきですね」

「えっ？」

「右利きなのに左手に頼っているでしょう。ミッチェル戦での仮想負傷ですか」

——ミッチェルさんにではなく、マーリアの爆弾にやられたんだけど。

本人は、そんなことはもう忘れているようだが。

「う、うん。治し方は教わったけど……うまくできてないのかな。まだ痛みが引かないや」

「それならば、わたしの独自技法を伝授しましょう」

マーリアは席を立つと、教室ロッカー側の空きスペースにナオトを呼ぶ。どうやら、治すのが目的ではなく、自分の技法を披露したいようだ。……でも、ここで？

しかし右腕と肩が痛いのは事実。ナオトは従った。

「仮想負傷は主に脳、体内ナノマシン、自律神経の混乱によるもの。ということで、自律神経を整えます。そうすれば、ほかの二つも正常化されます」

「ええと、薬とか、お医者さん用のアプリとか使う？　なんか、こわいよ」

「人体を甘く見過ぎです。ヨガです。ヨガで整えます。さあ、わたしの真似を」

ヨガ？　首をかしげようとする前に、マーリアはその場で胡坐をかいた。

「ちょっ、マーリア！　スカート！　いま、スカート！」

「……？　たしかにヨガウェアのほうが快適ですが、買うのは今度にしましょう。さあ」

クラスのどよめきをフォローする術はない。さっさと終わらせるしか。

ナオトは自棄になり、マーリアの隣で胡坐をかいた。

「まず基本を。ログイン中は身動きしませんから、我々のような若者にも腰痛のリスクはあります。なので、こう仰向けになったあと、両膝を抱えるように……」

「ダメ！　それはいい！　絶対に、飛ばして！」

「美容効果もあります。先代の言葉にも、〝だれがなにを宣おうが、美形は正義〟と――」

「いいから！　そうだ。おれだけやるから、マーリアはサポートしてよ」

残念そうなマーリアと、遠くで首を伸ばしていた男子たち。

――どうして美容は大事と言うのに、異性の視線に抵抗がないのかなぁ。

マーリアの心理という深淵に囚われつつも、言われるがままに土下座みたいな姿勢をとって、両腕と背、頭を前へ伸ばしていると……。

「ナオト、リラックスしてください。もっと上体を伸ばせるはずです」

「ええと、これが限界なんだけど……」

「意外と身体が固いのですね。では、さっそくサポートしましょう」

マーリアがナオトの真正面に座ると、足裏でかれの膝を抑え、両手首を掴んでむりやり上体を引っ張ってきた。あの、怪力でだ。

「痛い、痛い、痛いっ！」

「リラックスしていれば、痛くないはずですが」

「物理的に限界！　身長差！　っていうか、これ、どこで教わったの！」

「参考動画は観ましたが、ほぼ独学です」

「だよね！　すぐわかった！」

しかも、正面に座るマーリアは足を伸ばしているわけで、ナオトはそっちのほうへ頭を伸ばしているわけで。女の子の感触と香りは、想像以上に柔らかいとわかったわけで……。

痛みと恥ずかしさでクラクラする。その間も、マーリアはポーズを変えさせ、ナオトの身体を捻ってみたり、関節を破壊しようとしたりしていた。

クラスメイトたちも「イジメ？」「ご褒美？」と、混乱と羨望を混ぜた囁きを交わすばかりだったが、ひとりの救世主が、おっかなびっくり近づいてきた。

「あ、あの、マーリアさん？」

演劇部の南波ミキ。ナオトと似て、万事控え目なクラスメイトだ。

マーリアはナオトを捻じ曲げる作業を中断し、彼女へ向いた。

「南波ミキ？　どうしました？」

ミキは両手の指先を擦りつつ、俯きながらボソボソと言う。

「あ、あの……さっきの美術の班課題だけど、ごめん。そっちの資料集め係と、わたしの買い出し係、交換してもらえるかな？　部活の用意が詰まってることを忘れてて……」

ようやく解放されたナオトは息を整えつつ、思い出していた。

班課題――ジオラマ制作だ。テーマはオリジナルの自然公園。施設と周辺環境の構想と現物化は、これからの社会に重要なスキルになる。ジオラマ作りは、ハイテクとローテクを駆使して、みんなで協力してそれを磨くにはうってつけらしい。

しかし、その係決めで、ミキはハズレを引いたようだ。買い出し係だけは、現実の足を動かさなければならない。かわいそうに、とナオトが思っていると、

「いやです」

ほかの班員全てに訊いてきたであろう頼みを、マーリアは一蹴した。

「あなたは一度それを了承した。いまさら自分のミスで全体を乱すのは勝手すぎます」

「あ、それは、その……そうだね。ごめん」

ミキは唇をかみしめ、力ない足取りで戻っていった。

「さて、ナオト。続きを――どうしました？」

「……嫌悪していないけど、おれ、怒ってる」

振り返ったマーリアは、ナオトが半目で睨(にら)んでいるのを見て小首を傾(かし)げた。

「マーリア、帰宅部なんだから代わってあげなよ」

「ですが、人に甘えて安易にミスを解決しようとする者を、わたしは好みません」

「南波さん、忘れてたわけじゃないよ」

ナオトには、ミキの心がわかった。係決めのときに、自分の事情を言えないまま、貧乏クジを引くハメになったのだ。真面目(まじめ)なミキが、部の予定を忘れるはずがない。

「自分の意見を言えない人もいるよ。おれみたいにさ。……代わってあげなよ。すごく困ってたし。それに、学校に適応するってのは、そういうことじゃない？」

「と、いうと？」

「たくさんの人が同じ場所にいるんだから。困ってたら、助けるべきだよ」

「協力の対価は？」

「友達(ともだち)になったら、そんなの関係ないよ。――じゃあ、おれ、部長と会ってくるから」

ナオトは服の埃(ほこり)を払って立ちあがる。ミキを探したが、もう教室にいない。「なに、痴話喧嘩(げんか)？」「三角関係？」と、訝(いぶか)しむ見物人たちだけだ。

……放課後にでも買い出しリストを聞いて、自班分のついでに買ってきてあげよう。

溜息をつきながら首を振ると、肩と腕の痛みが和らいでいた。

「はー、なるほど。それで〈ウルヴズ〉と協力することになったわけね」

部室の会議机を挟み、カンナはなんともいえない顔で頬杖をついていた。

「や、やっぱり、マズかったですかね？」

「……いえ。正解だと思うわ。昨夜、アーロンからわたしに連絡があったの」

「アーロンさんから？」

「わたしのセキュリティを強化するためにね。そのとき教えられたわ。電賊にとって契約とは〝誓い〟なの。規模に関係なくね。もし破ったなんて話が漏れれば、〈ウルヴズ〉は信用を失い、今後のビジネスに悪影響が出る。だから、裏切られることはないわ」

「そうですか。よかった……」

「けれど、その〝敵〟を追い払ったあと、〈ウルヴズ〉に対抗するための計画はあるの？」

硬直するナオト。そうよねぇ、とカンナは吐息を漏らしながら俯いた。

しかし彼女は肩を震わせると、クツクツと笑い始めた。

何事かと訝っていると、顔をあげたカンナは満面に情熱を広げていた。

「これはチャンスよ！　協力中はマーリアがくっついているんでしょ？　彼女から〈ウル

ヴズ〉の弱点を引き出すの！　成功したら、有利な契約を持ち出せるわ！」

カンナは壁の大型スクリーンを起動させ、これまでの部活動記録――VRSNSの陰謀論や都市伝説の記録を展開させていく。

「腕が鳴るわ。これこそ運命！　わたしは、このときのために活動してきたのよ！」

……全開だ。カンナも〈ウルヴズ〉に素性を知られているのに、むしろこの状況を楽しんでいる節がある。自分より、はるかにグリッチャーの適性がある気がする。

と、ナオトは重要なことを思い出した。

「あの、部長。おれたちとR・O・O・Tを引き合わせた、あのメールの送り主は？」

「ああ、これね。もちろん調べてるけれど……」

カンナは受信BOXからメールを開き、スクリーンに拡大表示させる。

――このビルにいけ。おまえが望んでいたものが手に入るだろう――

「これ、差出人はグリッチャーよね。ミッチェルのアプリにも秘匿通信があったし」

「グリッチャー……。おれたちが関わったのは〈ウルヴズ〉と〝敵〟だけですけど」

「別の組織かも。おまえたち、じゃなく、おまえってのも気になるわ。相手はVR文検部のことも調べたはず。これは、VRSNS調査担当である日野（ひの）くんへのメッセージよ」

「あっ！　アーロンさんが言ってました！　R・O・O・Tはほかの人が触ってもなにも起きなかったけど、おれは触っただけでインストールしちゃったって！」

「……日野くんは、R・O・Tをインストールできる特別な〝なにか〟を持ってたのね。そしてこのメールの送り主は、それを知っていて、あなたをあそこへ導いた」

「いったい、だれが、なんの目的で……」

それはわからないと、カンナは肩をすくめる。

「でも、この人の最終目的が日野くんにR・O・Tをインストールさせることでないのはたしかね。そして〈ウルヴズ〉や〝敵〟が、あの場で日野くんを殺さないと確信していた。……わたしたちは、いまのところ、この人が敷いたレールを走ってることになる」

ナオトはメール・テキストを凝視した。電賊より気味が悪い。送り主は、あの日、あの場にいた全員の行動を把握し、その上で目的を達成したことになる。

不安になっていると、カンナのデバイスがピピッと音を鳴らした。なにかの通知音らしい。カンナが難しそうな顔で新ウィンドウを睨んでいた。

「ど、どうしたんですか？」

「うん……。ミッチェルの傍受アプリを使って、学園中のフォーラムを見張っていたの。〝マーリア〟っていう単語に反応するように設定してね」

「彼女に、なにかあったのですか？」

「ケガをして保健室に運ばれたみたい。――あ、ちょっと、日野くん！」

「おれ、見てきます！　〝敵〟がきたのかもしれない！」

「いや、これはそういうのじゃ――」

ナオトはもう部室から駆け出していた。〝敵〟は時間も場所も選ばないのか？

そんな連中に、自分が向かってなにができる？　むしろ〝敵〟は歓迎するだろう。

それでもナオトは、保健室まで全力で走った。

ナオトは健脚なほうだ。全力で廊下を走れば、先生の注意も追いつけない。

そして数十秒で二階の保健室に到着すると、息を切らしつつ、困惑することとなった。

「ええと、これ、どういうこと？」

「さあ……？」

保健室の椅子に座っていたマーリアが小首をかしげる。元気そうだ。ただ、右の二の腕に包帯を巻いていて、壁際では演劇部らしい先輩たちが彼女に平謝りしていた。

中年女性の保健の先生が、ナオトを見ると言った。

「クラスの子が迎えにきたのね？　ほんとうは病院にいってほしいんだけど、嫌ならそれでいいわ。ガラス片は取ったし、眩暈（めまい）もないようだから、もう戻りなさい」

「ほんとに、ごめん。ポロヴェロージさん。窓はもちろん、治療費もおれたちが払うから」

「いえ、気にせず。――それではナオト、いきましょう」

マーリアは上着とカーディガンを着直してから、ナオトと廊下へと出た。

「ね、ねえ。おれ、マーリアが大ケガをしたって聞いて飛んできたんだけど……」

「とどめを刺すためにですか？」

「いやいや」

「残念ながら、たいしたケガではありません。三針程度の傷でしょうか」

「さ、三針！　なにがあったの？　それに、窓って？」

「わたしはナオトを参考に、学校に適応しようとしていた。それを実践したのです」

マーリアは歩きながら、ことの経緯を説明していく。

あのあと、マーリアは班課題の役割を交換してあげようと、演劇部の部室で昼練中の南波ミキを尋ねた。そこまではよかった。ミキは大喜びだったらしい。

その直後。劇で使う銃声のテストが背後で行われた。マーリアは反射的に遮蔽物を求め、体当たりで窓を割ってベランダに逃げた。そのとき、ガラスで腕を切ったそうだ。

「……ええと、演劇部の人の反応は？」

「わたしが音に驚いて、窓にぶつかったと思っているようでした」

ナオトは色々とホッとした。マーリアが電賊だとバレていないことも、ケガがたいしたものではないことも。クラスメイトとの交流に、前向きになったことも。

「でもさ、ほんとに病院にいかなくていいの？」

「この程度なら医師用体内ナノマシン・アプリで傷跡もなく治りますし、脳の自己診断も済ませました。それに今日は予定があります。病院へいく時間などありません」

予定？　視線で訊くと、マーリアは二つのウィンドウを出した。

ひとつは箇条書きのメモ。もうひとつは『五千円』と表示されたウォレット。

「ミキにかわり、買い出しへいきます」

とてつもなく得意げだ。しかしその表情は、すぐさま疑問に覆われた。

「ところでナオト。ジオラマの材料はどこで買えるのですか？」

ミドウ市には大型ショッピングモールがあり、だいたいのものはここで揃う。規模は周辺でも最大で、今日も人の大河を作っている。ミドウ市は海外転勤してきた社員やその家族も多く、マーリアの肌や髪色が目立つことはなかった。

「さて。買い出しリストですが……発泡スチロールに木材、紙粘土、砂、塗料など。ふむ、いくつか店を回らなければならないようですね」

「プラモデル屋とかいけば、ぜんぶ揃うんじゃないかな？」

「それでは役目の半分も全うしていません。発泡スチロールなら食料品店などから譲ってもらえるでしょう。そうして浮かせた費用で、ほかの材料を良質にできます」

マーリアの精神属性は【力の赤（ポテレ・ロッサ）】と【信頼の緑（フィドーチャ・ヴェルテ）】。自己の能力を示したい、繋（つな）がりを強くしたいという考えは、状況次第で〈ウルヴズ〉以外にも発揮されるらしい。

「なるほどなぁ。だけど、発泡スチロールって妥協していい材料なの？」

「さあ？　わたしもジオラマなんて作ったことはありませんから」

「うん。……うんっ？」

「では行きましょう」

そして行動を始めた。まず果実店へ向かい、発泡スチロールを分けてもらったが、マーリアは廃棄品の木箱にも目をつけると、工具を借り、その場で二班分の木板に変えた。

「若いのに、リサイクルとは偉いねぇ」

「その場にあるものを利用する考えは、あらゆる物事に通用します」

パートのオバさんからもらったジュースを口にしながら、マーリアは言う。それで気に入られ、パン屋の店長がジオラマ作りに一家言あると教えてもらった。

「嘘（うそ）だろ？　高校生がジオラマ？　……すまん。オジさん、泣きそうになった。近頃の子は興味を持っても、ＶＲＳＮＳと３Ｄプリンターで済ませてしまうだろ？」

「テクノロジーに依存ばかりしていれば、本質を見失う危険があります」

感動したパン屋の店長が二人を事務室へ誘い、ノウハウを教えてくれた。テクニックや注意点を詳しく語った上で、同好会のアドレスと、紙袋いっぱいのパンを土産にくれた。

「兄ちゃん。……兄ちゃんだよな？」

「へ、へいっ？」

その別れ際、店長が小声でナオトだけを呼び止めた。

「あの子の熱意は本物だ。だが、ジオラマは多くを犠牲にする。理解できないだろうし、ケンカの種にもなるだろう。でもな、どうか寛大な心で許してやってくれ」

謎の熱い願いに当惑しつつもうなずき、マーリアを追った。恋人と思われた？　ナオトは笑った。たしかに、彼女はナオトを大事に想って（おも）いる。正しくは、ナオトの脳を。

追いつくと、マーリアはクレープ屋でひとつ頼んでいた。

「どうしたのですか？　なにか話していたようですが」

「うーん。へんな勘違いをされたみたい」

「では。店長のアドバイスにしたがい、買い物を続けましょう」

マーリアは深く追及せず、一瞬で食べ終えたクレープの紙袋をゴミ箱に捨てる。

「う、うん。ところでマーリア。さっきもらった、たくさんのパンは？」

「食べ終えましたが」

「それで、いま、クレープを？」

「……？　ああ、これは自費です。任されたカネに手を出すのは、三流以下です」

「そういうことじゃなくて、いや、いいや……」

そのとき、マーリアのデバイスに着信があり、彼女はすこし話すとすぐ切った。

「ミキからでした。わたしのケガのことで、やはり買い出しは自分がやると言っていましたが、もう始めていると報告しました」

「南波(なんば)さんから？」

「はい。お礼に、おいしいドーナツを奢(おご)ってくれるそうです。対価はありましたね」

対価とは友情か、それともドーナツか。訊(き)こうとしたが、やめておいた。


二人の女子――ではなく、男子と女子が、エスカレーターに乗っていく。途中で男子が、金髪の女子にハンカチを貸し、口のカスタードを拭かせていた。

そんな二人を追う者が一人。寿(ことぶき)カンナだ。彼女は、ナオトを見守っていた。

「でも、これ、完全にデートの尾行よね……」

二人との間に一定距離と人垣を置きつつ、嘆息する。しかしすぐに気持ちを改めた。

自分がナオトを巻きこんだ。守る義務がある。カンナの見立てでは、マーリアこそ最大脅威だ。契約の抜け道を見出(みいだ)した瞬間、彼女はその場でナオトを拉致するだろう。

それにもうひとつ、漠然とした懸念があった。

……むかし、どこかでマーリアを見た気がするのだ。思い出せないし、当然、電賊だから素性は割れない。しかし、その既視感が、悪い予感を掻き立てた。

萎えてきた心を奮起させ、エスカレーターをあがっていく二人を追おうとすると——。

「おっと、ストップ。エスカレーターは、追跡者にとって不利なところだ」

とつぜん、前に巨体が立ちはだかった。似合わぬインテリ眼鏡をかけた大男だ。

「……あなた、〈ウルヴズ〉のアーロン？　どうしてここに？」

「買い物にきたら、偶然、知った顔をみかけてね」

偶然？　カンナは冷笑し、辺りを窺う。悲鳴をあげたら、事情を聞くより先に、世間は彼女の味方をしてくれる。いびつな話だが、利用しない手はない。相手は電賊だ。

カンナの意図を察したらしく、アーロンは降参と両手をあげた。

「ああ、そうだ。偶然じゃない。じつは、きみに契約をもちかけにきたんだ」

「契約ですって？」

アーロンがポケットを漁ると、平凡なメモリ・スティックを取り出した。

「これには、この世から消された少女の過去が記録されてる。とても忌まわしい、過去だ」

「マーリアのこと？　あなた、仲間の情報を売る気なの？」

「仲間、仲間ってのは難しいよな。とくに、電賊なんて商売をしてたら余計にさ」

「……それで、マーリアの弱点になりうる情報の対価は？」

「全てのはじまり」

カンナは警戒した。なにを欲しているかはわかった。だが、どうしてそんなものに興味を持つ？　かれらは、最終的にナオトの脳を奪えればそれでいいはずなのに。

「これはおれ個人の契約だ。いずれマズいことになるが、おれはそれに嵌まりたくない。呑めば、きみも逃がせる。いい印象を持ってもらいたいから、秘蔵の品を持ってきた」

「……どうして、わたしに？」

「きみには優しさと好奇心がある。それらは、おれの助けになる」

「あなたは、なにをしようとしてるの？　なにを知ってるの？」

「いまは教えられないが、そもそも、この問答できみの返事は変わるのかい？　きみは危険を自覚しているのに、こうして、好奇心を抑えられていないじゃないか？」

かれのいうとおりだ。カンナの心は、すでにメモリ・スティックに注がれていた。

「契約のルールは、だれにも言わないこと。……そのときがくるまでな」

十秒後。カンナはメモリ・スティックを手に立ち尽くし、かれは人混みに消えていた。


買い物を片づけると、マーリアがモール内の喫茶店へ寄ろうと言った。ナオトは疲れていたし、けっこうな荷物になったし、ＯＫと答えた。しかし……。

「混んでるね……。あっちの和風喫茶のほうは空いてたけど」

「いえ、ここにしましょう。――ほら、奥に席が空いています」

マーリアは洋風喫茶へ入ると、忙しさで目を回している店員の案内で、奥にある六人がけテーブルについた。

混んでいるのに、二人で六人がけを使うのはすこし落ち着かない。そう思いながら椅子に腰かけると、なぜか、マーリアは対面の壁際ソファではなく、隣に座ってきた。

なんだろう？　イタリアの文化？　気になったが、とりあえずチョコシフォンケーキとカフェオレを胃に収めていくと、眠気が出るほど気分が良くなった。

――そういえば、同級生とお茶なんて、初めてではなかろうか。

「歳の近い人と、こういう時間を過ごすのはあまり経験がありません」

マーリアも同じことを思っていたらしい。アップルパイにフォークを刺しながら言った。

「〈ウルヴズ〉には、おれたちくらいの歳の人は少ないの？」

「一人だけ。ボスの直弟子です。そしてわたしの師トージョーは、ボスに敵視されている。ですから、殺し合いはともかく、食事を共にする絵は想像できません」

「……おれは、そういう関係が想像できないや」

「しかしトージョーと暮らしていた時期は、いつも、こうやって一緒に食べていました」

あの恐ろしげな隻眼の男が、喫茶店でケーキ？　そちらのほうが想像できない。

「最初は自炊していたのですが、わたしがクッキーを焼こうとしてねぐらを爆発させて以降、外食やファスト・フードのみにすると二人で取り決めたのです」

「爆発？　火事じゃなく、爆発？　クッキーで？」

「当時のトージョーも似た反応をしていましたね。そういうわけで、二度とキッチンに立たないと誓わされたわけです。ですが、かわりに、こういう感覚が磨かれました」

「こういう感覚って？」

「さきほど我々を追っている者がいました。詳細は掴めませんでしたが、いまは引き上げている。〝敵〟だとすると、監視員を下げたということは、つぎは攻撃チームがきます」

「ええっ……！」

「静かに、自然に。ここの入口は後方の一ヵ所だけ。くるならあそこでしょう」

驚き振り返ろうとするナオトを、マーリアはさりげなく正面へ引っ張り戻す。

「電子監視もされているでしょうが、この店のカメラは入口の一台だけで、ここは死角。入口を見張り、現れたらカウンターで迎撃・尋問します」

「で、でもでも、後ろを向いたまま、どうやって見張るの？」

「スプーンやグラス、金属の手すりに映る鏡像を利用しています……むっ」

「あらぁ、今日は混んでるわねぇー」

「申しわけありません、お客さま。ただいま満席でして……」

「えー、ここのケーキ好きなのにぃ　——あら？　あれ、さっきの女の子たちかしら？」

ナオトは、声で来店してきた三名の素性がわかった。さっきの青果店のオバさんだ。彼女たちは「友達(ともだち)がいるから」と言って入店すると、ナオトたちの向かいに座った。

「ほら、あの子たちだわ。相席いいかしら？　――あっ、お姉さん、お願いしまーす」

是非を返す間もなく、三人のオバさんは店員に注文していく。圧力がすごい。

ナオトはマーリアをチラと見て、喘(あえ)いだ。

――ちがうから。オバさんたちは絶対に攻撃チームじゃないから。さりげなくテーブルナイフを袖に入れないで！　それで何をする気なの！

他人の前で耳打ちやリンクデバイスを弄(いじ)って通信するのは無礼だ。ここは身を張って、オバさんたちが脅威ではないとマーリアに伝えるしかない。

「あっ、あ、あの！　さっきは色々とありがとうございました！　助かりました！」

「あー、いーのいーの。廃棄品だし。……でも最近多いねぇ。店長、悩んでたわよー」

「ドローンを使う話もしてたわよ。クビになるまえに、パイロット資格取ろうかしらねー」

「……ドローン？」

マーリアの眉がピクと動く。ナオトはテレパシーを送ろうとした。宅配ドローンだと思うよ。マーリアが思ってるようなモノとは、すこしちがうと思うよ！

「それより、お姉さんたちがウチでバイトするのは？　看板娘が二人もいたら大繁盛よー」

「それこそ、わたしら全員お役御免じゃなーい」

三人がけらけら笑う。マーリアは、その三つの喉を一閃できないかと考えているようだ。

マズい。完全に、思考が殺し屋に切り替わっている。

「あっ、そうそう。お姉さんたちは良い子だからあげようと思ったのに、忘れてたわ。うちの主人が岩手出身で、たくさん送られてきてねぇ……」

そう言って、一人がバッグをごそごそと探りはじめる。機関銃や爆弾が出てくるのではとマーリアの目がいよいよ細くなり、ナオトはいよいよ顔色を青くした。

「だけど、外国の子の口に合うかしら――」

碧眼がカッと見開かれ、ナオトが止める間もなく、両手をオバさんへ伸ばした。

オバさんが！　と身をこわばらせるナオトだが、オバさんは無事だった。

ただ丸くした目で、バッグから出したビニール袋をしっかと握るマーリアを眺めていた。

「こ、これは、茎ワカメ……！」

「あら、知ってるの？　海外で有名なのかしらぁ」

「もちろんです。天下の日本食でありながら、有志制作の【ゲテモノを除くＶＲＳＮＳで味・食感を正確表現できていない珍味百選】に選ばれ続けている謎の食べ物……」

「そのままでもいけるけど、佃煮にしてもいいし、ウチは下茹でして塩を抜いてるわねぇ」

「ツクダニ？　シタユデ？　詳しくおねがいします」

とりあえず、危機は脱したらしい。ただ、気になることがあった。

――今夜、ウチのアパート、爆発しないよね？

アパートに戻ったころには夜になっていた。

そのあいだも注意を払っていたが、結局、〝敵〟は現れなかった。モールの追跡者も、痴漢かなにかだったのだろう、という結論に落ち着いた。

一安心し、ナオトは先にお風呂を使わせてもらった。

湯に浸かりながら、ナオトは今日のことを思い出して微笑んでいた。

身体も神経も疲れ切ったが、なんだか楽しかった。

とくによかったのは、マーリアと南波ミキが友達になったことだ。人の交友関係を心配できる身分ではないことは承知している。だが、理屈抜きで嬉しいことだってある。

そのせいか、つい長風呂になってしまった。風呂からあがり、着替えていると――。

ガンガンガン！

リビングから鉄の殴打音が聞こえ、驚いたナオトはバスルームを飛び出る。

そして、工具でテーブルやベッドを分解しているマーリアを目撃した。

マーリアは茎ワカメをポリポリ齧りつつ、テーブルだった木板とベッドマットとを重ね、一つの防壁にしていた。

「モールでは無事でしたが、そろそろ対策しておくべきです。――そちらを持って」

「た、対策？　っていうか……」

――家具の大半は備え付けで、壊したら弁償しなきゃダメなんだけど！

すでに手遅れだと悟り、ナオトは防壁の片端を持った。マーリアはそれを玄関通路に設置すると、つぎにベランダ戸や窓のブラインドにアルミホイルと木板を貼っていく。

「急場では、これが限界。しかしアパートのセキュリティとわたしのデバイスを繋ぎましたから、〝敵〟の接近も検知できます。迎撃から撤退くらいは可能でしょう」

マーリアは腰に手を当て、ナオトは達観気味に、ゾンビ終末物のシェルターみたいな有様となったリビングを見回す。

「あとは……室内の障害物を増やし、塹壕化するだけです」

まだ蹂躙したりないのか、そしてハマったのか、マーリアは新たな茎ワカメを銜えると、ノコギリを手に壁際の棚へと向かう。しかし、その手前で止まった。

どうしたのかと寄ると、彼女は棚に飾ってあった写真立てを手に取り、じっと見つめていた。映っているのは、遊園地を背景にした小さな子と、それを挟んで笑う平凡な男女だ。

「これは？」

「あっ、おれのお父さんとお母さん。ええと、でも、その……」

下手に濁すと、あとで打ち明けたときが面倒になる。ナオトはしかたなく告白した。

「……亡くなった。二人とも」

「それは六年前の【六・二〇】で？」

「【六・二〇】？」

とつぜん世界同時テロの話を持ち出され、ナオトはきょとんとする。

マーリアも、自分で何を言っているのかと驚いている様子だった。

「いえ、十年前に交通事故で亡くなったのでしたね。あなたの経歴は覚えてきたはずなのに……ナオト、なぜ笑っているのですか？　わたしも記憶を違えることくらいあります」

「あっ、ごめん、そうじゃないんだ」

ほんとうに死に関心がないらしい。また笑ってしまい、マーリアをより不機嫌にさせた。

「ちがうんだ。嬉しくてさ。あ、いや、お父さんたちの死が嬉しいわけじゃなくて……」

「では、なんですか」

マーリアは腰を据えて聞こうとソファに座る。

抗いがたい剣幕だったので、ナオトも向かいに座り、すこしずつ喋った。

「ええと、まえも言ったけど、おれ、友達、いないんだ。同級生には一人もいない」

「それと両親の死に、なんの関係が？」

「親がいないってわかるとさ、ちょっと距離を置かれるんだ。気遣ってくれてるんだろうけど、線を引かれてた。自分で超えなきゃいけない線なのは、わかってたけど……」

いつだって、線の向こうはとても魅力的だった。だが、自分がそこに混ざって、明るいとは言えない家庭を知られたとき、その活気に影をもたらしたら？

それが怖かった。そうして、気づけば人と話すこと自体が怖くなっていた。

「だから、マーリアがその線を無視してくれたことが嬉しかった。それだけ」

──いまも、茎ワカメをポリポリ噛みながら聞いてるわけだし。

マーリアはワカメを銜えながら、ゆっくり訊いてきた。

「……ひとつ、質問が。あなたは両親が好きでしたか？」

「大好きだったよ。すっごく。いまも大好きだ」

「その死の記憶はつらくないのですか？　忘れたくないですか？」

冷えた碧眼が、ナオトを見つめる。

「あなたは記憶をL・O・S・T化できる。両親の記憶と死をL・O・S・Tすれば、無関心になれる。場所も時間も弁えない、あの無遠慮な苦痛と縁を断てます」

無遠慮な苦痛。それがなにか、すぐわかった。だれもいない家に帰ってきたとき。ベッドで毛布をかぶったとき。前触れもなくやってくる、心を引き絞る苦痛だ。

「昔のわたしも同じ苦痛を味わっていたようです。見るに堪えない姿の記録でした。あなたも、両親の記憶に悪影響を与えられているなら、L・O・S・T化すべきでしょう」

事実だろう。忘れれば、きっと自分から線を超えられる。精神的五大欲求の増幅は、そう怖くない。人格が変わる？　結構。いまよりひどいことにはならないはずだ。

それでも、なぜか嫌だった。それが顔に出たらしく、マーリアが眉をひそめた。

「どうしてためらうのですか？　その苦痛に名残惜しさでも？」

「いや、ちがうよ。でも……」

「でも？」

マーリアはやけに粘着質だった。理由は理解できた。だが、語ることは避けた。

どうも、マーリアも決して強いばかりではないようだから。

「……ええと、疑問なんだけど。L・O・S・Tを作ったら、おれ、心が強くなるよね」

「はい。そして心が強くなれば、あらゆる能力も向上するでしょう」

「それさ、おれに勧めていいの？　だって、マーリア、〝敵〟をどうにかしたあとは、おれを捕まえるんでしょ？　そのとき、おれが強くなってたらマズくない？」

どうやら、そこまで考えが行き渡っていなかったらしい。

ポリポリポリ……と、茎ワカメを噛む音だけが延々と響いた。

夜十時。さて寝ようとしたとき、ベッドが解体されたことを思い出した。

ソファはマーリアが使っているし、どうしようかと悩んでいると……。

「寝る支度をします。手伝ってください」

学校ジャージに着替えたマーリアは、なぜか押し入れに詰めていた毛布類をいっぱいに抱え、それをナオトに半分持たせてから、キッチンのほうへ向かった。

「キッチンは迎撃に最適です。外から射線が通らず、可燃物も包丁もありますから」

言いながら床に毛布やキルトなどで獣の寝床みたいなものを作り、ブーツと緊急用品が入った登山バッグ、そしてナオトのスニーカーをその横に置いた。

「あの、マーリア？　おれは、どこに寝れば？」

「ここで。無論、わたしもここで。——では、おやすみなさい」

マーリアは毛布を集め、丸くなる。と思えば、もう寝息を立てていた。

ナオトも毛布を被(かぶ)り、睡魔を待つあいだ、さっきの話を思い出していた。

マーリアは、両親の記憶のL・O・S・T化を勧めてきた。執拗(しつよう)なほど。

あれは、自分のためだ。

両親とその死の記憶をL・O・S・T化したことが、誤りではなかったと信じたいのだ。

彼女の中では、いまも疑問が燻(くすぶ)っている。自身が気づけないほど、小さな火だが。

……やっぱり、簡単に忘れていいものじゃないよね？

それが、苦痛の呼び水になった。両親との何気ない会話、叱られたこと、言い返したこと。平凡だが満たされていたころの記憶が、痛みに変わっていく。

鼻が痺れ、目をきつく閉じる。救いを求めて手を動かすと、温かい指先に触れた。

なにかの生理的反射か、その長い指は、ナオトの手を優しく包んでくれた。

そのおかげだろうか。苦痛が胸の奥へ戻っていくのが早く、ナオトは眠りにつけた。

いずれこの手に殺されるかもしれない。そんな事実も忘れて。


これは、情報社会の危険性。その中でも最悪のケースだった。だから強烈な情報規制が行われた。その効力は凄まじく、たった六年前の事なのに、カンナも覚えていなかった。

そうして、目まぐるしく生まれる新事件に埋もれていった。

人間がここまで醜くなれることを、時間と、国々、そしてＶＲ企業が抹消したのだ。

ひとりの少女と共に。

自宅アパートで、カンナはひとり泣いていた。オフラインにした据置端末でアーロンから渡されたメモリ・スティックの中身を見て、自己嫌悪に打ちのめされていた。

この惨劇を生んだ卑劣な人たちと、自分が同質という事実に打ちのめされていた。

リンクデバイスに秘匿通信の着信があった。非通知だが、カンナはすぐ通話に出た。

「……見たわ。これは、マーリアの、この過去は、真実なのね？」

『きみなら見抜けるとわかっていた』

相手はアーロンだ。優しげな言葉だが、いまのカンナには皮肉にしか聞こえない。

マーリアの過去は、人類の本性を暴いた。貧富も国籍も人種も超越した、グロテスクなまでに純粋で、だからこそ隠し通さなければならない人間の本性を。

「あなたは、わたしになにをさせたいの？」

『時がきたら、契約を思い出してくれ。きみを救えるのはおれだけだ』

「だれから救うの？　救うのはわたしだけ？　日野くんを見殺しになんかしないわ！」

カンナは声を荒げるが、答えはない。しばらくして、通信が切れていることに気付いた。

アーロンの行動は〈ウルヴズ〉から逸脱している。組織を出し抜いて、独自にR・O・O・Tを得る気かも。だとしたら、危険要素が追加されたことになる。

調べなくてはならない。だが、手がかりはマーリアの過去だけ。

……わたしには責任がある。カンナは、その過去を調べはじめた。

その責任感も、かつてマーリアを地獄に落とした人の業の言い訳に過ぎないと知りつつ。


レストランのVIP室で通信を終えると、アーロンはクックッと笑った。

自分の目は正しかった。カンナは、もしもの時に使える。

そしてデスクに表示したテキストは、〝もしも〟が高確率で起きることを示していた。

「このビルにいけ。おまえが望んでいたものが手に入るだろう、ね……」

ナオトをマーリアたち、そしてR・O・O・Tと引き合わせたメールだ。調査してみたが、送り主はわからない。高度な偽装手続きが行われている。

当然だなと腕を組むと、ドアがノックされた。廊下のカメラ映像を出すと、扉前にいるのは従業員。しかしアーロンは拳銃を右手に取り、後ろに隠しながらドアを少し開けた。

「なんだい？　お嬢さまなら友達のところだぞ？」

「いえ。本社から、警備担当のトーレスさまへお届けものです」

従業員は小箱をアーロンに渡すと、会釈して去った。アーロンはその背にぎこちなさがないことを確認すると、ドアを施錠してから小箱を開けた。

「……さーて、プラチド。あんたがどんなヘマを遺したか、見てみようじゃないか」

小箱の中身は、リンクデバイス。ファミリーでも、鋭い者は気付きはじめているだろう。

臆病者のプラチドが、突如、あんな大冒険に出たという不可解さに。

その理由に至る唯一の道は、自分の手にある。自分が持っている限り、だれも真実を消せず、また、届かない。まだツキが残っている証拠だ。

アーロンはまたニヤつき、さっそくデバイスの解析にかかった。

七章　導きのシステム

トージョーがアパートのベッドで眠っていると、デバイスの着信振動に妨げられた。

『……助けてくれ』

壮年の男の声。通信越しでも脂汗の臭いが漂ってきそうなほど狼狽していた。

「なにがあった？」

『ニュースを見てないのか！　あれの関係者が殺されている！　次はきっとわたしだ！』

「ああ、見た。だが情報不足だ。あれがグリッチャーの仕業だとして、心当たりは？」

『知るか！〈無二の規範〉の残党か、ライバル企業が雇った電賊かもしれん！』

「〈無二の規範〉は全滅したし、電賊はそんな殺しをやらない。おまえたちは〝善人〟だからだ。グリッチャーの仕業とはまだ決まっていない。おちつけ」

『おちつけだと！　会長は完全防備を敷いて本社に引きこもるほど怯えてる。わたしにはそんな権限もない。素っ裸だ！　……だがな、わたしが持っている権限もある』

「……〈安全器〉の権限だな？」

『忘れてないようで嬉しいよ。さっさとわたしを守れ！　犯人を見つけて殺せ！』

「わたしはそちらの仕事中だ。不確かな危険のために〝メンテナンス中〟の〈テイルズ〉

を勝手に動かしてみろ。確実に実在しているわたしが、おまえを殺す」

丁寧な指摘が、相手の息を詰まらせる。怖がらせすぎたようだ。リヴィオと違い、さじ加減がわからない。トージョーはごまかすように口調を和らげた。

「近く、VRSNSで会おう。しかし今日は無理だ。なるべく早く時間を作る」

『忌々しい電賊め。おまえの〈安全器〉をいますぐ押してやりたいよ』

「プラチドが恋しいか？　あいにく、もう窓口はわたししか残っていない。また連絡する」

トージョーは一方的に通信を切った。癇癪を起こした相手が〈安全器〉を起動するかもしれなかったが、可能性は低い。そんなことをすれば、ヤツの勤め先がヤツを殺す。

――個人と組織で板挟み。務め人も大変だ。

いや、だれもかれもそうか。だから、現実を忘れてVRSNSに没頭する。

トージョーはベッドから起きあがると、通常通信で、ある女性に連絡した。

『はい、こちら〈星空の家〉イタリア本部です』

「トージョーだ。突然、すまないな」

『まあ、ミスター・トージョー。お電話してくれて嬉しいですわ』

「ひとつ相談、いや、提案があるのだが……今日、時間をとれるかな？」

『もちろん。みんな、あなたの〝提案〟をいつも待ちわびているのですから』

今日のナオトは気分がよかった。マーリアにも慣れてきた。さきに起きて、彼女の緊急アプリを起動させないように静かに朝食を作り、起きた彼女と食べて、一緒に登校する。そのマーリアも、学校に馴染めてきた。美術室で班員とジオラマ作りをしつつ様子をうかがうと、彼女は南波ミキを経由する感じで、班員と交流できていた。

——安心した。いやいや、人の心配をしている場合ではない。

「ええとね、地面のでこぼこは、歯ブラシで叩いて表現するといいんだって」

ナオトがパン屋店長の手法を紹介すると、なぜか、みんな怪訝そうな顔をした。

まずい。たかが授業で張り切りすぎと呆れられた？　温度差を見誤った？

「日野さー。なんか変わったよね」

隣席の文野アヤがいうと、班でもう一人いる男子がうなずく。

「だなぁ。マーリアと絡むようになってから明るくなったっつーか、喋るようになった」

すると、もう一人の眼鏡をかけた女子班員も同意した。

「ですよね？　もしかして、日野くん。ポロヴェロージさんと付き合いはじめたの？」

「ち、違うよ！　そんなんじゃないけど……」

「いーや、違わないな。くそっ、彼女持ちの余裕か。しかもマーリア。そりゃ自信つくわ」

「ああ、もう！　作業してよ！　粘土が乾くまえにやらなきゃダメなんだから！」

みんな笑いながらも、ナオトの真似をして手伝ってくれる。

しかし……たしかに自分は変わったと思う。こんなに自分の意見を主張できたことはなかった。ここ数日の騒動で、恐怖心が麻痺したのだろうか？

そこへ、噂のマーリアがやってきた。

「ナオト。ブラウンのカラーパウダーが足りません。そちらの袋に入ってませんか？」

「えっ？　ちょっとまって……あっ、あったあった。はい」

「よかった。――では、また後で」

パウダーの箱を受け取ると、颯爽と去っていく。どうやら店員が入れ間違えたらしい。

振り返ると、班員全員が唖然としていた。

「お、おい、ナオト。マーリアと一緒に買い物したのか？　マジでデートしたのかよ！」

「いや、同じ買い出し係だったから。デートなんかじゃないよ」

「じゃあ、買い出し係かわってくれ！　ズルいぞ！」

「買い出し終わってるもん！　ヘッドロックしないで！」

「ねえ、針谷？　離したほうがいいよ？　マーリア、見てる。めちゃ見てる」

針谷が横を向くと、遠方からマーリアがこちらを見ていた。その右手には、刀身側を握った工作ナイフ。針谷は固い愛想笑いをマーリアへ返しつつ、ナオトを解放した。

「……こええ。マーリア、ちょう怖え。よく付き合おうと思ったな、ナオト？」

「だから、付き合ってないってば」

「いや、付き合ってるっしょ。なに、また後でって。きゃー言いたい、サラリと！」

「ポロヴェロージさんは隠す気ないみたいだし、日野くん、逆に失礼になると思うよ？」

眼鏡の女子がいうと、どこか楽しそうにマーリアの方を見た。

「でもポロヴェロージさんも変わったよね。ちょっと近づきやすくなったっていうか」

「だから、それは恋の力でしょ！」

「あのぅ。だからさ、おれとマーリア、付き合ってないからね？」

――うーん。会話って難しいなぁ。紙粘土が乾いちゃいそうだし。

「授業中ですよ？」

いつの間にかそばにいたミドリ先生が、微笑みで四人全員を竦ませ、去っていく。

怖かった。しかし、これで作業に戻れるとナオトが安堵していると――。

「……ポロヴェロージさん？　どうして、授業中にガムを噛んでいるの？」

「ガムではありません、ミドリ先生。茎ワカメです」

つぎはナオトが気が気でなくなり、作業に集中できなくなった。


放課後になると、例のごとくナオトはマーリアと帰っていた。

マーリアはうつむき、その無表情を陰で曇らせていた。下校生が枝分かれする住宅街を抜けて、人気のない川沿いの土手道までくると、ナオトはそっと訊いた。

「ねえ、職員室に呼び出されたけど、だいじょうぶだった？　その、色々と」

「……電賊が一般人にお宝を奪われ、捨てられた。これ以上の恥があるでしょうか」

「ええと、当然の結果だよね。だから、報復とか考えないでね？」

「しません。あの先生は危険です。これ以上の茎ワカメの損失は避けなければ」

「あっ、マーリアも先生が怖い？　おれも最初は優しそうな人が担任だって喜んだけど」

やはり、自分は変わったのだろう。気軽に喋れるし、相手の顔も見られる。

そのマーリアの横顔が、なにかを思い出したようにこちらを見た。

「ところでナオト。釣りは得意ですか？」

「へっ、釣り？　うーん。何度かやったことあるけど……えっ、ワカメ、釣る気？」

「いえ、新たな茎ワカメはすでに注文済み。今日の予定が〝釣り〟なのです」

……なぜ、釣り？　やはり、ナオトにとって会話はまだまだ難しそうだった。

一時間後。ナオトはＶＲＳＮＳテスラプネ・日本エリアにあるアミューズメント系コミュニティ・ゾーン前にログインしていた。

賑（にぎ）やかな場所だ。遊園地みたいにメリーゴーラウンドや観覧車、ジェットコースターがあり、ほかにもVRSNSならではの遊戯施設がたくさんある。

なんの説明もなく例のレストランのVIP室から、マーリアとログインしたのだ。きょろきょろと左右を窺（うかが）うナオトはまるで迷子……いや、実質的に迷子だった。

「ねえ、マーリア。釣りって？　あっ、ヴァーチャルの？」

「いいえ。釣るのは魚ではなく〝敵〟です。そして餌は、わたしたちです」

「へいっ……！」

「今日のわたしたちは〝ストレスに耐え切れず、忠告を無視して遊びに出てしまったバカな子供たち〟です。捕食者から見れば絶好の獲物でしょう」

「で、でもでも、それって、すごい危ないんじゃ……！」

「トージョーとその部下〈テイルズ〉が三時間ほど確保できたので、いま見張っています」

いま？　あたりを見回すが、楽しげな友人連れやカップル、家族しか見当たらない。

「探しても無駄かと。〈テイルズ〉はファミリーからも切り離された、プロの戦争屋です」

「そんな人たちが、おれたちを見守ってるの？」

「はい。現実側でもアーロンが我々の現実体を護衛中ですし、グリッチャー・モードに移行しなければすぐログアウトできます。――では、いきましょう」

マーリアは入口でパスポートを二人分買い、ゲートをくぐってしまう。

ナオトはあわてて追うが、マーリアはゲートのすぐ先で止まり、考えごとをしていた。

「失念していました。学生が友人と遊ぶときは、リード同期を行わなければ変ですね。さて、どちらがリード・オーナーになりますか？」

リード同期。個々人の嗜好を読み取り、おススメの店舗や広告を示すリード機能を、他ユーザーと共有することだ。そうすれば同じ広告やリード店舗表を見られる。

「ええと、マーリアがオーナーを――」

「調べたところ、男がオーナーになるのが普通だそうです。ナオト、同期招待をください」

マーリアが手を差し出すが、ナオトが硬直しているので首をかしげた。

改めていうが、ナオトは男子だ。年齢制限ギリギリまで〝異性〟について調べることは健全の証であって、そしてリード機能はその履歴を覚えているわけで……。

「……？　ナオト、シークレット・ウィンドウでなにを操作しているのですか？」

「えっ！　いや、その、リード同期、はじめてだから、やり方わからなくてさ」

「あなたに友人がいないことはもう聞きました。隠すことでもないでしょうに」

マーリアが手順を教えてくれるが、じつは、やり方は知っている。ナオトが調べていたのは、リード・メンバーに見せたくない履歴・広告を消すアプリや機能だ。

アプリは有料で、公式設定も月額課金。三～五〇〇円なんて喜んで捧げるが、設定法がややこしい。カンナに訊けば一発だろうが……女性に訊けるはずがない！

ナオトは全霊で祈りつつ、同期招待を送った。

――ああ、神様。どうか、リード広告に水着姿のお姉さんとか出ませんように。


その日、ナオトは神を見た。

「ナオトは、猫が好きなのですね」

そこら中にあるリード広告を眺め、マーリアがそんな感想を述べた。まえのペット欲が燃えたときに調べまくったせいで、ほかの履歴が埋もれたらしい。広告は猫だらけだった。

猫に感謝。猫、万歳(ばんざい)。猫が世界を救う。

しかしマーリアと遭遇してからマフィアや銃への対抗手段なども調べたせいか、ときおり、猫の広告にマフィア物の映画や射撃ゲームなど、物騒なものが紛れていた。

そうして猫とマフィアが混ざるカオスなリード機能に導かれた結果……。

「「アウトロー・キャッツ……」」

遊戯施設入口前のリード表にあがった文字を、二人は声を揃(そろ)えて読みあげた。

――あなたは気高き一匹の猫。お家はあなたの城であり、敵である。さあ、その爪でお家を破壊し尽くせ！　邪魔者は猫パンチで退けろ！――

ようするに猫となり、家で破壊可能オブジェクトを壊しまくるゲームらしい。

いや、破壊とか退けろとか……。しかも勝利のヒントは、縄張りを守るために対戦プレイヤーを追い払うこと、そして高得点者から縄張りを奪うこと。猫パンチが当たったプレイヤーは、一度、家の外に出なければならず、時間ロスを食うわけだ。

……全年齢対象の複数人対戦ゲームなのに、ハードボイルドすぎる。

「ね、ねえ、マーリア。ほかの――」

「〈テイルズ〉へ。リード店舗に移動します。店名は【アウトロー・キャッツ】です」

数分後、ナオトは雉猫(きじねこ)になった。

猫といっても、アバターは現実体から変更できない。ただ猫の着ぐるみを着ただけ。しかしそれには鋭い爪と、運動機能補強のスプリング装置などが搭載されていた。

雉猫がいるのは、和室だった。舞台に日本の家が選ばれたらしく、平凡な四ＬＤＫといったところか。ただし、でかい。棚もふすまも、なにもかもが倍以上の大きさだ。

「……いや、おれが小さい設定なのかな。猫だし」

『気高き猫たちよ！　野生に帰る準備はできたか！　勝利した猫は次回も無料だ！　五連勝で豪華景品がもらえるぞ！　さあ、開始まで三、二、一……スタート！』

はじまった。とにかく、なにか引(ひ)っ掻(か)かなくては。ナオトは床の間の床柱に爪を立て、切り下ろしてみる。すると木屑と大量の『+2』という数字がポロポロ落ちた。

視点左上には沢山の獲得ポイント。目前には、爪痕が刻まれた哀れな床柱。

……楽しい。こんどは両手でひっかいていく。その床柱がボロボロになると、つぎは畳に襲いかかり、『+1』とイグサを散らしていた。

壊すものによって点数がちがうのか。なら、あの掛け軸は？　障子はどうだ？

『白猫マーリィがトイレットペーパーを全破壊！　+五〇〇点。猫パンチを見舞え！』

気になり、ふすまから廊下を覗き見ると、奥のトイレらしいドアから小学生くらいの子猫が泣きながら出てきて、庭から外へ向かうところだった。

――自分はなにも見ていない。ふすまを閉じ、つぎは掛け軸をバリバリしていく。

いや、ほんとうに楽しい。さて、こんどは障子でもと思ったところで――。

『掛け軸のソロ全破壊に成功！　ポイント+一〇〇〇！　一位獲得！』

うわっ、やっぱりすごかったんだなぁと感動した瞬間、脳内で警鐘が鳴った。

マーリアがトイレットペーパーを破壊したとき、通知がきた。ということは……。

バッと振り返ると、閉めたはずのふすまが少しだけ開いていた。そのまま視線を巡らせると、和室中央にある座卓の下で、青い瞳が輝いているのが見えた。

「わあっ！」

座卓下から白い流れが奔り、その爪でナオトの足を薙ごうとする。ナオトは着ぐるみのバネ強化でとっさに爪を飛び越え、座卓の上に着地して襲撃者へと振り返った。

「……やはり、あなたが最大の障害ですか、雉猫ナーオ」

こちらを見上げるのは、真っ白な長毛猫の着ぐるみを着たマーリア。

「ま、マー――白猫マーリィ！」

「わたしには優勝しかありえない。おとなしく猫パンチを食らってください」

「うん、うん！　わかった！　でも――」

白猫マーリィが大跳躍し、鋭すぎる猫パンチを振り下ろす。

ナオトは反射的に跳び退り、そのまま反転して走った。マーリアが、それを追う。

「話がちがいます、雉猫。あなたはわかったと言ったはずです」

「ちがっ、いや、ちがくないけど、怖い！　もっと優しく――」

「反撃を許さぬ攻撃こそ肝要。そして狼は、つねに矜持を忘れません」

「いやいやいや、いま猫だし、白猫のファミリーも、そんな矜持いらないと思う！」

グリッチャー・モードではないからケガはしないが、多くの人がこの恐怖に覚えがあるだろう。鬼ごっこで本気になった鬼役に追われる恐怖。あれだ。

ナオトは茶菓子皿をひっくり返し、せんべいをぶちまけ、座卓を駆ける。肩越しに見ると、マーリアは時間を無駄にしないように、右手で座卓をひっかきながら追跡していた。

卓上を削っていた白猫の爪が振りあげられ、背中に迫る。ナオトは寸前で座卓端から跳んで逃れ、正面にあった箪笥の引き手を掴んで登攀していった。

ひいひい言いながら箪笥を登り切ったとき、マーリアは座卓上で両足を撓めていた。

そして自前の筋力とアシスト機能を使い、一足で跳んでくる。

「ぴっ！」

ナオトは落ちてくる二爪を横ローリングで回避し、飾られていた日本人形や熊の彫り物を蹴散らしながら棚端まで駆け、庭へ続く障子へと跳んだ。

障子をぶちぬき、縁側に前転着地すると、マーリアも前方の障子を破ってこちらの行き道を阻む。ナオトは身と尾を翻して逃げ、洋風リビングへと駆けこみ、椅子を潜り、カーペットの下を通り、夕飯が並べられているテーブルを走り回った。

それを執拗に追うマーリア。ほかのプレイヤーの子たちは「すごーい」「お姉ちゃんたち、がんばれー」と、完全に傍観者となっていた。

やがてナオトはカーテンに爪を立てながら登っていき、カーテンレールの上に追い詰められた。だがマーリアはそれを追わず、床からこちらを見上げるだけだった。

「やりますね、雉猫。わたしが登ったところで、カーテンを引き裂き落とす作戦ですか」

「そんな物騒なこと考えてないけど！」

「それなら証明として、降りてきてください」

「やだっ、絶対にトラウマ物の猫パンチするもん！」

　堂々と見上げる白猫と、高所で縮む雉猫。その絵面は完全にボス猫と弱小猫だが……。

『試合終了！　今回のデストロイヤーは雉猫ナーオ！』

「「あっ」」

　どうも、逃げるときに物を壊しすぎたらしい。

　ナオトはマーリアの好みらしいエキゾチックなカフェで一休みし、また遊びを繰り返した。だが彼女のスタミナは底なしで、ナオトはひとり外のベンチで休むことになった。

　……けっこう楽しかった。しかし、すこし問題が残った。

「あー、雉猫のおねーちゃんだー。アタシたち観てたよ、すごかったよー」

　小学校低学年くらいから中学生くらいまでの子たちが、ナオトを賞賛していく。そうなのだ。あの【アウトロー・キャッツ】の試合は放送されていたらしい。ナオトたちの試合は最近のベストバウトだったらしく、たくさんの子から声をかけられた。

　しかし。声をかけてくる子たちは多様な人種だが、同じ試合映像を見ていたということはリード同期しているらしい。みんなジャケットやブラウスの左肩に星空のワッペンをつけているし、どこかの学校のＶＲ遠足か？　引率の先生らしい女性もいた。

　あのワッペンには見覚えがある。たしか……。

思い出していると、ワンピースにそのワッペンをつけた少女がくいとナオトの袖を引っ張ってきた。少女といっても背丈は同じくらい。日系人で、すこし自分と似ていた。

「ねえ、わたしもおねーちゃんにみたいに優勝したいな。コツ、教えて？」

「えっ、あ、ええと。おれも、今日が初めてだったから、コツとかは――」

「……その人はお兄さんだ。それより、早くみんなのところに行きなさい。はぐれるぞ」

歩いてきたスーツ姿の男に促され、少女は「はーい、ミスター」とナオトの袖を離した。

ミスターと呼ばれた男は、左目が機械眼だった。

「と、トージョーさん？」

「実際に会うのは初めてだな。とはいっても、ここはVRSNSだが」

電賊〈ウルヴズ〉の相談役にしてマーリアの師である男が、ナオトの横に腰かける。

かれは、ナオトたちを餌に〝敵〟を待っていたはず。

「……ま、まさか〝敵〟が？」

「いや。〝敵〟はこない。いても、もう攻撃してこない。それなりの能力を有しているなら、わたしの顔も力も知っている。罠だと確信し、引き上げているころだろう」

作戦を自分で台無しにした？　なぜ？

しかしトージョーは、まったく別の話をした。

「マーリアとの日常は、苦労が多いだろう？　あれが殺しの技術ばかりで、常識に乏しいのはわたしのせいだ。すまなかったな」

「えっ、あ、その」

「遠慮せずともいい。わたしも同じ苦労を知っている。だが、きみの滑り出しは良好だ。まだ背中に大火傷を負っていないし、胸も骨折していない。鼓膜だって無事だろう？」

「ええと、それ、日常の話ですよね。電賊の戦争の話ではなく？」

「極めて日常的な、マーリアとの平日の話だ」

――二人はしばらく共に暮らしていたと聞いたが、一体、どこの魔界にいたのだろう。

「ところで、そのマーリアの姿が見えないが？」

「え、えっと、五連勝するために、また猫になってます。いま、三勝目です」

トージョーは機械眼を擦り、頭痛に堪えるような顔をする。

それから通常通信ウィンドウを開き、だれかに繋いだ。

「悪いが、子供たちにあのゲームをやらせるのは待ってくれ。知り合いが暴れている」

『わかりましたわ、ミスター・トージョー』

クスクス笑って応えたのは、さきほど子供たちを引率していた女性だ。

通信を切ってから、トージョーは目を丸くしているナオトに気付き、肩をすくめた。

「……あの子たちに、これ以上の悪夢を負わせるわけにもいかんだろう？」

「やっぱり。あれは〈星空の家〉のワッペンですか」

「知っていたか」

「はい。おれの両親が死んだとき、連絡をいただいたので」

〈星空の家〉は、児童福祉――主に孤児の保護・支援活動をしているNPO団体だ。十数年前にイタリアの〈星の家族〉と日本の〈空の家〉が合併し、巨大組織となった。

叔母夫婦が名乗り出てくれなかったら、ナオトも世話になっていただろう。

「あのぅ、〈ウルヴズ〉は〈星空の家〉とどんな関係なんですか?」

「大口支援者。もちろん打算はある。我々があの子たちを助け、その善行の噂が、我々を守る。……そして今日は、きみの信用を得る道具として使っている」

「じゃあ、〝敵〟を釣る作戦は――」

「ああ、嘘だ。ほんとうは、きみと一対一で相談する時間が欲しかったのだ」

どうして、ナオトに〈星空の家〉の子たちを見せたのかも。

トージョーの思惑が、なんとなくわかってきた。

「……我々の問題を解決する術がひとつある。〈ウルヴズ〉に入れ。先のミッチェル戦のデータをボスへ送ったところ、きみの能力を評価していた。待遇は悪くないだろう」

――やっぱり。

「電賊は悪党だ。ためらうのは当然。しかし、我々は悪辣な者からしか奪わない」

「いま、おれは脳を狙われているわけですが、おれも悪辣な者なんですか?」

「グリッチャーは、それだけで悪辣な者。あるいはその種。それが業界の常識だ」

トージョーは言うが、自分自身、納得してない様子だ。

ブレイン・イノセンス・エンジンの表現力は、やはりすごい。VRSNSで会うと、通信ではマシンのように見えた男から、大きな苦悩が感じられた。

「ソロ・グリッチャーはいずれ力に魅入られるという理屈だが、欺瞞だ。時が経てば組織は歪む。だれもが歪む。きみを殺せば、ファミリーの決定的なひずみとなるだろう」

「電賊になるのも、おれの人生にとって決定的なひずみになると思うんですけど」

「……いや。そちらに関しては、そうとも言い切れん」

トージョーがなにかを視線で示す。街灯上の公式立体広告だ。

──あらゆる壁を超えて、あなたを運命の下に。

VRSNSで様々な世界を渡り行き、リード機能で求めるモノやヒトと巡り合う。そんな意味合いの文句だが、トージョーはそれ以上の意味を見出しているようだった。

「先週のきみは、こんなことに巻き込まれるとは夢にも思わなかっただろう？」

「えっ？　ええ、それは、まあ……」

「それがVRSNSだ。平和と裏社会の壁も、簡単に超える。そして急速に、その者と運命を結ぶ。きみの場合、R・O・O・Tとマーリアかもしれないな」

「運命……」

「詩的すぎたか？　受け売りの言葉だから、うまく伝えられたか不安だな」

たしかに、自分はあの日にビルへ向かい、R・O・O・Tとマーリアに出会ってから、なにもかもが変わった。欠けていた歯車を得たような感覚だ。

しかし……電賊の自分。現実的なシミュレートがまったくできない。

それでも、いまのところ、〈ウルヴズ〉に殺されずに済む、たった一つの道だ。それに、さっきの〈星空の家〉の子たちの笑顔。自分も両親を失った身だ。立ち直り、笑えるようになるのはとても大変だった。自分が、それを支える一端になれるなら……。

──電賊になって、人を殺して？

「きみの悩みはわかる。きみは〝死〟というものをよく理解し、身近な恐怖として想像できる子だ。──その理由は、両親の事故死だろう？」

心中を正確に見抜かれ、ナオトは驚いた。

「無礼に聞こえたか？　言い訳だが、わたしも幼くして親を失った身だ」

それから、トージョーは皮肉げに微笑した。

「わたしは死を扱う。だから、わかる。きみは死を恐れている。きみ自身のだけではない。すべての死を。ひとつの死が、家族、親戚、友人……あの〈星空の家〉の子たちのように、多くの人を悲しみに突き落とすことを知っている。──だから、ミッチェルのような小物の命すら大切に想う。あれの死を悲しむ人が、どこかにいると知っているから」

数多の死を見てきた右目と、命がない左の機械眼が、楽しそうに歩く家族を捉える。

「だが、すべての死を避けるのは不可能だ。〝敵〟を倒さねば殺される。〈ウルヴズ〉に入らなかったら、マーリアがきみを狩る。カンナくんは自分を責めるだろう。きみの叔母夫婦も。なにかを得たければ、なにかを諦めるしかない。きみは変わらなければならない」

「……変われますか、おれは」

「もちろん。きみは、なんでもできるグリッチャーだ」

ナオトは口を結んだ。自分がどれほど追い詰められているか再確認させられると、混乱し、恐怖した。わずかでもいい。ヒントを求めた。

「あの。トージョーさんは、どうして電賊に？」

「わたしか？　参考とするには、あまり向かないと思うが……」

ナオトがジッと見つめると、トージョーは諦め、ゆっくり語りはじめた。

「……わたしがこの道を選んだのは、まだ〈ウルヴズ〉どころか電賊という言葉すらなかったころだ。ある日、一人の男に出会った。リヴィオ・ピアッツェラと」

十八年前

フリー暗殺者であるトージョーは、二年前にリリースされたＶＲＳＮＳの大型店で、手押しカートに品物を乗せていた。ネット・ショッピングとしては非効率だと思ったが、どうして企業も客もこの購買スタイルにこだわっているのかすぐ理解した。目当てのものを取ろうとした手が、あちらの品のほうがいいのではと、つい泳いでしまう。

トージョーが二つのデータ・パッドをまえに迷い、結局、両方ともカートに乗せて進み始めると、仲介人から依頼メールがきて、すぐシークレット・ウィンドウで開いた。

メールの写真に映るのは、気取ったスーツを着て、金髪を後ろで縛ったアーティスト然とした若者。マトの写真にしては、むやみに明るい笑顔を浮かべている。

――名はリヴィオ・ピアッツェラ。二十五歳。マフィアの下っ端だったが、去年、『自分のマフィアを一から作る』ために金庫番を殺してカネを奪い、現在も逃亡中。

ずいぶん詳しい情報だ。カネを奪われたマフィアが各方面に流しているらしい。

それでも、一年間も逃げおおせている。その理由をトージョーは推理できた。

マトは、自分と同じ力を得たのだ。――グリッチャー・アプリを。

メールには注意もあった。あちらも、トージョーを狙っているようだ。属していたヤクザの頭を殺してフリーになったかれも、賞金をかけられている。それが目当てだろう。

――世界で初めての、グリッチャー同士の戦いになるかもしれないな。

しかし、裏切りの放浪者か。似たもの同士だ。

と、メールに集中していると、T字路で向かいからきた男性のカートと自分のをぶつけてしまい、『強接触・注意』の警告を出してしまった。

日本語とイタリア語で交わされる「失礼」の言葉。

顔を向けると、メールの写真と同じ顔をした青年がいた。青年も手元で開いているらしいシークレット・ウィンドウを見て、またトージョーに視線を戻した。

反応は、暗殺者のほうが速かった。カートから離れた右手が滑らかにスーツの懐へ収まった。青年も後ろ腰に右手をやろうとしたが、虚空で止めるしかなかった。

先手を制したトージョーは、懐の中で仮想拳銃を握りながら口を開く。

「「どうやって、おれを見つけた？」」

またも声が重なり、目を瞬く両者。

そしておたがい、相手のカートに満載されたＶＲＳＮＳ用オモチャ・データパッドを見る。さきに納得し、悪態を吐いたのは青年——リヴィオ・ピアッツェラだった。

「なるほどね。子沢山ってわけじゃなけりゃ、そういうことか。ちきしょうめ」

「……意味がわからないが」

「頭の巡りが悪いな、〝断頭台〟。おたくも日頃からガキ向けのオモチャ屋や遊技場を調べまくってるだろ。リード機能のせいさ」

自棄なのか性格なのか、やたら喋る。それからトージョーのカートを見て嘲笑った。

「だが、言わせてもらうと、そのオモチャは流行遅れだ。ＶＲＳＮＳでボードゲームだって？　センスを疑うぜ。時代はこっち。没入型対戦ゲームさ」

「それは十六歳以上と書いてある。みんなでは遊べない」

「対象年齢のオモチャで喜ぶガキなんていねーよ。おたくも覚えはー——いや、ねえか。……どうも、暗殺者になる前の記憶を全L・O・S・Tしたみたいだしな」

L・O・S・Tという単語で、トージョーは気を引き締める。

前代未聞の、グリッチャー同士の殺し合いが始まろうとしているのだ。

「……おっぱじめるか？　この世界じゃ、頭に一発ではおしまいにならないぜ？」

「なら、十発撃つまでだ」

大型遊具店のT字路で、グリッチャーたちが膠着(こうちゃく)する。

その横を——。

「ママー、カードコーナーどこー」

「やだやだやだやだ、これ買ってくれないとやだー」

「走らないの！　また転ぶわよ！」

「転んでも痛くないもーん」

はしゃぐ子供たちと、それを叱る母が突風のように過ぎ去っていった。

「……よお、移動しねえか？　死ぬのも殺(や)るのも、もっといい場所があるはずだろ？」

「同感だ。先にいけ。おれは用事が済んでから——」

『お客さまにご連絡です。これよりF・T社の大海原クリエイトセット【メイキング・ブルー】のクローズドβ・チケット配布をレジ前にて開始します』

トージョーはすばやくカートをT字路の中に曲げてレジへ向かおうとするも、もう一つのカートが横並びになり、ガツッとぶつかって、棚の間でスタックした。

トージョーが横目でリヴィオを睨む。リヴィオもこちらを睨んでいた。

「……譲れよ、このスシ野郎。日本の現実にゃ、ほかにエンタメが山ほどあるだろ」

「そちらこそ、譲れ。死人には必要あるまい」

小声の罵倒とカートを擦り合わせるグリッチャー二名。

「ねえ、お兄さんたち。道ふさいでるよー」

後ろから幼い少年に叱られ、二人はまた顔を見合わせた。


それから二人は場所を変えた。何度も、何度も。

最後にいきついたのは、オモチャ屋が密集するエリアにあるカフェの屋外席だった。

デバイスに収まりきらず紙袋に詰めたデータ・パッドを椅子の横に置き、リヴィオが鬱陶しそうに髪紐を外して金髪を広げた。

「ったく。おれは約束したんだぜ？　海を作るって。でも、この手の作業は苦手だからβ

販で馴らしておこうって思ってたのに。ぶっつけ本番だぜ、くそっ」

トージョーも同意する。あれから何件も店を回り、二人で情報共有までしたのだが、結局、β・チケットは得られなかった。

「……おれの方も、七夕であれが欲しいと書いた子がいたんだが」

「タナバタ？　なんだそりゃ？」

「日本の風習だ。竹に願い事を書いた紙を吊るして――いや、そんなのはどうでもいい」

トージョーはコーヒーを啜る。リヴィオは背もたれに片腕を乗せて笑った。マカロニ・ウエスタンよろしく決闘する気はもう失せたようで、警戒を解いていた。

「しっかし、こんどの刺客はユニークだな、ええ？　オモチャで人を殺すのか？　いったい、どんなヤツなんだか――いや、いや、応えなくていい。おれが当ててやろう」

リヴィオが得意げに身を乗り出す。

「リュウイチロウ・トージョー。父は四歳の頃に失踪し、母と内縁の夫に虐待されながら育った。そして六歳になると、その二人をぶっ殺して路地裏生活をはじめた」

トージョーは呆れた。そのくらいの情報、暗殺者以前の記憶を全L・O・S・Tした自分でも調べられた。

「そんで八歳でヤクザに拾われて鉄砲玉にされたが、おまえはいつも仕事をして戻ってきた。消耗品じゃなく、名刀だったんだ。だから重宝され、教育された。しかし十八のころ、そこのヤクザのボスをぶっ殺してフリーになった」

「カンペを熟読してきたらしいな。記憶力を褒めてもらいたいのか?」

「なら、母親たちを殺し、ヤクザを裏切った理由はどうだ。それは公表されてねえだろ?」

リヴィオは、椅子の横に置かれた紙袋を指す。

「ガキのころ、おまえは自分みたいに虐待されて死ぬ子供たちをニュースで観てきた。自分もそうなると思ったおまえは、やられる前にやったわけだ」

「……つづけろ」

「それが、おまえの根幹だ。殺しのテクと、ガキの無念だよ。だからヤクザを裏切った理由もそれ。ガキをマトにした仕事を任されたから、縁を切った。ちがうか?」

「ずいぶん自信満々に喋るものだな」

「当たってるってことだな!　ほらみろ!」

手を叩き、それこそ子供のようにはしゃぐリヴィオ。

「じつのところ、おれの人生も似たモンだ。おれは――」

「違法娼婦の子。十歳で母に捨てられ、ストリート・チルドレンを集めてギャング団を作るも、地元マフィアに吸収される。……そしてマフィアのカネに目が眩み、使いつぶされていく同胞の子供たちを見て、裏切りを決意した」

「……当たってることにゃ驚かないね。おれたちは兄弟らしいからな。生い立ちも、一人ぼっちなのも、きたねー仕事に手を染めて、記憶をL・O・S・Tしても哀れなガキを放っておけないことも、まったく一緒だ」

どうやら、この軽々しい男の目は評価しなければならないようだ。

「さて。当てたご褒美に教えてくれ、兄弟。……なんだって、買い物なんかしてた？」

「もうわかっているはずだ。おまえも同じだろう？」

「児童養護施設だかへの寄付ね。そりゃわかるさ。だが、なんで買い物？　グリッチャーなら盗めばいいじゃねえか」

「おまえもグリッチャーで、買い物していただろう」

「いいから教えてくれよ」

リヴィオの顔から笑顔が消え、さきほどよりも真剣な表情になっている。

その真剣さに圧され、トージョーの口から言葉が零れた。

「……グリッチャーになったのは半年前。そのあいだに、この力の強さを十分に知った。VRSNSの裏で無数の同類を見た。どいつもこいつも、自由に振舞っていた」

「おれも見たよ。グリッチャーは無敵だからな。カオスだね、ありゃ」

「だが、どんなカオスにも、いずれ自由と責任のエントロピーが形成される。裏社会と同じだ。おれもこの力を仕事に使うが、うかつにツケを膨らませたくない」

パチンと手を叩く音が、トージョーの視線をあげさせる。

リヴィオは満面の笑みを湛え、両手で親指まで立てていた。

「……兄弟、おれたちが出会ったのは運命だ。運命の下、出会ったんだ」

「リード機能でたまたまマッチしただけと、自分で言っただろう？」

「そうさ、リード機能だ！　あれは運命に導く力があるとおれは考えてた。それが――ちきしょ、言葉がでねえ。とにかく運命だよ！　おまえが、おれの夢を叶えてくれる！」

「夢とは、自分のマフィアを作るというやつか？」

リヴィオは、興奮をいくらか抑えて首を振った。

「ただのマフィアじゃねえ。矜持を持ったマフィアだ。クスリも人も売らねえ。悪党からだけ奪い、善なる者を助け、その尊敬を砦とするマフィアだよ」

「ファシストと戦っていたころのような？　不可能だ」

「いいや、できる。グリッチャーの力と、その行く末を見通しているヤツが二人いればな」

……こいつは、L・O・S・Tに正気を喰われたのではないか？

「おれのことを言っているらしいが、付き合う理由がない」

「あるね。おまえは自分を道具だと考えてる。だが、道具にもプライドがある。良い振るい手を望んでる。心の底ではな。否定するまえに自問しろ。なんで、おまえは凄腕なのにフリーを続けてる？　血も涙もない〝断頭台〟のくせに、子供たちを助けてる？」

トージョーは反論の口を閉じる。そこへ、リヴィオが畳みかけてきた。

「なら現実的な面でいこう。おまえは孤児の支援をしてるが、なぜ、現ナマを送らない？」

「もう送った。しかし――」

「多額だとサツが動くし、資金洗浄の手法がわからない、だろ？　おれもだが、解決法はある。プラチドって男だ。優秀な玉無し野郎。ちょっと小突けば願いを叶（かな）えてくれるぜ」

「だが、問題がある。そうだな？」

「ちょっとだけな。いま、ヤツは五人組のグリッチャーに飼われてる。こないだ三十人ほど殺したマヌケどもだ。まずそいつらを殺さなきゃ、話もできねえ」

「……なるほど。ちょっとだけの問題だな」

　トージョーは思考する。その五人組は、接触しないように自分も目を光らせていた。

「そいつらのメインカラーに【赤】はなかった。おそらく、もっとも戦闘的な属性だが」

「ああ。でも、おまえのメインカラーは【力の赤（ポテレ・ロッサ）】だ。殺（や）れるだろ？」

「……【力の赤】？　【赤】ではなく？　それに、なぜおれのカラーを？」

「観察の成果だ。おまえみたいなのは【赤】になる。でも【赤】じゃ味気ないから【力の赤】って呼ぶことにした。いずれ、世界中のグリッチャーがこの呼び名を使うぜ？」

　トージョーは、話に惹（ひ）かれていることに気付いた。そして、リヴィオの自分の評価がおおむね正しいことにも。依頼のままに人を殺してきた自分の心臓が、高鳴っていた。

　それでも、道具のプライドというやつか。フリー暗殺者としての意識を通そうとした。

「ターゲットについて、ほかに情報は？」

「ずっとログインしっぱなし。仮想拠点は知ってるが、現実拠点も身元も割れなかった」

「……現実で殺るのは難しい。VRSNS上で戦うしかない、か」

トージョーは視線でリヴィオを射貫く。

「いま、グリッチャーたちは互いに衝突を避けている。この殺しは世界中のグリッチャーの意識を変えることになるぞ？」

「そのとおり。実際、プラチドはオマケだ。これはグリッチャーへのメッセージだよ。自分たちが無敵の透明人間じゃなく、食物連鎖内の獣だと発信する。——おまえが言ったように、ルールを敷くんだよ。おれたちでな」

リヴィオの顔には、一欠片の迷いも見当たらなかった。

トージョーは、荷物を纏めて席を立つ。リヴィオも立った。

「……クローズドβだな。見込み違いなら、おまえを殺して依頼を達成する」

「それでいいさ、兄弟。どうせ製品版を買うことになる」

そうして、二人は歩きはじめた。

世界で初めて、グリッチャー同士の闘争をやるために。夢の一歩目を踏み出すために。

八章　壁は崩れて

今日の昼休みも、マーリアはナオトの隣にきていた。もう恒例と認識されたのか、隣席の文野（ふみの）アヤは自席を彼女に譲り、別の場所で友達（ともだち）と話していた。

……ほんとうは、部室でカンナにこれまでのことを報告したかったのだが、彼女は昨日から病欠らしい。アーロンが言ったのだから、事実だろう。

ということで、今日もマーリアと一緒に過ごしていた。

そのマーリアは、食後の茎ワカメを銜（くわ）えつつ、デバイスでホログラムの猫を表示していた。ボサボサ毛の目が据わった猫。マーリアが手を伸ばすと、パンチで拒絶を示していた。

「さすが【アウトロー・キャッツ】の五連勝景品。この攻撃性なら、【コラプト】を付与すれば立派な仮想兵器になると思うのですが、どうでしょうか、ナオト？　……ナオト？」

「へいっ？　あ、なに？」

やっと気付いて、ナオトは展開していたウィンドウから目を離す。

「食事もとらず、ずいぶん熱心に読んでましたね。新聞記事……ふむ。四十年前の、日本の未解決殺人事件。トージョーの過去ですか」

「えっと、その」

「責めはしません。〝釣り〟は空振りだった。かれの能力を疑うのも当然です」

そういうわけではないが、マーリアはVRペットの猫をからかいながら続けた。

「ですが、かれは特別です。電賊がカタギを襲わない話はしましたね？　我々だけでなく、有能な電賊はドラッグや人身売買、善人を狙った仕事をやりません。なぜなら、初代ボス・リヴィオがトージョーを使い、電賊業界にそういうルールを作らせたからです」

「業界全体に？　どうやって？」

「電賊という単語が生まれたのは〈ウルヴズ〉結成後。リヴィオはそういう生業の連中と自分たちが同一視されることを危惧し、トージョーに徹底して殺させたのです。……捜査機関との全面対決を避けるため。そして、自分たちのイメージが汚されないために」

「で、でも、それって、世界中の犯罪組織とケンカになったんじゃ……」

「はい。しかしリヴィオには計画があり、トージョーには力があった。かれは感情もなく罪人の首を切り落とす〝断頭台〟。多くの電賊がかれと敵対するリスクと安全を天秤にかけ、後者を選んだ。トージョーは、電賊業界を監視するマシンになったのです」

「マシン？」

「暗殺者になるまえの記憶をすべてL・O・S・Tした結果でしょう」

マシン。ナオトは違和感を覚えた。かれの仕事ぶりを知る者たちには、そう映るのかもしれない。だが、納得できなかった。

それとも、この違和感もトージョーのR・O・O・Tを得るための策略なのか？

「むっ」

秘匿通信があったらしい。マーリアは何度かうなずくと、猫のホログラムを消した。

「ナオト、早退しましょう」

「へいっ？　なに、急に……」

「アーロンがターゲットの〝敵〟二名を捕捉しました」

ＶＲＳＮＳは、この世のあらゆる速度を加速させる。

それは、ナオトの猶予時間も同様だった。


女子みたいな男子と、異国の美人が机をくっつけて、仲睦まじくお喋りしている。気にするクラスメイトは減ってきたが、文野アヤにとってはちょっと迷惑な話だった。

——だって、日野の隣の席、わたしのだしさー。

おかげで、昼休み中は席に戻れない。なので学食から戻ってくると、マーリアが自分の席に戻るまで、クラスメイトの羽場マイコとその親友の会話に混ざって時間を潰していた。

「いやー、今日も肩を寄せ合ってますねー。人の席でさー」

「やだ、アヤ、嫉妬してんの？　まさか日野のこと狙ってた？」

マイコの親友が驚いたので、いやいやと首を振ってみせる。

「むしろ安心したわ。日野って無口だったからさー。ちょっと心配してたもん」

「あー、たしかにねー。でもさ、アタシはすこし残念だわ」

「は？」

「日野を女装させたら超おもしろそうじゃん。マーリアに引けとらない美少女を作れる自信ある。そういう意味だと、アタシは狙ってた」

「……性癖歪みすぎじゃない？　あんたに彼氏できない理由、わかったわー」

「いや、絶対に日野を着せ替えするの楽しいって。ねえ、マイコ？」

羽場マイコは反応せず、弁当にも手をつけずにナオトとマーリアを眺めていた。

「ねえ、マイコ？　聞いてる？」

「……うん。楽しそうだよね、二人とも」

ぼうっとした声を漏らすときも、ナオトたちから視線を離さない。アヤは首を傾げた。

いつも昼休みは必ずネイルを直しているのに、今日は顔もすっぴんだ。そういえば、ここのところ、ずっと化粧をしていない気がする。アヤは彼女の親友に囁いた。

「マイコ、どったの？　こないだもいきなり泣いてたけど……」

「それがわかんないの。あのとき、日野になにか言われてからこんな感じ……」

「えっ？　まさか、マイコ、日野のこと好きだったんじゃ……」

アヤの予想に、親友も顔を青くする。だとしたら、失恋の傷を二人して抉りまくっていたことになる。身を縮めていると、ナオトとマーリアが二人して教室を出ていった。

「あっ、席あいた。それじゃ、またー」

「ちょっ、アヤ。薄情者。この空気、どうしてくれんの……！」

アヤはさっさと自分の席に戻っていく。その途中で、マイコは両手を組んだ。

――マイコが日野をねぇ。ほんとに？　だって、マイコは押しが強いし、もしそうだったら、とっくの昔にアプローチを仕掛けていたはずだ。

それに、マイコはナオトではなく、マーリアを見ていた気がする。

まあ、他人の恋だ。関わらぬが吉。

しかしナオトには忠告したほうがいいだろう。アヤはあれこれとセリフを考えたが、肝心のナオトは午後の授業に戻ってこなかった。マーリアもだった。


二人で早退すると待っていた高級車に拾われ、すぐにあのレストランへと到着した。

「入ってくれ、はやく」

VIPルームに着くなり、アーロンに急かされた。いつもの愛想はない。二人を立体ウインドウを無数展開させたテーブルに招くと、挨拶も抜きに言った。

「ターゲットを見つけた。VRテスラプネ・ラトビア特別エリア。こいつらだ」

引き寄せられた映像は、VRSNSの街頭カメラに映る二人。厚いコートを着ているが、体格からして両方とも成人男性だろう。どちらもフードで顔を隠していた。

マーリアが首をかしげる。

「根拠は？　映像に映っているということは、グリッチャー・モードですらありません」

「おれは最初の接触のとき、やつらの体格と歩容を覚えていた。これらは立派な生体認証だ。それを照合ソフトに加えて検索をかけ続けていたんだよ。一致率は七八％」

「……接触する価値のある数値ですね。素性については？」

「不明だが、このタイミングで無意味なログインはしないだろう。会議か、はたまた――」

「わたしたちを誘う罠か」

ナオトは、二二％の確率に懸けたかった。しかし、そこまで幸運でもないだろう。

この二人は〝敵〟だ。それでも逃げ道を求めた。

「あのぅ、アーロンさん。トージョーさんは、なんて言ってますか？」

「……あの人には報告していない」

これには、マーリアも眉を八の字にした。

「なぜ？　そもそも〝敵〟の捜索はトージョーと〈テイルズ〉の役割だったはずです」

「言われたことをするだけなら、BOTで十分だ。でも、おれは人間だ」

反発はもっともだと、アーロンは大きな肩を上下させる。

「あの人は現時点での接触に反対する。プロだからな。だが、危険要素の穴埋めをしている間にヤツらがいなくなったら？　また見つけられるか祈るか？　おれは、祈らない」

「ですが——」

「お嬢、執行猶予のことは忘れていないだろうな？　おまえには時間がないんだよ」

マーリアが、ぐっと口を引き結ぶ。

執行猶予？　首を捻るナオトに、アーロンが溜息交じりに教えてくれた。

「お嬢は〈ウルヴズ〉から死刑宣告を受けている。R・O・O・T回収失敗の罪でな」

「し、死刑……？　仲間なのに？」

「二週間の猶予がついたけどな。しかし、そいつも、いまではあと半分ちょいしかない」

ナオトは愕然とマーリアを見るが、彼女は他人事のようにうなずくだけ。

「それを回避するには、ヤツらの情報を手に入れるか、始末するしかない。安心してくれ。成功してもトージョーさんが決めたとおり、二十四時間は行動を控える。契約は絶対だ」

「ちがっ、そ、そうじゃなくて——」

「ああ、わかってる。きみの心配はそこじゃない。だが、いまはこれしか道がない。その道すら、一秒後に閉ざされるか、一時間後に閉ざされるか、だれにもわからない」

ナオトは唇を噛みしめ、もういちどターゲットの画像を見る。

マーリアも画像を見ていたが、三秒後に言った。

「いきます。ナオト、現場ではわたしの指示に従ってください。――アーロン？」

「〝敵〟の監視を続行。緊急時に備えて、エリア内にセーフハウスも用意しておく」

返事に満足し、マーリアはログインのためにソファへ向かう。ナオトはその背とアーロンの顔を交互に見たあと、迷子を恐れる子供のように、マーリアについていった。


ラトビアの街は中世の面影を強く残していて、その美しさは世界屈指といわれている。

そんな街が、一年中、雪化粧をしていたら？

このラトビア特別エリアは、ラトビア政府そのものが監修しているエリアだ。常に冬のラトビアを再現し続けており、石畳の上にも三角屋根の上にも分厚い雪が積もっている。人気は高く、現地時刻が午後六時になっても、世界中からユーザーが集まっていた。

ただ、すごく寒い。気温はマイナス十五度で、いまも雪が舞っている。『寒冷・注意！』と表示が出たのでナオトは冬衣装にチェンジしたが、それでも足りなかった。

と、横からマーリアが衣装データをくれた。厚手コートに厚底ブーツだ。すぐにそちらへと衣装チェンジして、お礼を言おうとしたが、ニット帽やファー付きコートに黒い長マフラーの防寒用衣装にチェンジしたマーリアは、通信に集中していた。

「チーム間通信〈ウルラート〉チェック」

『音声、視覚、聴覚、バイタル情報、権限、すべての共有を確認。ターゲットを街頭カメラで捕捉。十一時方向三〇〇メートル先を北西に移動中。ピン打ちする』

現実側でアーロンが言うと、人だかりと雪の向こうにポンと赤い矢印が出現した。

「ピンを確認。追跡開始します」

『軍隊上がりらしいな。追跡防止を怠っていない。行動まで五〇メートルは維持しろ』

マーリアはナオトの手を引き、サクサクと雪を踏みながら広場を歩きはじめた。

路地に出て、マーリアが好きそうなハチミツ菓子店の前を横切っても、彼女は目もくれない。歩道を歩く人々の向こうに映っている矢印を注視している。

人殺しをマークしている場所へと。

繋いだナオトの手が震え、はじめてマーリアの視線をターゲットから離させた。

「どうしました、ナオト」

「う、ううん。平気」

「平気ではなさそうですね。寒いのですか？　不調なら言ってください。いまのわたしたちは仲間なのですから」

マーリアは自分の襟元から黒の長マフラーを外すと、ナオトの首に優しく巻いた。

いまは仲間、か。ナオトは巻かれたマフラーを弄りつつ、訊いた。

「マーリアは、その、殺――戦いが怖くない？」

「はい。ただ仕事をして、わたしの〝価値〟を評価してもらいたい。それだけです」

「価値？」

「わたしにも怖いものはある。不当な評価を下され、反論の機会も与えられないこと。正しい評価の上でゴミ扱いならいい。でも、評価以前の存在に貶められるのは怖いです」

自分の弱みを語るとは意外だった。

きっと、ナオトを勇気付けたいのだろう。……仲間だから。

「だからマーリアは、自分を処刑しようとしてるファミリーのために戦うの？」

「はい。あなたも死が怖いのなら、回避するために最善を尽くすべきです。それが――」

『ターゲットが街頭カメラのない路地裏に入った。十一時方向だ』

マーリアが会話を止めると、道端に寄り、近くの食堂のメニュー表を見る素振りをした。

「その路地裏にリード店舗はありますか？　入られたら面倒です」

『いや。金持ち用の大型サロンを、L字でVRアパートが囲んでいるだけだ。出口側の街頭カメラにアクセスしてるが、まだ出てこないな。そこでなにか……』

スポンという小さな音が北風に乗って耳に届き、マーリアは目を鋭くした。

「減音器の銃声を確認」

『くそっ、まずい！　ここでの仕事を終えたんだ！　ログアウトしちまうぞ！』

「向かいます。――ナオト、グリッチャー・モードへ移行して。急ぎましょう」

マーリアが走る。ナオトも急がないといけないのはわかっていた。

だが、靴裏は雪にへばりついたかのように動いてくれなかった。

振り返るマーリア。自分の顔から恐怖心を読み取り、侮蔑をぶつけるだろうとさらに身を固くしたが、頬（ほお）に当てられたのは、手袋を外したマーリアの右手だった。

「ナオト、もうひとつ助言を。イン・ボッカ・アル・ルーポ、です」

「え？　ええと、狼（おおかみ）の口へ？」

翻訳ソフトを使うナオトへ、マーリアは頬から離した手で銃声があった方を差した。

「恐怖から逃げる道は、危険の中。勇気をもって飛びこみ、成功を掴（つか）んでください」

恐怖。ナオトは口の中でも何度も繰り返すと、顔をあげた。

「モード移行……したよ。うん」

マーリアもうなずくと、二人で〝敵〟が待つ路地裏へと急ぐ。グリッチャー・モードになったため、雪風が顔を刺すリアルさが増したが、ナオトは彼女に続いて走った。

恐怖を現実にしないために、死の恐怖へと。

L字の通りは薄暗かった。街灯もなく、光源は横にそびえたつ七階建てサロンの窓から零れる明かりと、それを乱反射させる積雪だけ。壁となっているVRアパートは所有者のほとんどがログアウト中らしく、どの窓もカーテンが閉まっている。

その僅かな明かりが、雪上に大の字で倒れる男と、それを見下ろす一つの人影を照らしていた。人影の手には、サプレッサー付きの自動拳銃が握られていた。

……人を殺したんだ。ナオトはマーリアとサロンの角に隠れながら人影を眺め、生唾を呑んだ。男は白人で、三十代ほど。地味なコート越しでも鍛えられた肉体だとわかる。そして、たったいま殺した男を無感動な碧眼で見下ろしていた。

一方、死体のほうは暴力と無縁そうだった。太った身体をウールコートで覆った五〇がらみ。顔を歪めたまま、背中から広がる血潮と共に凍り付くのを待っていた。

マーリアは男を観察しつつ、大型リボルバーを右手に持ちながら小声で通信を開いた。

「アーロン、顔が割れました」

マーリアは口頭で人相を伝えていく。しかし返ってきたのは、アーロンの唸り声だった。

『ダメだな、ヒットしない』

「L・O・S・Tも顔も割れたのに？」

『腕利きグリッチャーには二タイプいる。勇名を武器にするか、徹底的に隠すか。ヤツは後者なんだろう。だが、死体の方はグリッチャーじゃないな。顔識別をかけてみる』

アーロンの調査を待っているあいだに、男が通信を開いた。

「こちらラーチャー1、始末した」

『了解。死体を処理したら、すぐにログアウトしろ』

通信ウィンドウから返ってきたのは、機械音声。これでは性別すらわからない。

「だが、どういうことです？　おれはかれを知っている。承認を得ているんですか？」

『そいつもおまえを知っていた。この先、我々の過去を知る者が少ないほどいいのは、双方同じ。おまえも、六年前のことを忘れてはいまい』

「あなたのいう〝我々のこの先〟というのにも、いささか不安があるのですがね」

『もうひとつの作戦のことか？』

「R・O・O・Tを〝プランター〟に吸わせたのはいい。だが、早急に回収しなければ。あれさえあれば〈ウルヴズ〉なんてどうでもよくなる。命令してくれれば、すぐに——」

『いちどに一つずつだ。あれはプランターにしか扱えないし、現時点で接触できるプランターは一人しかおらず、替えがない。ほかに質問は？　なければ死体を処理して撤収だ』

「……了解」

ラーチャー1とかいう男が通信を切った瞬間、マーリアが動いた。

「動かないでください」

角から出たマーリアがラーチャー1にリボルバーを向ける。振り返ったラーチャー1は目を丸くしたが、その視線はマーリアではなく、こそこそ出てきたナオトへ注がれていた。

「プランター？　なぜ、ここに？」

――プランター。やっぱり、おれのことか。

現状を、まったく脅威だと思っていないらしい。男の驚き顔に、じわじわと笑みが広がっていき、やっとリボルバーを構えるマーリアへと視線を移した。

「まさか、我々の宿題が二つ揃ってやってくるとはな」

「二つ？　わたしのことですか？　あなたたちは何者ですか？」

「答える理由がないよ、〝埋葬屋〟」

「では、わたしが理由を作ってあげましょう」

マーリアが男の右膝を撃とうとしたとき、ナオトは悪寒がして、本能的に上を見た。

すると、サロン屋上から身を伸ばし、音もなく大口を開いて自分たちを丸呑みにしようとしている、黄金鱗に紫斑を散らした大蛇と目が合った。

「マーリア！」

ナオトが抱きつくように彼女を押し倒すと、暴発した散弾がラーチャー1の頬を掠めてアパートのレンガ壁を破裂させ、二人の上をヘビの大顎が過ぎ去っていった。

マーリアはナオトの懐から転がり出て膝射姿勢を取るが、ラーチャー1の足元で緑の光芒が発生。それはすぐ数千の緑翅青胴のトンボ群Ｌ・Ｏ・Ｓ・Ｔとなると、地面からラーチャー1をかっさらい、一筋の流れとなって夜空へと逃げていった。

舌打ちしたマーリアが次の脅威を狙うが、大蛇もサロン屋上へと戻っていった。

「アーロン、〝敵〟を逃がしました。これから追いますが、追加情報は?」

『死体の身元が割れた。ニック・オズワルド。クロエ・アンド・カンパニーの役員だ』

「クロエ社? なら〝敵〟は……」

マーリアが息を呑む。ナオトですら、その続きが読めた。

大手メンタルケア企業クロエ社は【六・二〇】における人類の救済者だ。

それに恨みを持っている組織は、ひとつしか思い浮かばない。

「ナオト、あなたはリオニでトンボを追跡してください。わたしは蛇を」

「お、おれだけで? そんな……」

「急いで!」

初めて聞くマーリアの大声に跳びあがり、ナオトは獅子剣士リオニ・アラディコを具体化して背に乗る。そのときには、マーリアはサロン入口のほうへ駆け出していた。

マーリアは、平気だ。しかし〝敵〟を逃がせば平気ではない。処刑される。ナオトは黒マフラーを鼻まで上げて雪から顔を守ると、リオニを駆って夜空のトンボ群を目指した。

上流階級用の高級サロンは、マーリアに有利だった。戦闘服である黒ドレスに衣装チェンジしても、興味を惹かない。彼女は七階まで吹き抜けになった円形ホールと、シャンデリアと赤いカーペットの間で商談している人々たちを見回した。

「アーロン、〝敵〟の居所は？」

『ヤツらは仕事をした。それなら移動せず、その場でログアウトするんじゃないか？』

それなら屋上だ。マーリアはエレベーターに乗ると、ボタンを押した。

動き出したエレベーター内で、右手にリボルバー、左手にナイフを構える。

「死体は処理せず放置されている。〝死臭〟を〝クリーナー〟が嗅ぎつけるまで猶予は？」

『約十五分。騒げばさらに時間が削れる。そのあとのログアウトは骨だぞ』

「了解。ナオトにも伝えてください。……行動します」

――ブースト・アプリ〈狼の血〉を実行――

ドアが開いた瞬間、流れ込んできた【自由の黄】コードの火炎槍と、雪が積もった屋上床の隙間をスライディングで滑りつつ、リボルバーを二連速射する。

散弾は炎を吐いていた黄金大蛇の下顎に当たり、ショックで火炎の方向を上にした。

「なるほど、ヤツのご自慢だけある」

炎を収める大蛇の下方に、男がいた。服装は初遭遇時と同様のコンバットスーツだが、今回は顔を隠していない。三十代ほどのアジア系だった。

背後で焼けたエレベーターが落下し、一階で轟音と悲鳴を起こしたが、マーリアは視線と照準を男から動かさずに立ちあがった。

「……短い付き合いになるでしょうが、なんと呼べばいいでしょう？」

「おまえの部下を殺した男。同じものを狙う仇。でなければ、ラーチャー2と呼べばいい」

「では、ラーチャー2。訊きたいことがあります」

そっけない言葉に、マーリアも同じくらいの低温度で返す。

「あなたたちは何者ですか？　R・O・O・Tを狙い、クロエ社を攻撃する理由は？」

「そちらこそ。どうしてここにいる、〝埋葬屋〟？」

「おたがい知りたいことだらけのようですね。情報交換の契約でもしますか？」

男は苦笑すると、左手を後ろへやり、ドロップ・ポータルを形成していく。

「あとで調べればいいだけだ。ここは退かせてもらう。——シェ・ワン」

大蛇シェ・ワンが横薙ぎに火炎を吐き、炎と融けた雪による高熱蒸気の壁を作る。

あの熱量ならカットシステム三割ほどでしのげる。マーリアは炎の壁に突撃した。

紫電を散らしながら炎壁を突破すると、ラーチャー2がこちらに背を向けてドロップ・ポータルに入ろうとしているところだった。シェ・ワンが自律反撃を行うより早く、マーリアが赤熱させたナイフをラーチャー2の後ろ腰へと送りこむ。

ガチン。ナイフの切っ先が欠けた。そう感じた瞬間、マーリアは後方へ跳ぼうとしたが、ラーチャー2が背面越しに伸ばした右手にチョーカーを掴まれた。

コンバットスーツの腰部には、鈍色（にびいろ）に輝く金属板が発生していた。

それが水銀の泉のように湧きだし、ラーチャー2の全身を覆っていく。

「おれごとやれ、シェ・ワン」

シェ・ワンが頭をもたげ、【自由の黄】（ジャーロ・リベルタ）〈荒れる均衡〉による炎の滝を二人へ落とす。

それを浴びる寸前、マーリアはチョーカーをナイフで切り払い、後ろへ転がった。

炎が積雪の床に落ち、赤と白の熱波となって広がる。マーリアはさらに下がり、隅に設置されている天使像に背中をぶつけた。

火と白煙の中から歩いてくるラーチャー2は、厚い金属鎧（よろい）を纏（まと）っていた。フルフェイスのヘルメットに、爬虫類（はちゅうるい）の鱗（うろこ）を連想させる鈍色のボディアーマー。両肩や腰の両サイド、そして四肢に沿うように、単純で機械的なパイプ状装置が取り付けられている。

あれは衣装チェンジ……ではない。

「……【自由の黄】によるクリエイト系コード〈火難の護符・アーマード〉ですか」

融点が高い金属を基礎とした耐火複合材をクリエイトするコード。普通は単純なシェルターを創造するものだが、それに追加指示アーマードを加えて鎧（よろい）としていた。

「さすがの反応速度だな。ほんとうに狼（おおかみ）みたいだ」

ちがう。単に、アジア系とわかったことで奇手を好む事前予想に説得力が増し、ドロップ・ポータルが突撃を誘うための罠（わな）ではと警戒していただけだ。

しかし躱せた。あの鎧の重量は百キロ近いはず。〈火難の護符〉で安全を確保しつつ、L・O・S・Tで攻撃してくるスタイルだろう。

鈍重な相手なら、やりようはある。マーリアがそう判断したとき、ラーチャー2が腰を落とし、右腕を引いた。その後ろでは、大蛇シェ・ワンが夜空を仰いでいた。

地鳴りのような音は、重装鎧の各所につけられたパイプ状装置から。吸排気口か砲口かと考えていたのだが、そのどちらでもないと気付くと、マーリアはぴくと眉を動かした。

「コード〈憤怒の発散〉」

ラーチャー2が唱えた瞬間、爆裂音が轟いた。

各所のパイプ状装置内に溜められた熱量コードが解放され、熱された空気がパイプ口から噴射される。そこから生まれるスラストは、重装鎧の男の姿を霞ませた。

「っ！」

間合いに迫るラーチャー2が引いていた右腕、そこのパイプ状装置――スラスターが後方に炎を放って二段目加速を行い、鉄拳を繰り出してくる。横へ転がるマーリアの顔面数ミリ横を抜けた拳は後ろの天使像に直撃し、粉々に砕いた。

「これも躱すか。いやはや」

ラーチャー2が振り返る。マーリアの心拍数が運動・思考に悪影響を及ぼす一六〇に届きかけ、〈狼の血〉が戦闘最適値へと戻していく。だが、額に汗が流れるのを感じた。

——こいつは、Ｌ・Ｏ・Ｓ・Ｔを支援・強化に回す自己戦闘タイプのグリッチャーだ。

作戦変更。マーリアは地獄の門みたいに縁に火がついたエレベーター口へと駆けた。


ラトビアを楽しむ人々の頭上で、人知れず、死闘が行われていた。

緑翅青胴のトンボ群が、龍のように夜の雨空を泳いでいる。

リオニ・アラディコが三階建てビルの看板を蹴り、トンボの激流と空中交錯。緑剣一閃で数十匹を潰すが、サーファーのようにトンボの流れに乗る男は捉えられない。リオニは悔しげに唸りつつ、向かいの三角屋根に爪を立てて着地した。

ナオトはリオニの背にしがみつくので精一杯だった。リオニの自律戦闘に任せきりだ。

『おちつけ。相手も動きを止めなきゃログアウトできない。まだ探り合いの段階だ』

アーロンは言うが、状況はマズい方に転がっていた。四合ほど接触したが、いちどに倒すトンボは百にも届いていない。まだ数千匹いるし、すれ違うたびに、リオニの毛皮の下では切り傷が増え、血が滲んでいた。

『リオニの負傷度に気を配れ。Ｌ・Ｏ・Ｓ・Ｔには自動修復機能があるが、リオニのそれは平均値。倒れれば半日は使えない。そうなれば〝敵〟を逃し——』

「マーリアが、処刑される」

その一言の事実が、リオニを唸らせる。それに応じるように、逃走を基本としていたラーチャー1に変化があった。トンボ群を旋回させ、こちらに先頭を向けてきたのだ。

『戦闘の本格化を確認！　リオニと〝敵〟の予測保有コードを転送する！』

チーム間通信アプリ〈ウルラート〉を経由し、大量の文章が送られてくる。

『コードや命令は思考だけでも実行できるが、口頭で叫べ！　より明確に行える！』

ナオトは受け取った情報の山から、現状に最も適したコードを大急ぎで探し、叫んだ。

「【力の赤】、〈証明の渦〉！」

リオニが大口から指向性衝撃波を放つ。暴力的な波動はトンボの先陣たちを百匹ほど砕き、雪と破片を混ぜた。だが本隊は？　先陣の裏で錐のように陣形を鋭くし、損害を最小限に抑えていた。上に乗るラーチャー1も、盾として正面展開していたトンボの残骸が風で飛んでいくと、無傷の姿を現わした。

リオニがトンボ群へと自動で跳躍追撃する。群の先端を越し、その中ほどに立つラーチャー1へ緑大剣の腹を振り下ろそうとして――。

右から風切り音。さきの情報内容を思い出し、ナオトは悲鳴じみた声をあげた。

「防御して！」

リオニが攻撃を中断して緑大剣を右へ掲げる。すると鋼鉄の雨が鉄板を叩くような音が剣上で連続し、その多重衝撃でリオニは左に吹き飛ばされた。

落ちゆくリオニに捕まりながらも、ナオトは邪魔者の正体を見た。景色が僅かに歪んでいる。睨んでいると、一筋のトンボの流れが景色から滲むように姿を現わした。

転送されてきた敵データにあった、【成長の青】視界攪乱コード〈秘する賢者〉。それを、あらかじめ本体から切り離していた別動隊に付与していたらしい。

衝撃に翻弄されたリオニがそばにあった教会のステンドグラスを割り、信徒席を砕きながら転がり、祈っていた人たちの悲鳴を置き去りにして門を破って外の露店広場に飛び出した。ナオトも背から放り出され、屋台をぶっ壊して店主と客を驚かせた。

カットシステム七割減で済んだ。だが、広場に悲鳴や混乱が広がるまで五秒もなかった。ナオトはソーセージや木片を払い、あたりを見回す。人々は逃げたり集まったりとパニックだ。近くにいた女性は、湯気が昇る紙コップを片手に、呆然とナオトを見ていた。

――かれらは遊んでいる。おれは闘っている。

謎の高揚が背筋をピンと張らせ、マフラーの下で、口が微笑を描いていく。

『くそっ。【成長の青】の視界攪乱コード〈秘する賢者〉を【信頼の緑】コード〈隔てなき血肉〉で一群のトンボどもに共有させてる。メインとサブの同時実行。達人だな』

アーロンの無音通信が聞こえる。顔は見えないが、額の汗を拭う様が想像できる声色だ。

『やはり一人じゃダメだ。マーリアと合流するんだ』

「いや、だんだん、わかってきました」

『わかってない！　このエリアはもうすぐ封鎖される。さっきの未処理の死体が〝死臭〟──緊急信号を出してる！　やがて、それを検知した運営が〝クリーナー〟を送り出す！』

「クリーナー？」

『運営の仮想兵ＢＯＴ。一体一体は弱いが無限に送られる！　きみが死ぬまでな。だから、はやくマーリアと合流しろ！　こいつは見逃していい！』

「いや、あっちには、見逃す気なんかなさそうです」

『なに？』

ナオトは横へ転がり、さらに転がる。その軌道を追うようにボスボスと雪柱が立った。透明化したトンボが飛んできているのだ。見えないが、相手の思惑を読めば躱せる。

「相手は逃げる気なんてなかった。おれをここで無力化する気です！」

『くそっ、分断作戦か……』

ナオトは駆け寄ってきたリオニに飛び乗ると、翻訳アプリ越しに大声をあげた。

「道を開けてっ！」

人々が飛び退くと、リオニは広場をジグザグに走った。耳元を透明トンボが飛び回る音が聞こえたが、ナオトはかまわずエリア地図へアクセスした。

ここはダメだ。強力なコードを使えば人を巻き込んでしまうし、相手はそれを気にしない。だが、地図内は建物でぎちぎちだ。それに拓けていると、トンボ群に乗るラーチャー

1を捉えるのは厳しい。やはり、勝つのは不可能なのか？

——いいや、不可能なもんか。自分もグリッチャーだ。さっきの人たちの顔を見ただろう？　未知なる恐怖を見る目を。おれは恐怖で、〝力〟なんだ。

考えろ。すべての状況と、互いの力、心の裏まで盗み見ろ。打倒するために。

「リオニ、そこを右へ！」

リオニを広場南東の路地へ走らせ、正面に現れた二階建て建物を飛び越させる。

そして、だだっ広い平面に着地し、爪でひっかきながら止まった。

やっぱりだ。エリアを二分にしている大川は、厚い氷に覆われていた。川幅は百メートルほどで、岸には中世の倉庫をモチーフにした大型データ保管所が並んでいるだけ。上空からラーチャー1が追ってくるのも予想どおり。相手はナオトを知っている。つまり、素人だと考えている。ほとんど無防備な追跡だ。

しかし、ナオトはやっつける方法をもう見つけていた。

「コード〈力の標(しるし)〉！」

リオニが緑大剣を夜空のトンボ群に突き付け、雪に彩られたドリル状衝撃波を解き放った。螺旋状(らせんじょう)衝撃波コード〈力の標〉がトンボ群の最後列を削り切る。

リオニは緑大剣を振るい、そこから伸びる竜巻の槍(やり)をラーチャー1へ寄せていった。

「やめろっ！」

その轟音を裂いてラーチャー1の悲鳴が聞こえた。無数の風切り音も。群れから百数十匹のトンボを切り離し、透明化して飛ばしてきている。それも、読みどおり！

「おねがい、R・O・O・T！」

ナオトはリオニの上で左腕を掲げると、幾筋もの純白の光が迸り、襲ってきた透明トンボたちをすべて捕捉。トンボたちは、光の根と共にナオトの左腕へと吸収されていった。

――〈理解〉成功。ウィッチズ・エッジの三％を抽出。再使用まで二十四時間以上――

トンボ群は余裕をもって竜巻槍を躱しているが、ラーチャー1はまた声を張りあげた。

「いますぐコードを止めろ！」

その理由は、単純な力学。作用、そして反作用。

衝撃波を放てば、同量の衝撃波が逆方向へ発生する。ふつうは衝撃消滅や軽減コードを組みこみ、マクロ化して運用するが、ナオトはそれをやらなかった。

だからリオニの足元で厚い氷が砕け、ナオトと共に凍った川の中へと消えた。

ラーチャー1はトンボ群を低空に寄せると、氷上に降り立ち、そばの大穴を見下ろした。

水温は一℃～五℃ほど。現実なら命を奪う温度だ。仮想世界でもカットシステムを削り、すぐに命も削り取る。いまごろ気絶しているか、パニックで上下感覚を失っているだろう。

それでもラーチャー1は、少年が水面を突き破ってくるのを願った。

三〇秒、待った。少年は浮かんでこない。

『こちらテスラプネ社。まことに勝手ながら、五分後に、エリアの緊急メンテナンスを開始します。サービスをご利用中のお客さまはただちに中断し、移動かログアウトを――』

「くそぉ！」

喚き声が、エリア内アナウンスと重なる。ラーチャー1は右手の底で側頭部を何度も叩いた。いますぐ治療が必要なストレス値だ。だが、ダメだ。自分は失敗した。

――それで、どんな顔で受診しにいく？

だから決意した。ウィッチズ・エッジは水中で使えない。自分が飛びこんで探し、必要なら蘇生措置をする。しかしコートを脱ぎ捨てたとき、穴の水面から何かが浮かんできた。

少年のブーツの片方だ。靴紐は、解けている。

ラーチャー1は目を閉じると、トンボ群を八方へ分散させる。

一分後、引き攣った笑みを浮かべて対岸のほうを見た。

「さすがだよ、プランター……」

寒いではなく痛い。服や髪が吸った水は凍り、全身を刺している。裸足の指は感覚がない。残っていたカットシステムは、水に落ちて一〇秒足らずで停止した。

だが、ナオトはやり遂げた。対岸までリオニと潜行し、氷を砕かせて静かに水上へあがった。そして最寄りの倉庫の窓を割って、中に隠れたのだ。

さきほどのアナウンスのせいか、体育館ほどの倉庫にはだれもいなかった。アーチ型の高い天井にまで届きそうな棚に、各段に陳列される木製ボックス。そこへアクセスするための移動梯子。古風な倉庫だ。ナオトはその奥の木箱の間に三角座りした。

アーロンが深部体温だの凍傷だの叫んでいるが、凍死寸前なのは自覚している。リオニが身震いで氷粒を飛ばすと、ナオトを包むように温めてくれるが、それでも歯が鳴った。

だが、まだログアウトはしない。

コートやブーツは水中で脱ぐしかなく、持ってこれたのは黒マフラーだけ。絞って振り回すとすぐ乾いたが、これだけでは大した防寒にならない。

しかし、ナオトはマフラーを首に巻き、また鼻まであげた。

いまは勇気が要る。マフラーから、マーリアの勇敢さを分けてもらおうとしたのだ。

ここまで計画どおり。氷が割れるのもだ。だから、パニックもショック死も避けられた。

そして耳を澄まし、計画を続行した。あの人は自分より遥かに強く、失敗を自分で許すことができない。偽装を見破り、かならず、ナオトを見つけるはずだ。

壁のリード広告の音楽に、ノイズ音のような羽音が被さってきた。——ほらきた。

ナオトが割った窓から、数百匹のトンボ群が入ってきた。倉庫中に分散し、棚のあいだを飛び回りながらナオトを探している。

ナオトは歯を噛みしめて震えを止め、ラーチャー1が現れるのを待った。

しかし、奇妙なものを見つけた。一匹のトンボだ。ナオトが隠れている場所の向かい側の棚にあるボックス上に留まっている。見つかったとナオトとリオニは身構えるが、トンボは攻撃してくることなく、ただ、一人と一頭を眺めているだけだった。

コードの準備？　増援待ち？　答えは、無音通信と小さな音で届けられた。

（伏せろ、L・O・S・T観測射撃だ！）

パスンという音が、劇的な破壊をもたらした。超音速大口径弾が倉庫外壁を砕き、横手の木箱四つを貫通し、リオニの首に直撃して血飛沫を散らせた。よろめくリオニの右肩にもう一発が撃ち込まれ、横倒しにする。

三発目で攻撃を学習したリオニが、倒れながらも尾を振るい、弾丸を弾き飛ばした。

（リオニ・アラディコ、パフォーマンス六九％低下！）

ナオトはリオニの首筋の銃創を身体で覆うようにして身を低くした。これは計画外だ。

——L・O・S・T観測射撃？　トンボと視覚を共有して、外から撃ってきたんだ！

リオニがやられた。L・O・S・Tを奪うコード〈理解〉は？　再使用まで二十四時間以上？　そんなに待ってくれるもんか！　自分も撃たれてしまう！

平気だと、ナオトは自分を落ち着かせようとした。壁越しに見えても、弾丸は物を貫くたびに角度や威力を変える。でなければ、初弾はリオニの急所に当たっていた。

あの人が、そんな危なっかしい攻撃を自分に向けるはずがない。そのはずだ……。

「いや、まったく。これで素人とは、大したものだよ。プランター」

棚に挟まれた廊下の角から、ラーチャー1が現れた。背後に無数のトンボをホバリングさせ、右手には、全長二メートルはありそうなライフルを引きずっている。

だが、ナオトに使う気はないらしく、ラーチャー1はライフルを横へ放り捨てた。

ナオトは心の中で拳を天に突きあげ、リオニから離れて立ちあがった。

「いいか、少年。いちどしか言わないぞ。わたしと共にこい。悪いようにはしない」

「答えは、これだっ！」

ナオトは右手を振りあげ、オーバースローのように振り下ろす。すると具体化したトンボ群――R・O・O・Tで奪ったウィッチズ・エッジ百数十匹が特攻していった。

「L・O・S・Tを奪う力。恐ろしいが……群体型なら戦えないこともないな」

ラーチャー1の前でウィッチズ・エッジ本隊がプロペラみたいに高速回転を始めると、三％の反逆者たちは次々と巻きこまれて粉砕していった。

――L・O・S・Tウィッチズ・エッジ、応答なし。復旧まで二〇時間以上――

とんでもない防御で、とんでもない威力だ。触れば、即死だろう。

だからこそ、ラーチャー1はトンボの矢を追って走るナオトを見て驚愕(きょうがく)した。

「リオニ、【信頼の緑(フィドーチャ・ヴェルテ)】〈反感伝播(でんぱ)〉！」

後方で倒れたままリオニが口を開き、雄叫(おたけ)びを緑の風にしてナオトを包む。

トンボ群のプロペラの向こうで、ラーチャー1が身をこわばらせていた。

――マーリアの分析によれば、この人はリアリスト。

そして己より組織を……つまりはR・O・T回収命令を優先する。

ゆえに、獅子(しし)の腕力を転写した少年が突撃してきても、防御を解除するしかなかった。

かれは、絶対にナオトを殺してはならないからだ。

その弱みと霧散するトンボ群の隙を突き、ナオトは勢いに任せて右肩を腹にぶち当てた。

カットシステムが激しい光を煌(きら)めかせるが、停止には至らなかった。

ラーチャー1は膝蹴りでナオトの口元を突きあげ、両肩を掴(つか)むと、軸足を支点に横回転して横の木箱へ投げる。ナオトは頭から木箱へ突っ込み、中身のデータ・パッドと木片、そして額から血を散らして、木箱を砕いて一つ横の廊下へと転がった。

ラーチャー1が拳銃を抜き、棚向こうで四(よ)つん這(ば)いになっているナオトの背骨を狙う。

額が痛い。口が痛い。指先が痛い。頭が痛い。それでも、コードは切らさない！

「【力の赤(ポテレ・ロッサ)】〈証明の渦・ナロウ〉！」

ハッとしたラーチャー1が自身のいる通路奥を見るが、遅い。横倒しになったリオニが放つ衝撃波をもろに浴びた。追加コード・ナロウによって収束させた衝撃波は左右の棚を揺らしもしないが、効果範囲内のトンボも床も微塵とし、ラーチャー1も吹っ飛ばした。

ナオトは一時呆然としたが、効果範囲外のトンボたちが消えていくと、気付いた。

勝ったのだ。悪党をやっつけた。ナオトは寒さも痛みも忘れて跳び起きた。

「うぉおああああああっ！　あああああああっ！」

勝利の叫びをあげると冷え切った肺が抗議して激しくむせ、冷静さが戻ってきた。

——威力はセーブした。死んではいない、はず。

情報を聞き出さないと。ナオトは棚を潜って元の廊下に戻ると、献身的な獅子剣士が肩を撃たれた右前足を持ち上げつつ、三本足でひょこひょこついてきてくれた。

「……眠れないんだ」

床材だった塵の向こうで、声がした。生きている。安堵と警戒が一緒にやってきて、ナオトは落ちていたライフルを拾った。撃ち方なんか知らないが、脅しにはなる。

塵の中を抜けていくと、ラーチャー1がいた。衣装ごと肌が裂け、全身を真っ赤に染めながら、そばの壁にあるリード広告に縋りついていた。

声を漏らしているが、通信ではないらしい。リード広告に血の手形を付け、朦朧と呟いている。ナオトのリード機能ではペットのＣＭが流れているが、ラーチャー1には、どんなＣＭが——望みが見えているんだ？

「不安なんだ。みんなの足を引っ張ることが。そうなることを考えると、眠れなくなる。けど、役立たずになるのも嫌だ。みんなから離れたくない。怖いことばかりだ……」

ナオトの心が熱を失い、ライフルを持っている力も失せて銃口が床に当たる。

その音でラーチャー1が振り返り、壁に背を預けて座りこんだ。

「プランター。きみの勝ちだ。わたしは……わたしは、失敗した」

「あなたたちは、何者なんですか？」

「ダメだ、ダメなんだ。教えられない。これ以上、みんなのお荷物にはなれない」

ラーチャー1は力なく首を振る。

「けれど、きみが知らなくてはならないことなら、言う。……ああ、そのとおりだ。疲れているだけなんだろうな。ちょっと眠れば、だいじょうぶだ」

意識が不安定なのか、ラーチャー1はうわ言を交え、頭を振ってから続けた。

「いいか、わたしの相棒は〝埋葬屋〟を殺すつもりだ」

「なんっ……す、すぐやめるように伝えて！」

「むりだ。だが、ヤツは我々の方針から逸脱している。だから、きみが止めろ。――さあ、急げ。でないと、わたしの後始末に巻き込まれるぞ」

後始末？　眉をひそめる前に、パチンと小気味のよい金属音が二つ鳴った。

コロコロと、ラーチャー1の両手から拳ほどの鉄球が床に転がる。

『グレネード！　退避しろ！』

「今夜は、ゆっくり眠れそうだ……」

仰天し、ライフルを捨ててナオトは走る。手負いのリオニを具体化解除し、壁際通路を走り抜け、窓を体当たりで割って外に積もっていた雪にダイブした。

刹那、倉庫が震動し、窓という窓からガラスと白煙、爆風が噴き出した。

――管理者系コード〈理解〉失敗。保持L・O・S・Tウィッチズ・エッジを削除――

爆音が収まると、ナオトは窓から白煙を噴く倉庫を顧みた。

「どうして？　お、おれ、殺す気なんか……」

『……情報を抜く手段は、沢山ある。お嬢と同じさ。【信頼の緑（フィドーチャ・ヴェルテ）】がそれを許さなかった』

「マーリアと、同じ？」

『ああ。だから、自分を責めるな』

アーロンはそう言うが、胸に刺さる罪悪感は消えない。

それと一緒に、疑問がついてきた。いま、コード〈理解〉で奪い取ったトンボ――ウィッチズ・エッジを、R・O・O・Tは削除した。意図的にだ。なぜだ？

L・O・S・Tを奪うだけが、R・O・O・Tの機能ではないのか？

『こちらテスラプネ社。このエリアは、三分後に緊急メンテナンスをおこないます――』

──ナオトのカットシステム停止。負傷、中度──

サロンの廊下を駆けつつ、マーリアは〈ウルラート〉の報告を聞いて悪態を漏らした。

それを追うのは、L・O・S・Tの大蛇シェ・ワン。巨体の動きを制限できるかと室内に戻ってみたが、黄金の大蛇はなめらかに、そして激烈に追跡してきた。

その頭に撥ねられる寸前、彼女はエレベータードアの隙間に欠けたナイフを刺し、テコの力で開く。そして、シャフト内へ身を投げた。

右手でエレベーターワイヤーを掴み、落下速度を緩めていると、頭上で金属音が響いた。

マーリアは上を見て、すぐにシャフトの壁を蹴ってワイヤーの揺れを大きくする。その身体を、ドアだった金属板が掠め、はるか下で轟音を立てた。

シャフト内の暗闇が、赤く照らされる。ドアが外れた頭上の入口からシェ・ワンが顔を覗かせ、こちらを睨みながら大口から炎を零していた。──ここだ。

マーリアは左手で後ろ腰に差したリボルバーを抜き、連発した。口内をズタズタにされたシェ・ワンが悶え、火の代わりに紫色の光を吐きはじめる。高速復元コード〈許容できぬ修復〉だ。そのうちにマーリアはワイヤーを滑り降り、一階の玄関ホールへ戻った。

サロンには、だれも残っていなかった。マーリアはロビーを歩きつつ、無音通信を開く。

「アーロン、ナオトの状況は？」

『あちらの敵は死亡した。自爆したよ。でも、かれは無事だ』

吐息が漏れる。だれかの無事を聞いてこれほど安心したのは、初めてかもしれない。

しかし、自殺か。情報は抜けなかったが、それでも一人を殺れたわけだ。相手がどこの組織だろうと、腕利きを失ったのなら何かしらの変化があるだろう。

「今日はここまでですね。ナオトをログアウトさせてください。わたしも続きます」

『急げよ、お嬢。エリア封鎖までもう時間がない。クリーナーに埋めつくされるぞ』

ホール中央でドロップ・ポータルを起動しようとしたとき、爆発音が聞こえ、マーリアは前方へ身を投げた。瞬間、二階エントランスから重装鎧を着たラーチャー2が各所スラスターから火を噴きつつ落下してきて、大理石の床板を四散させた。

ラーチャー2は床のクレーター中央部から右拳を抜きつつ、マーリアと対峙する。

「もう帰るのか？」

「はい。あなたの仲間を仕留めたようなので。いちど退かせてもらいます」

「ほう？　狼の姫さまも、あんがい臆病なんだな」

「……この局面でまだ戦おうとするとは。あなたは、わたしと因縁があるのでしょうか？」

「おいおい。この世には、おまえと因縁のない人間のほうが少ないじゃないか」

ラーチャー2が、ヘルメット越しでもわかる強烈な嘲笑を浮かべる。

「人類の汚点。奇跡と陰謀の子。そして〝消された少女〟──」

マーリアのリボルバーが吠えた。

全弾子がラーチャー2の頭を捉えたが、コード〈火難の護符〉のヘルメット表面で火花を散らすだけ。しかし銃撃は陽動。マーリアは体術で挑みかかっていた。

「ふん。〈ウルヴズ〉の代名詞、ブースト・アプリ〈狼の血〉か」

マーリアの両手が男の首に奔る。あとは組みついて背後に回り、大きく捻れば、カットシステムごと頸椎と頸動脈を破壊できる。鎧など無意味だ。

だが、その両手は空を切った。ラーチャー2はコード〈火難の護符〉を解除してコンバットスーツ姿に戻り、軽やかなフットワークで一歩下がったのだ。

「でもな、おまえだけが特別ってわけじゃないんだよ」

レッグホルスターから抜かれ、腰だめで放たれた拳銃の弾丸を腹部に三発くらった。防弾ドレス越しだが、カットシステムが一割ほど減じた。マーリアは拳銃を蹴り飛ばすが、お返しに鋭い貫き手を喉にもらい、右頬を肘で打たれ、続く回し蹴りを右側頭部に受けた。

しくじった。この男は格闘の達人だ。しかも〈狼の血〉と同等かそれ以上のブースト・アプリを使っている。マーリアは掌底で胸を突き、バックステップで距離を伸ばして――。

「具体化、シェ・ワン」

格闘よりも、さらに危険な間合いになってしまった。周囲に金の粒子が漂いはじめたかと思うと、一瞬でマーリアを中心にとぐろを巻く大蛇となり、彼女を絞った。

シェ・ワンは弱点の口を開かない。堅実に、このまま絞め殺す気らしい。

バリバリと音を立てるカットシステムが、限界に近づいてきた。


——マーリア、カットシステム危険域——

〈ウルラート〉からそんな警告が届き、ナオトを狼狽させた。

「あ、アーロンさん。マーリアが！」

『こちらでも把握している。だが、いまはログアウトしろ。お嬢を信じるんだ』

「けど——」

『けど、はない！　戦闘中に一キロほど離れてしまったし、きみは負傷している上に脳はコード連発で熱暴走寸前！　切り札のリオニは？　ボロボロだ！』

反論はできなかった。コードを超処理した頭と、額と唇の裂傷、凍傷になりはじめた手足が競うように痛みを訴えている。

考えろ、ナオト。考えろ！　一キロ先のマーリアを救う手立てを。

しかし、いくらリオニの保有コードを見返しても、それができるものはなかった。

「もうっ。なにが、なんでもできるグリッチャーだよ！　なにもできないじゃんか！」

『緊急メンテナンスまで一分。五十九、五十八、五十七……』

「うるさいっ！　静かにしてよ！」

ナオトはアナウンスに怒鳴り返す。走っても間に合わない。マーリアのところへ行く前にエリアが封鎖され、運営からグリッチャーを狩るクリーナーとやらを送られる。

『お嬢は、きみにログアウトしろと言った。勝手に動いたら、それはチームじゃない』

ナオトは唇を噛(か)み、ドロップ・ポータルを作った。そうだ。もう、素人にしては大戦果をあげている。だが、まだ届いていない。満足していない。

「でも、どうすれば……あ？」

ナオトはドロップ・ポータルを眺め、そして目を瞬(しばたた)いた。

ラーチャー2は、大蛇シェ・ワンに縛られたマーリアが圧死するのを、じっと待っていた。エリア封鎖アナウンスが流れているというのに、じつに退屈そうだった。

「失敗したな、え？　こんな挑発に乗るとは。両親の死より、世界から憎悪を浴びた記憶をL・O・S・T化すべきだったんじゃないか？」

「わたしを、知っているのですか？」

「さあな。でも、ウチも一枚岩じゃない。おまえに手を出さないという方針だが、おれは反対派だ。【安定の紫(スタビレ・ヴィオーラ)】のせいさ。危険に敏感なんだよ。おまえはトラブルの元で、死ぬべきだ。──べつにいいだろ？　どうせ、一度は世界中から死を望まれた身だ」

「……あなたたちは〈無二の規範〉？」

かつて【六・二〇】を起こし、世界中で死のソフト〈ヴァイパー〉を撒き散らし、殲滅されたテロリストたち。しかし、ラーチャー2は鼻で笑うだけ。

とにかく、マーリアは納得していた。ターゲット一名は撃破できたし、さきほど〈ウルラート〉がナオトのログアウトを報告してきた。R・O・O・Tは、無事だ。

無様な末路と少しの成果。〈ウルヴズ〉はマーリアをそう評価するだろう。

──それでいい。それが、わたしの〝価値〟だ。この手で掴み取ったわたしだ。

（お嬢、反撃を準備しろ！）

アーロンの無音通信。続いて、青い輝きが眼球を刺した。

二階の屋内エントランスに青光の柱が生まれ、アバターを形作ろうとしていた。マーリアは、その光がどんな人物を描くかわかり、頬を引き攣らせた。

「ログイン奇襲だと？」

ラーチャー2も困惑していた。仲間に現場を観測させ、合流や位置指定で有利な場所にログインするテクニックだ。強力だが、ログインから戦闘態勢移行完了まで三秒は隙だらけになる。仮想戦闘を知る者にとって、殺すのに十分すぎる時間だ。

だから、普通は一気に大軍を送り、それなりの被害を前提に運用される。

かれはそれを知らない。素人だから。

ラーチャー2がポーチ窓からライフルを抜くが、それが少女なのか少年なのか曖昧な容貌の子供だとわかると、射撃を躊躇した。それが、ナオトに三秒をもたらした。

「具体化リオニ・アラディコ！　【信頼の緑】、〈反感伝播〉！」

相当な激戦だったらしく、ナオト同様に具体化されたリオニも血まみれだった。しかし獅子剣士は忠実に主の意向を実行し、咆哮をあげた。

マーリアのアバターを緑霧が包み、リオニの身体性能を転写する。

「ううううあああっ！」

マーリアは両腕で、自分を縛るシェ・ワンの胴を押し広げる。そうしてできた隙間から転がるように大蛇の懐から抜け出すと、突撃を開始した。

ラーチャー2がマーリアに反応して身を翻すが、この距離では不利だと判断してライフルを捨てた。〈反感伝播〉状態でも、こいつと格闘はマズい。マーリアはポーチ窓に手をつっこみつつ、突撃軌道を斜めに変えて迎撃の拳を躱し、男の横を通り過ぎた。

ラーチャー2の身体が後ろへガクンと傾き、マーリアの疾走がピタと止まる。

カットシステムを輝かせるラーチャー2の首には、細い金属ワイヤーが絡まっていた。

その両端に繋がっているのは、マーリアの両手にある円筒グリップ。絞殺ワイヤーだ。

マーリアはグリップを交差させ、仰け反るラーチャー2を丸めた背に乗せるようにして首を絞めていく。〈反感伝播〉のおかげでカットシステムは一瞬で破砕し、ワイヤーが首の肉を破り、気道を封じる。思考力も失せたらしく、大蛇の姿が四散した。

しかし男はタフだった。生存本能の怒号をあげて強烈な肘打ちで脇腹を打ち、こちらのカットシステムも止めた。肋骨に鈍痛が広がるが、マーリアはワイヤーを緩めない。

——こいつは、ここで殺す。

頭上を、巨大な影が覆った。

ナオトを乗せたリオニが、首と右肩の銃創から血を撒きながら飛び降りてきた。負傷した右前足を酷使し、大剣を振り下ろす。緑大剣はマーリアとラーチャー2の間を過ぎてワイヤーを断ち、二人は離れるように転がった。重傷のリオニも床上を転がると、動作限界がきたのか霧散し、背上のナオトが放り出された。

マーリアは姿勢を整えつつ、ラーチャー2が血まみれの喉を抑えて喘いでいるのを確認する。あれなら二分は動けないだろう。

その二分を、床で跪き、額の傷を押さえている少年を叱ることに使った。

「なにをしているのですかっ！」

「殺しちゃダメだよ！」

ナオトも立ちあがり、怒鳴り返す。顔は傷だらけで、震える両手には、低体温症の兆候が出ている。しかし凄まじい形相だった。

「情報を抜きたいのはわたしも同じです。ですが、時間がないのです！」

「そうじゃない！　殺したら……その、人は死んじゃうんだよ！」

「意味がわかるように言ってください！　あなたは、いま、正気ですか！」

「マーリアこそ、いま、冷静なのっ？」

マーリアは怒声をあげるが、ナオトも言い返してくる。

混乱が怒りに変わり、よりきつく詰問しようとしたとき、左頬(ひだりほお)に熱を感じた。

マーリアはナオトへタックルし、床に押し倒す。その上を、炎の帯が駆け抜けていった。

「ふざけろ、クソガキどもが！」

ラーチャー2は三〇秒で復帰し、横に黄金大蛇を再具体化していた。喉の傷は血が止まりつつある。【安定の紫(スタビレ・ヴィオーラ)】コード〈平穏の帳(とばり)〉でダメージ出力を軽減したのだ。

【安定の紫】カラーを放置するという初歩的ミスに、マーリアは自分を殺したくなった。

マズい。同じ手はもう通用しないし、リオニもさきの落下で応答なしとなった。

しかしその懸念は、すぐに別のものへと切り替わった。

ラーチャー2は背後の玄関へと後ずさりしつつ、歪(ゆが)んだ笑みを浮かべる。

「R・O・T？　〝消された少女〟？　知るか！　おれは生きる、おまえらを――」

ようやく、ラーチャー2はナオトとマーリアの視線が自分ではなく、そのさらに後ろへ向けられていることに気付いたらしい。肩越しに背後を見遣(みや)り……。

通り面のガラス壁に、べったりと張り付く無数の人影を目撃した。

衣装もない、真っ白なマネキンのようなBOTだった。ぎょろりとした金色の眼球もガラスそのもの。プラスチック感がある固い表皮では、表情も作れないだろう。

表情など、いらないのだ。かれらは、ただその目でグリッチャーを捕捉し、右手に持った粗製マシンガンで死ぬまで弾丸を叩き込むだけの存在なのだから。

運営の対グリッチャー仮想兵BOT、通称クリーナー。

ガラス壁越しにマシンガンが掃射されるが、ラーチャー2はすぐ〈火難の護符・アーマード〉による重装鎧を創造して弾丸を弾きつつ、シェ・ワンの尾を横一閃させる。それでクリーナー三十体が千切れ飛んだが、後方から新たなクリーナーが押し寄せてきた。

『グリッチャー、発見。グリッチャー、発見。修正します』

数百数千の同じ声と銃声に、ラーチャー2の絶叫とシェ・ワンの咆哮が潰される。

そのうちにマーリアはナオトに肩を貸し、裏口へと走っていた。

マーリアは、エリア封鎖をやり過ごしたことがある。だからコツは掴んでいた。

運営のセンサーがフォーカスされているから、封鎖解除までログアウトはできない。

L・O・S・Tも同様だ。息を潜め、封鎖解除を待つしかない。

封鎖時間は長くて一〇分前後。ＶＲＳＮＳでは、二十四時間、商取引が行われている。だから郊外のエリア封鎖でも、秒単位でカネと信用が失われていく。ＶＲ企業は、グリッチャーと戦いながら、ライバル企業とも戦っているのだ。

逆に言えば、この一〇分に全力を注いでくる。

エリアは、不気味なクリーナーで溢れかえっていた。ゆっくりと行進し、僅かな路地にも枝分かれして、マスターキーで怪しい施設すべてに侵入していった。

しかしマーリアは見つからないと踏んでいた。彼女はナオトを連れ、ＶＲアパートの一室に身を隠していた。ログイン前にアーロンが用意したセーフハウスだ。距離も戦闘域から遠いし、実在する一般ユーザー名義で買っているので、バレることはない。

だが、そのワンルームにはなにもなかった。暖炉とシャワーはあったが、使えない。電気や水道はもちろんのこと、温度変化も監視されている。

だから凍えるナオトを手当する手段は少なかった。現実負傷や仮想負傷を負ったままログインすれば、その傷はアバターに反映される。両手を始めとして、目の下や口元、膝の擦り傷からも凍傷が始まっていた。しかし、マーリアには応急キットで患部を覆い、彼女の防寒コートを広げて、身を寄せ合って座ることしかできなかった。

「ログアウトしろと、言ったはずですが」

「ログアウト、したよ」

「ええ、一度は。……屁理屈とわかっていて言うのは、感心しません」

ナオトは歯をがちがち鳴らしながらも笑う。顔が青白い。冬のラトビアとはいえ、なにをすればこんなに凍えるのか。壮絶な戦いを超えてきたのだろう。

――そして、かれは自分を助けにきたのだ。

「無茶をしましたね。次からは言うことを聞いて――ああ、そうですか」

マーリアは寄りかかるように首を傾け、ナオトの冷たい頬に自分の頬を当てる。

「〝敵〟は撃破した。共同戦線は終了し、わたしたちは、もうチームではないのですね」

ナオトは船をこぐようにうなずく。

それきり、室内は風が窓を叩く音だけとなった。

『――捜索時間終了。ロールバック措置を行い、エリア封鎖解除を実行』

数分後。そんなアナウンスが聞こえると、マーリアはぽつりと言った。

「ログアウトしましょう。……あなたの脳は、無事でないと困ります」

共同戦線の目標は果たされ、契約は終了した。つぎのターゲットはナオトだ。

しかしマーリアは、冷たいナオトの手を両手で温めながら、離したくないと思った。ナオトも、動かすだけで痛むはずなのに、手を握り返してくれた。

……妙な気分だ。自分の中でマズいことが起きている。アーロンに診断を頼むべきだ。

しかし現実世界に戻ると、アーロンは消えていた。

九章　交わり、分かつ

――分析率七五パーセント――

この研究所にいるみんなが、世界のために、人類のために働いていた。

それなのに、どうして、こんな酷い目に遭うのだろう？

悲鳴が聞こえた。どれも知った声ばかりだが、どんどん少なくなっていく。逆に研究所に放たれた火は勢いを増していく。スプリンクラーは、なぜか作動していなかった。

少女はふらふらしているうちに、大食堂の壁にもたれかかって座るベンおじさんを見つけた。ベンは半目を開いたまま硬直し、口からねばついた血を垂らしていた。

「べ――」

少女がベンの肩に触れようとしたとき、後ろから大きな手が口に回され、少女はドキッとした。しかし騒がなかった。ごつごつした手は、よく知る手だったから。

背後の男が、少女を振り返らせる。三十代後半の男。痩せこけた頬を黒い髭で覆っていて、パワフルとは言い難い男だ。薄汚れた白衣と眼鏡姿だから、なおさらだ。

しかしかれは、少女にとってこの世で最も頼れる男だった。

「手を離すけど、静かな声で喋るんだ」

「パパ……」

父は少女の金髪頭を右手で抱き寄せる。少女の目は、父がもう片方の手に持っている物騒なものに釘付けになった。ショットガンだ。

父は少女を離すと、ショットガンを両手で握った。

「ママのところへ行こう。パパの服を握って、パパの背中だけ見るんだ。いいね？」

「うん、わかった」

父は廊下を進み始めた。少女はその白衣の裾を握っていたが、約束は守れなかった。目は、あらゆるものを捉えた。廊下のメッシュ窓から見える外では、芝生や庭園が、研究所を中心に燃えている。人の形をした炎がのろのろと踊っていた。所内にも火の手が回り、床に顔も名前も知る人が何人も倒れていたが、父はけっして足を止めなかった。

ただ、一度を除いて。

サーバー室の前だった。ドアの窓から見ると、そこはまだ無事だった。、父はその部屋の奥にある『バックアップ・コールド』と書かれたマシンを睨んでいた。

父はドアノブに手をかけ、ハッとしてから少女を見る。そして悲痛な表情を脆い作り笑いで覆うと、ドアノブから手を離した。

「行こう。地下だ。ママが待ってる」

父は非常階段を使い、下へ降りていく。地下二階の廊下には火も人もなく、父は大急ぎで合同研究室という部屋へと向かった。合同研究室の厚い金属ドアは半開きになっている。その隙間から、金髪碧眼の女性の顔がこちらを窺っていた。

「ママ！」

少女は研究室に入ると、母の胸に飛びこんだ。母はとびきりの美人だった。しかし今は汗まみれの額や頬に金髪を貼り付け、安堵と涙で美貌をくしゃくしゃにしていた。

「ああ、神さま……。ケガはない？　どこも痛くない？」

母が少女を抱き寄せると、その後ろでドカンと音がした。父が閉じたドアの横にある端末へショットガンを撃ったらしく、砕けた端末から火花が散っていた。

「これですこしは時間を稼げるな……ガリーナ、軍へ連絡は？」

「だめ。ぜんぶ乗っ取られてる。マイルズがカナダ支部と会議中だったけど……」

母が視線で示したのは、合同会議室の左右に並ぶ大きなカプセル。リクライニングシートを金属卵で覆ったようなそのマシンは、ＶＲＳＮＳに長期ログインするためのものだ。

父はすぐにマイルズのカプセルへ駆け寄ると、正面の円形ガラスから中を覗いた。

「くそっ。ヤツら、生命維持システムも緊急システムも止めやがったな」

「じゃあマイルズは？」

「ああ。きっと、通報する時間もなかっただろうな」

「……〈蛇殺し〉の試作は？」

父は俯く。母はその顔から全てを察したように、少女を抱きしめる手に力をこめた。

「あなたは正しい選択をしたわ」

——ちがう。まったく正しいことではなかった。

父は迷子になった自分なんかより、〈蛇殺し〉の試作データを回収しにいくべきだった。

それは、少女がこれから歩む地獄が証明していた。

ナオトはマーリアとかれのアパートに戻り、仮想負傷の手当をして夜を過ごした。アーロンにどんなトラブルがあったかわからない以上、店に留まることは危険だったのだ。

そして翌朝、トージョーに連絡した。

『……そうか。ターゲット二名は殺ったか』

「はい。しかし情報は拾えませんでした」

『わかっている。報告は読んだ』

無味乾燥な声は変わらないが、通信ウィンドウからソファに並んで座るナオトたちを見るトージョーは、どこかイライラしているようだった。

『目標二名死亡。〝敵〟は、状況の再確認に動きを鈍らせるだろう。我々の問題を解決する時間は稼げたはずだ。……共闘の契約は、完了した』

「まってください。アーロンが音信不通です。〈ウルラート〉も意図的に断っている。なにかしらの危機下にあるのでしょう。まだわたしたちの知らない脅威が――」

『契約は契約だ。それに従うのが掟で、プロだ』

反論を切り捨てられ、マーリアは黙りこむ。

『ターゲット撃破は十一時間前。契約に則り、猶予を作る。マーリアは学校へ行け。ナオトくんは……自分で決めるといい。そちらの午後七時から、マーリアがきみを狩る』

マーリアは無言で席を立ち、リビングを出ていく。

ナオトはそれを呼び止めようとしたが、

『……わたしが知っていれば、昨日、ターゲットを攻撃させはしなかった』

振り返ると、トージョーの無表情は崩れ、後悔と憤りが露わになっていた。

『あの契約は、マーリアとボスを止めるための口実だったのだ。きみが〈ウルヴズ〉に入ってくれる方法を探すための、時間を稼ぎだ』

「それと、マーリアを電賊から脱退させるための？」

『気付いていたか』

「はい。なんとなく、ですけど」

『まあ、無理があったか。学校に潜入など』

トージョーが人間らしい苦笑を浮かべてみせるが、それも儚く消えた。

『わたしはきみに同情している。だから正直に言おう。わたしはマーリアを救うためなら手段を選ばん。全力で彼女を支援する。きみに勝ち目はない。——それでも、〈ウルヴズ〉にこないのか？　きみに残された、最善の道のはずだ』

黙って見つめ返すナオトをしばらく眺め、トージョーは溜息交じりに言った。

『……幸運を祈る』

通信が途絶えた。時計を見ると、午前六時。十三時間後には、酷いことが始まる。

ナオトは身を翻すと、制服へと着替えにいった。


通信を終えると、トージョーはデスクに一つのウィンドウを表示させた。それを眺めていると、〈テイルズ〉の副官マイクが入室してきた。

「全チーム脱出確認しました。被害査定も完了。我々の痕跡は消しました」

「ご苦労」

「……それで、お嬢とR・O・Tの件はどうしますか？」

トージョーはデスクの天板を指でゆっくり叩く。

その静かなリズムが三十回ほど鳴ったとき、言った。

「昨日、マーリアたちが〝敵〟を撃破した。なぜ、こんなことが起きた?」

マイクはなにか返そうとしたが、口を閉じる。

トージョーは指で天板を叩き続け、言葉を——思考を紡ぎ続けていく。

「昨日の戦闘は、許容しかねる危険度だった。だが、わたしに連絡はなかった」

「はい、対象の機転がなければお嬢は死んでいました。まちがいなく」

「つぎに。マーリアのチームがR・O・O・T奪取依頼に失敗したこと。報告によれば、チームの一人が、対象とR・O・O・Tを接触するように合図したそうだが」

「お嬢の記録にも残っています。その者は——」

「辻褄(つじつま)が合うな」

人差し指が天板を叩くのを止め(や)、デスク上のウィンドウを示す。

「……アーロン・トーレス軍曹。元・アメリカ陸軍情報部。五年前に除隊」

男の写真だった。頭を丸めた、頑丈そうなアフリカ系。下には経歴も表示されていた。

「軍人時代からグリッチャーだったようだな。除隊後の動向は不明。三年前に〈ウルヴズ〉へ自らを売りこんできた。リヴィオは、かれの能力を高く評価していた」

マイクは黙っている。トージョーの思考のマト当てとなろうとしていた。

「だが、昨日、かれの軍人時代の経歴がわかった。六年前に、アメリカ政府と共同研究していた企業チームの、即応防衛部隊に所属していた。その企業チームとは――」

「……ライフシェル社の対〈ヴァイパー〉チーム。我々〈テイルズ〉が守り、〈無二の規範〉の奇襲を受けて壊滅したチームですか」

「そう。完璧な奇襲だった。我々すら出し抜き、致死圏にまで踏み込んできた」

「〈無二の規範〉は素人ばかりでしたが、こちら側に裏切者――しかもグリッチャーがいたのであれば、話は変わってくる。……すでに滅びたという話も、変わってくる」

トージョーはうなずくと、吐息交じりに命令した。

「日本に二チーム、すぐに発たせろ。残りは仮想戦闘に備えるんだ」

マイクはうなずくと、通信アプリを開きながら急ぎ足で部屋を出ていく。

しかし、ドアノブに手をかけたところで振り返った。

「ボス・フォルナーラにはそう報告するとして……お嬢には？」

「伝えない。ヤツは社会へ戻る。いまさら仲間の裏切りなど、知る必要はあるまい」

了解し、マイクが去る。ひとり残ったトージョーは、深々と溜息を吐いた。

――VRSNSにより、だれもかれもが、見えない鎖に縛られた。そのことにも気付いていない。気付いたときには、ドツボに嵌まっている。偉大な男ですら、そうだった。

「だがな、兄弟。約束する。おれは……おまえの夢を引き継いでみせる」

イタリアは深夜一時だったが、フォルナーラはまだ起きていて、書斎で一通のメールに目を通していた。何度も何度も、熟読していた。

すると館に一台の車が猛スピードでやってきて、門番たちを怒声で退け、車回しで急ブレーキをかけて止まった。それから運転手が飛び出ると、館へと突進してきた。

「失礼します、ボス！　――ええい、リンカ、離せ！　わたしだと見ればわかるだろう！」

「えー、でもー、ボスの警備がわたしの仕事ですしー」

メールを閉じると、案の定、血相を変えた次席幹部フィルマンが、スーツを掴むリンカを引きずりながら書斎に入ってきた。フォルナーラがリンカを下がらせると、フィルマンはスーツの皺も直さずデスクに飛びついた。

「相談役からの、お嬢の〝敵〟との戦闘記録と考察はご覧になりましたか？」

「ああ、興味深いものだったな。R・O・O・Tは、プランターと呼ばれる一部の適合者しか扱えないという見解もそうだが、ナオト・ヒノの戦いぶりも――」

「そこではありません！　〝敵〟が〈無二の規範〉かもしれないということです！」

なにを悠長なと、フィルマンがデスクに両手を叩きつける。

「もしヤツらが蘇ったのなら、事を構えるのはリスクが高すぎます」

「烏合の衆に負けるとでも？　ああ、トージョーは破れたな。しかし、わたしなら――」

「相談役との確執は、いまは忘れてください。それに、烏合の衆だからこそ、相手にしてはならないのです。勝ったところで得るものがない」

「……親父なら、無秩序に破壊を撒き散らすアホどもをどうするかな？」

「お父上の矜持を守るためにも、無視すべきなのですっ！」

フィルマンは自身の大声で、焦りを自覚したらしい。アプリ〈狼の血〉を起動し、血流や認識力を調整して心を静めはじめる。フォルナーラは羨ましく思った。彼女は〈狼の血〉を保持していない。父の遺言だ。ボスになるなら、そんなものに頼らず統率しろと。

――いまなら、その真意がわかるよ、親父。

やがて、心を静め終えたフィルマンが声量を落として言った。

「世界的テロ組織に勝利し、その名声を利益とするには、先進国と取引しなければならない。主導権は奪われるでしょう。……なにものにも縛られないという、先代の信念に背きます。そして損益を度外視して戦えば、傷を負ったところを他電賊に喰われます」

「ただでさえ弱っているからな。で、次席幹部として意見は？」

「……R・O・O・Tを破壊し、この件から手を引く」

フォルナーラは退屈そうに眉を落とすが、フィルマンは退かない。

「R・O・O・Tが〈無二の規範〉の手に渡るのだけは避けなければ。我々の市場が脅かされます。懸念はまだあります。プラチドのデバイスが行方不明になっていることと、ヤツが隠していた事業です。我々は腹に爆弾を抱えている。賭けに出られる状態ではない」

フィルマンは胡麻塩頭を汗で濡らしている。手打ちも覚悟で言っているのだ。

だからフォルナーラが片手で肩を叩くと、強面の男はビクリと震えた。

「安心しろ、フィルマン。わたしはもう小娘じゃない。考えがある」

「考えとは？」

「おい、わたしはだれの背を見て育ったと思っているんだ？」

フィルマンは口を閉じた。これ以上は、偉大なるリヴィオへの冒涜になる。

賢い次席幹部は沈黙したまま一礼し、書斎を出ていった。

「……なにものにも縛られず、自己を貫くか」

フィルマンが言った親父の信念を呟き、苦笑する。

それから、さきほど閉じたメールを開き直し、もういちど端から端まで読んだ。

――親父は、どんな苦境も乗り越えてきた。非人道的売買の巨悪を相手にしたときも。

荒くれグリッチャーどもが襲ってきたときも。孤立無援で、不可能を可能にしてきた。

「そう、不可能だったのだ……」

フォルナーラはデスクの端末を操り、父の記録映像一覧を探っていく。

どれもこれも父の偉大さや愛嬌を表す動画だったが、一つだけ、不可解なものがあったのだ。だがいまは理解できる。さきほど送られてきた、このメールのおかげで。

フォルナーラは五年前の〝兄弟ケンカ？〟というタイトルをクリックした。

フォルナーラはリヴィオを撮っていた。格好いいときはいつでも撮れと言われていた。だから、いつになく真剣に報告書と向き合っていた父を書斎で見つけ、カメラを回し始めたのだが、さっそく父がおどけてしまった。

『いいアングルだな、フォーラ。腕がいい。カメラマンになれるぞ』

カメラに向かって、父がウィンクする。しかし肥った下顎には汗が溜まり、笑顔の下では複雑な感情を抱いているのが娘にはわかった。

『だが、いまはちょっとタイミングが悪い。あとで――』

『リヴィオ、きたぞ』

ドアがノックされると、父は天井を仰ぎ、数回も深呼吸をする。まるで火災現場に飛び込む準備をするように。それから厳しい顔を作り、重々しく『入れ』と言った。

入室してきたトージョーは、左目が機械眼になっていた。二年前に撃たれたらしいが、そのときは詳しいことを教えてもらえず、叔父貴の左目を見るのが悲しかった。

しかしリヴィオは責めるように、そんなトージョーの目を睨んでいた。

『さあ、どういうことか説明してもらおうか、兄弟？』

トージョーはカメラを回しているフォルナーラをチラと見てから、静かに応えた。

『ターゲットは見つけた。だが——』

『見逃した。……なんのつもりだ？　ヤツらの要求は抹殺だぞ？』

『自分で考えてみたらどうだ？』

リヴィオが椅子を蹴って立ちあがる。

いまにも掴みかかりそうだったが、手をはたと止め、視線を下に落とした。

『……まさか、あれを切り札にする気か？』

トージョーは黙したまま。リヴィオはうろうろと歩きながら、思考に耽った。

やがて、リヴィオの難しげな顔が見る見る晴れていった。

『そうか……それだよ、兄弟。ヤツらに、際の際で〝あれ〟を見せれば話は逆転するぞ！』

『なあ、リヴィオ——』

『わかっている。〝生き証人〟は生きてこそだ。すぐ安全な——いや、この館がいい。ヤツらの目を避けるには絶好だ。手続きはおれがやる。おまえは護衛と移送を』

『……任せたよ、兄弟』

リヴィオは椅子に座り直して、そこでようやく、当惑している娘に気付いた。

『フォーラ、おまえも外で遊んできなさい。おれはちょっと忙しくなる』

目を血走らせる父を残し、フォルナーラはトージョーと一緒に退出した。

それから、隣の男へ訊いた。

『叔父貴、泣いているのか？』

フォルナーラは映像を止めると、デスクの写真立てへと目を遣った。

陽気なイタリア人青年と、そいつに肩を組まれて仏頂面をしている日本人の青年。

偉大なる父——リヴィオ。後ろ盾を持たず、謎の財力を以って世界的犯罪組織に打ち勝ち、プログラマーでもないのにアプリ〈狼の血〉を持ってきて、荒くれグリッチャー連合を撃退した男。不可能を、可能にしてきた男。

しかしフォルナーラは、父の隣にいる男の方を見つめ、艶やかに笑っていた。

「それがお望みなら、共に踊ろうじゃないか。……なあ、叔父貴？」

ナオトはいつもひとりだった。だから一人で登校するのも、教室で誰とも話さないことも、慣れているつもりだった。ちがった。つい、目が廊下側最後部席へいってしまう。

しかしマーリアと視線が合うことは一度もなかった。

もう、ナオトを拉致する方法を考えているのだろうか？　電賊の暗殺者として。

「日野(ひの)、日野？　日野ってば」

隣から文野(ふみの)アヤに呼ばれて意識を戻すと、数学の厳しい先生に睨(にら)まれていることに気付き、ナオトはあわてて教科書とノート・ウィンドウを出した。

「ご、ごめん。ありがと。授業始まってるのに気付かなかった」

「いや、いーけどさ。……マーリアとなんかあったの？」

「へいっ？」

「だって、アンタたち、今日はお昼も一緒じゃなかったしさ。それに、それ……」

アヤが痛々しそうに見るのは、包帯をぐるぐる巻きにしたナオトの両手。仮想凍傷を負った手は、腫れがひどかった。顔も湿布だらけで試合後のボクサーみたいになっている。

「まさか、マーリアにやられたの？」

「いやいや。料理してたら火傷(やけど)して、びっくりして転んで顔を打っちゃったんだ」

「なーんだ。でも、アンタらケンカ中でしょ？　今日、一回も話してないもん」

「……よく見てるね」

「そりゃ見るわよ。アンタら、目立つし」

目立つ？　ナオトは陰気な笑みを浮かべた。すこし前の自分とは無縁の言葉だ。

「おれより、一緒にいたマーリアが目立っただけでしょ」

「だから、そのマーリアとフツーにお喋(しゃべ)りしてた時点で、アンタも変だから」

マーリア。いきなり転校してきた謎の美女で、毎日一緒に登校し、昼ごはんを食べ、下校し、遊んだ子。正体は電賊の殺し屋である子。

改めて自己を顧みると、恐れ知らずもいいところだ。だが、どうしてそんな人と一緒に過ごすことが、怖がりの自分にできたのだろう。考えていると、ふと思い出した。

――そうだった。おれ、人が怖かったんだ。すっかり忘れてた。

「で、で、日野。ケンカの理由は？　まさか浮気じゃないだろうし」

「だからさ、そもそも付き合ってないから」

「またまたー。それじゃ、アンタにとってマーリアはなんなのよ」

「それは――」

「こらぁ！　そこの二人ぃ！　授業を聞く気がないなら廊下に立ってろ！」

ついに先生の雷が落ち、ナオトとアヤはトボトボと教室を出ていく。アヤは毎度のことだが、ナオトは初めてなのでみんなが意外そうな顔で見送った。

しかしマーリアは振り返りもしなかった。

その身じろぎすらしないポニーテールの後頭部から、ナオトは彼女の感情を汲み取った。

自分がすべきことを、ナオトは見つけたのだ。

マーリアは、ずっと黒板上の旧式時計を見ていた。しかしいまが放課後だということに気付いたのは、南波ミキに「マーリアさん、平気？」と訊かれてからだった。

「はい。なにも問題ありません、ミキ」

「ほんと？　なら、いいけど。……なにか困ったことがあったら言ってね？　力になるよ」

「はい。それより、あなたは部活があるはずですが」

「あっ、そうだ。じゃあ、また明日ね」

ミキと別れ、マーリアも教室を出た。

――そう。なにも問題ない。猶予終了まで二時間四〇分。手順はわかっている。かれは賢く、優しい。カンナや他人を巻きこむことはしない。逃げるなら単独だ。まず駅やバス停、路上のカメラにアクセスして探す。そして捕らえる。殺すために。

窓から外を見ると、曇天の空からぽつぽつと雨が降ってきていた。にわか雨か。傘は持っていない。しかし迎えの車を店に頼む気は湧かず、歩いて帰ろうと決めた。

そして、校舎玄関に差しかかったところで、眉をひそめた。

「あっ、よかった。すれ違いになったのかと思った」

出口の検査センサーの前で、対象が下駄箱に背を預けて待っていたのだ。

「ナオト、あなたは……」

「いきなり雨が降ってきたしさ。傘、持ってないでしょ？　でも――ほら」

対象はそう言いながら学校鞄を探り、折り畳み傘をひとつ取り出した。

「おれ、風邪ひきやすくて。いつも持ってるように言われたんだ、母さんに。帰ろ？」

帰宅部のメイン下校時刻から少しズレているし、雨が強まっているせいだろう。下校路にほかの生徒の姿はない。小さな傘の下で、ナオトとマーリアは並んで歩いていた。

マーリアは下を見つめつづけていた。ナオトも彼女の沈黙を尊重して、黙っていた。

「……なぜですか」

川沿いの土手道に差し掛かったところで、マーリアは足を止めた。

「なぜ、逃げないのですか？　それとも、わたしを殺せる気なのですか？」

「殺せないよ。殺せるはずがない」

ナオトはマーリアへ、傘を握っていないほうの包帯巻きの手を見せる。

「見てよ。一晩経っても、まだ震えてる。怖いんだ。あのトンボの人は、おれが殺したようなものだもん。いまも吐きそうになるし、泣きたくなる」

「……相手はあなたを拉致し、殺す気だった。気に病む道理はありません」

「けど、あの人、奥さんがいたかもしれない。子供や兄弟も。両親に、お爺さんやお婆さん、友達やペットも。そんな人たちの、大切な人を殺した。つらいよ」

「それでも、あなたはわたしを助けにきた。ふたたび戦うために」

「うん。マーリアが教えてくれたから。――イン・ボッカ・アル・ルーポ」

ナオトは左手をぎゅっと握りしめ、震えを殺す。

「殺し、殺されるなんてイヤだ。マーリアと殺しあうのも最悪だ。だから、変える」

マーリアは、気圧(けお)されるようにナオトを凝視していた。

しばらく呆気(あっけ)に取られて、口を開き、閉じ、やっと声にした。

「あなたになにができると？　もし〈ウルヴズ〉をかいくぐれても、いずれ〝敵〟も行動復帰します。より苛烈に。だれも殺さず、生き残るなど不可能です」

「なんでも好きにできるよ、おれは。マーリアがいればね」

「わたし……？」

ナオトは傘をマーリアへ手渡すと、雨に頭を打たせた。この身体(からだ)の底から湧き出てくる熱が、一時的なものかどうか確認するために冷やしたのだ。

びしょ濡(ぬ)れになっても、内なる熱は消えなかった。

「おれ、人と話すのが苦手だったでしょ？　でも、マーリアとお喋(しゃべ)りできた。それがきっかけで、クラスの人たちとも話せるようになった」

「それが、わたしの力なのですか？」

「その程度って思う？　おれは人生が変わったよ。だから、もし……あのときに時間が巻き戻っても、おれはまたR・O・Tを掴んで、マーリアと一緒にいると思う」

朗らかに言うと、つられたようにマーリアも薄く微笑んだ。

「……そのせいで、わたしは死刑宣告を受けたわけですが」

「うん。だからこの出会いの結末を、悲劇なんかにしたくない。解決法はまだ思いつかない。でも、おれは命を差し出さないし、マーリアも処刑させない」

「ナオト――」

「だから、おれをもっと強くしてよ。〈ウルヴズ〉も〝敵〟も、撥ね退けられるくらいに」

考えを口にする。心が弱った人に手を伸ばす。願ってもできなかったことが、できた。

やはり、自分は変わったのだと実感した。

マーリアは、微笑みに呆れを混ぜていた。

「……他力本願も、ここまでストレートに言われると感心しますね」

「自分の足だけで立つのは、まだ難しいよ。だから、お願いしてるんだ」

マーリアは目を閉じると、傘を横にしてナオトみたいに雨に当たる。

そして瞼を開けると、優しい碧眼を見せてくれた。

「わたしが自分の〝価値〟を得るには、電賊しかありません。電賊も、殺しの仕事も、わたしにとって安住の地。……そのはずでした」

マーリアの唇が、緩い弧を描く。

「どうやら、あなたも、わたしのことを――」

マーリアの背後、雨の帳の向こうから一人の人物が近づいてくるのをナオトは見た。

そして二つの異常に気づいた。ひとつ、その人はクラスメイトのギャル――羽場マイコだった。彼女の下校路は、こっちではない。真逆のはずだ。

ふたつ。その右手に、鈍色に光る包丁！

「マーリア！」

ナオトが駆け寄ろうとしたが、旋回するマーリアに胸を突かれ、尻もちをついた。


油断していた。緊張がほころんでいた。プロ失格だ。

ナオトの顔に恐怖が走り、その瞳に映る背後の人影に気付いたときになって、ようやく自分の精神が無防備になっていることを自覚した。おかげで、これだ。

腰骨の少し上に、平凡な包丁が刺さっている。とっさに襲撃者の両手首を掴んだおかげで刃は腹筋で止まったが、激痛が腕力を緩めようとしていた。

アプリ〈狼の血〉が自動起動すると、やっと、自分の内臓に包丁をねじ込もうとしている相手が羽場マイコだとわかった。

「わたしは、なにか、刺されるようなことをしたでしょうか？」

「なにかした？　ハッ！　アンタはアタシのなにもかもをぶち壊したわ！」

「壊したと、は？」

「あら、忘れたの？　アタシは覚えてるわ、子供のときのアンタの顔を。アンタがニュースから消えてからも、いまどんな顔になってるか、ずっと想像してた！　当然でしょ、アンタは、アタシから全てを奪ったんだから！」

……ああ、そういうことか。日本は被害者数が少なかったから縁故者と接触する可能性は低いと考えていたが、ゼロではなかった。詳しく調査するべきだった。怠慢だ。

「ま、マーリ――」

「動かないでください、ナオト」

マーリアは後ろのナオトに釘を刺す。いまのマイコは殺意の塊だ。ナオトが割って入ったら、問題が解けなくなるほど複雑になる。

「アンタが自分を忘れたのなら、アタシが思い出させてあげるわよ！」

マイコが嗤い、高低調律を失った声で言う。

「マリアンジェラ・アレオッティ。両親はナノマシン系企業ライフシェル社の研究員で対〈ヴァイパー〉チーム・リーダーだった。そして研究所が襲われたとき、アンチソフトの試作よりアンタを選んだ。正解？　それとも、アタシは勘違いで人を刺してるの？」

「いえ、目標はまちがえていません。そして、わたしの過去も」

「あは、そうよ、まちがえるはずないわ！　あのときアンチソフトが完成してれば、兄ちゃんはあんな風に死ななかったし、ママもパパも心を壊さず、アタシたちは離れ離れにならなかった！　で、アンタは？　アタシの前で男とイチャついてるって、なんの冗談——」

マーリアは後ろへ倒れつつ、マイコの両手を引っ張る。包丁がさらに食いこむが、マイコの右足のかかとに自分の片足をひっかけ、二人して横倒しになった。倒れた拍子にマイコの握力が緩み、マーリアは腹に包丁を刺したまま転がって距離を取った。

「マリアンジェラぁ！」

マイコがカッターナイフをポケットから出したときには、マーリアは無線式ショックガンを撃っていた。二つの針弾が腹に刺さると、マイコは痙攣し、どさと倒れた。

ナオトがマイコのところへ這い、気絶しているだけだと知るとマーリアへ向き——。

「……マイコに、感謝すべきですね」

碧眼の視線と銃口が向けられているのを目にし、絶句した。

マーリアは右手のショックガンで少年の悲痛な顔をポイントしつつ、左手で腹の包丁の柄を掴み、一気に引き抜いて傷を掌で抑える。その左手も、見る見る血に染まった。

「彼女は、前提を思い出させてくれた。大前提を。わたしが〝消された少女〟であると」

「意味がわからないよ。そんなことより救急車、いや、病院はダメか。でも手当を……」

「ナオト」

マーリアは少年に微笑んだ。自分でも驚くほど、柔らかく笑えた。

「あなたの夢を聞いていたら、とてもワクワクしました。――ありがとう」

そして、弾倉に残る二発の針弾を撃った。


マーリアは包丁とカッターナイフを拾うと、そばの川へ投げた。土手道には彼女の血が散っているが、この雨だ。血痕も泥となるだろう。それから倒れている二人の脈を測ると、カバンから注射器を取り、キャップを歯で外してそれぞれの首筋に打った。

そして最後に、眠る少年の頬を撫でた。これで仕事は終わった。

縫合キットや抗生剤はあるし、ミドウ市には何か所か隠れ家も用意している。そこで手当して帰ろう。あるべき場所へ帰ろう。マーリアは雨空を見上げ、瞼を閉じた。

目尻から流れたのは雨滴か、涙か。自分にもわからなかった。

十章　壁を超える時

――分析率九一パーセント――


親子が身を潜めている合同研究室は、ＶＲＳＮＳ上で会議や共同研究するための部屋だった。なので長方形の部屋には長期ログイン用ポッドが八つある。

だが、ほかに機能はない。逃げ道もない。

両親はログイン・ポッドをすべて調べたが、それが終わっても表情は暗かった。

「ダメだ。ネットワークから切断されてる。予備電源で起動はできるが、意味がない」

「ドアは壊したのよ、あなた。時間は稼げるわ」

「しかし、救援は間に合わない。こんなドア、すぐに……」

父と母は意見を出し合っている。しかしその顔と声色から絶望感は隠せていない。少女はそれを見守っていた。この事態が、どれほど娘にショックを与えているか不安になったのだろう。父が少女になにか言おうとし、固まった。その目がどんどん大きくなっていく。

父は技術者用ロッカーからバールを出すと、マイルズが入ったポッドの蓋へつっこんだ。

「まだ手はある。カナダ支部はマイルズが会議に現れないことを不審に思う。ぼくたちに連絡するが、それも通じず、マズいことが起きていると気付く」

「けれど、それで軍が確認にくるころには、とっくに――」

「ヤツらはマリアンジェラを知らないんだ。そしてポッドは、災害に耐えられる設計だ」

母はしばし呆然としていた。次第に、その顔に喜びが広がっていった。

「……リンクデバイスを与えるのは中学生からという教育方針は、正解だったわね？」

「ああ。きみはいつも綺麗で聡明で、正しい」

母は防災キャビネットに向かい、緊急グッズを出していく。どうしたのかと少女が混乱しているうちに、父がポッドをこじ開け、母は防災袋と酸素マスクを持ってきた。

「おいで、天使ちゃん」

父に手招きされ、カプセルに向かう。ポッドの中は恰幅のいいマイルズが眠っていたが、いつもの赤ら顔は土色になり、起きる気配はなかった。

「このマスクを着けて、マイルズおじさんの下に隠れるんだ。そのあと蓋を閉める。いいかい？　なにがあっても、声を出してはダメだよ。かくれんぼだ。得意だろ？」

「やだ」

少女は母から緊急グッズを受け取りながらも首を振る。

「あなた、わたしたちの子なのよ？　賢いわ。最期の言葉が嘘なんて、わたしもいや」

「……そうだね」

父は脇へどくと、母は涙を袖でこすってから、少女を見つめた。

「悪い人たちがここにくる。見つかればあなたも危ない。だからここに隠れて」

「パパと、ママは？」

「戦うわ。大切なもののために」

ドカンと、部屋の金属ドアが震えた。父はそちらを一瞥すると、ショットガンを背に回して少女を抱きあげる。そして母がマイルズの大きな胴体を持ちあげているうちに、少女をポッドへ入れた。少女は、ほとんどマイルズの巨体に隠れる形に収まった。

両親は同じ微笑を浮かべ、それぞれ少女の両頰に片手を添えた。

「愛してるよ、マリアンジェラ。かならず、生き残るんだ」

「わたしたちは人を助けることができなかった。だから、あなたが正しいことをして――」

ふたたびドアが震えた。言葉途中だったが、かれらの微笑と掌の温かさには、人一人が与えられる限りの愛情が込められていた。

少女は母に酸素マスクをつけられ、父がポッドの蓋を閉じる。マスクの中は自分の息遣いに満たされるが、その音と厚い蓋越しでも、愛しい人たちの声が聞こえた。

『あの子の痕跡を消さなきゃな。しかし、どうやって――』

『簡単よ。このポッドには非常用酸素タンクがあるでしょ？　電源用バッテリーには水素。

整備ロッカーにはアセチレンも。ほかになにか必要だというの？』

『……きみとは一度も夫婦ケンカをしたことがなかったね。正解だったみたいだ』

『ええ。あなたはいつも賢くて、正しいわ』

マイルズの下で身をよじらせて蓋の窓から見ると、二人はポッドから外した箱を積んだり、液体を床にぶちまけたりしていた。作業を終えると、両親は部屋の中央で抱き合った。

『規模は抑えたつもりだが……あの子はだいじょうぶかな？』

『平気よ。あなたの計算も、あの子の未来も。きっと乗り越え、正しい子になる』

『そうだね。ぼくたちの子なのだから』

三度目の衝撃で、金属ドアがついに倒れた。

同時に父がショットガンを山積みにした箱へ撃つと、視界が炎で満たされた。

ＶＲＳＮＳ・ライトネットの山林にある〈ウルヴズ・ファミリー〉の巣。その広い支配人室で、いつかのように、マーリアは長テーブルに座るフォルナーラに謁見していた。

まえと違うのは、アーロンが隣にいないこと。かわりにトージョーが横に立っていた。

おかげで、空気はより固くなっていた。最悪の事態も予想しているのか、フォルナーラは背後に直弟子リンカを控えさせている。

マーリアは腹部の刺し傷を気にしていた。縫合はしたから、凌げるだろう。

自分の〝価値〟を示すまでは。

ボス・フォルナーラが、億劫そうに訊いてくる。

「まだ猶予はあるのに招集を要請し、しかも対象がいない。どういう訳だ、マーリア？」

「〈テイルズ〉側で問題を確認しました。ボス・フォルナーラ」

（口を閉じていろ、マーリア。わたしに任せるんだ）

トージョーが代わりに応えつつ、無音通信でマーリアに釘を刺す。

「マーリアの過去を知る一般人が、彼女を見つけた。そして不意を突かれ、負傷しました」

「【六・二〇】から六年。恨みに賞味期限はないということか。……で、続行可能か？」

「もちろんです」

「わたしには、そうは見えんがな」

鼻で笑うボスは、衣装のドレス越しでも腹部の傷を見抜いているらしい。

「たしかに順調とは言えない。ですが理由があります。――アーロン・トーレスです」

マーリアはトージョーへ目をやる。ボスも片眉をあげていた。

「あなたには報告したはず。あれが裏切者であり、〝敵〟と通じている可能性があります。

……そして、〈無二の規範〉の一味である可能性も」

周囲がざわつく。あの気さくな大男が、裏切者？　テロリスト？

疑っているのは、ボスも同じらしい。

「……ああ、メールにそんなことが書いてあったな。しかし突飛すぎる。根拠は？」

トージョーはボスや幹部へデータ送信する。マーリアも見たかったが、送られることはなく、腹の傷を擦るしかなかった。配られた根拠にはかなりの信頼度があることは、周囲の騒めきでわかった。トージョーは、それを追い風とした。

「状況は困難に陥った。その原因が、内通者――あなたの父が招き入れたものだったとすれば、責任の所在はどこにあるでしょうか？」

「ふん。親父の墓を暴いて、首でも刎ねるか？」

「ボスの座を継いだからには、その責任も継いでいただきたい」

メンバーたちの顔色から、さっと血の気が失せる。フィルマンが批判しようとするが、フォルナーラは右手で制した。そのあいだも、視線でトージョーを刺していた。

「なるほど。で、わたしになにを求める？　愛弟子の助命か？　それとも自分のか？」

「こんなミスは二度と犯したくない。ですから、ファミリーをあげて調査を行いたい」

「つまり、つぎはアーロンを追うと？」

「無視はできないでしょう。内通者がひとりとは限りません」

「やっと意見が一致した。――そう、内通者はひとりとは限らない」

フォルナーラは褐色の顔に交戦的な笑みを広げ、トージョーは右目を細める。

にらみ合う二人。狼の女王と、伝説の狼が一戦を交えたら、どちらにつけばいいのか。長テーブルに座る上位幹部たちを含め、だれもが計算しているようだった。分裂の予兆だ。

「ボス・フォルナーラ」

マーリアの声が、ピリピリした空気に響く。

全員の視線が集まるなか、マーリアはリラックスしていた。

「わたしは、仕事の続行は不可能だと判断します」

トージョーが厳しい視線で黙らせようとしてくるが、マーリアは無視した。

ボスはテーブル上に片肘をつき、マーリアを見据える。

「まだ猶予はあるし、原因が原因だ。特別にバックアップ要員を送ってもいいが？」

「戦力の問題ではありません。わたしはナオトを気絶させましたが、連れ去れなかった」

「……負傷のせいか？」

(黙っていろ、マーリア)

「いいえ。わたしは、ナオトに死んでほしくなかったのです」

ざわつきが増し、フォルナーラも目を瞬く。トージョーは下唇の端を噛んでいた。

「えー、それって、どーゆーこと？　おかしくなーい？」

リンカだけは告白の衝撃を受け流し、きょとんとした顔で疑問を口にした。

「マーリィは〝死者への想い〟をなくしたはずじゃん。なんでー？」

「さあ？　ナオトを殺せない。ナオトだけではないかも。わたしにも、わかりません」

「……これもR・O・O・Tの影響か？」

フォルナーラはマーリアを観察していたが、彼女の無表情に変化らしい変化が起きないとわかると、一笑してからトージョーの方を向いた。

「ともあれ。これで問題はひとつ片付いたな、トージョー？」

トージョーは口を噤む。かれの努力を無にすることになったが、マーリアは後悔していなかった。自分で手に入れた〝価値〟を曲げたくなかったのだ。

たとえ自分の師が、首を絞めんばかりに睨むような〝価値〟でも。


ナオトの意識は点いたり消えたりしていた。それを五度ほど繰り返していると、頭の霞が晴れてきた。どこかのリビングに敷かれたマットレスに寝かされていた。

「目が覚めた？　日野くん、平気？」

「部長……？」

「ここはわたしのアパート。いまは休んで。安全だから。……とにかく、いまは」

私服姿のカンナがナオトの額に手を当てて熱をはかると、キッチンの方へ消えていく。

……どうして部長の部屋に？　なにがあった？　思い出せず、ナオトはヒントを探すと、本棚の上にある置時計が午後八時半を差していることに気付いた。

時間。とても大事なものだった気がする。――思い出した。

「マーリア！」

ナオトは毛布を撥ね退けて起きあがるが、激しくむせた。あわてて戻ってきたカンナがコップを渡し、麻酔でカラカラにされた喉にお茶を流しこんでいく。

「おちついて。彼女からメールがあったの。無事よ。彼女を刺した羽場マイコって子も、ベッドで寝てる。さっき起きかけたけど、鎮静剤を飲ませたから、しばらく平気」

マーリアからメール？　マイコがここにいる？　混乱が眩暈をよぶ。カンナはナオトをゆっくり立たせ、ダイニングテーブルの椅子に座らせる。そのとき、自分が女子カラーの学校ジャージ姿になっていることに気付いた。

「ごめんね。びしょ濡れだったから、勝手に着替えさせてもらったわ」

カンナはナオトが自分の恰好を眺めているのを見て、むりやり笑った。

「それより、なにがあったか教えてください」

カンナは吐息を漏らし、向かいの椅子に座った。

「六時ごろ、マーリアから秘匿通信がきたの。ナオトともう一人を失神させた。こちらの店の者を足として送るが、店は安全ではない。そちらで保護してくれってね」

「マーリアは？」

「仕事を終えてくるって。それと、あなたにこれをと」

カンナがリンクデバイスを起動し、ファイルを転送してくる。

中身は、偽造パスポート業者の名簿と、移動経路、逃走時の注意点。各国のターミナルの貸しロッカーにある装備と現金……。電賊から逃げるための、すべてだ。

「マーリア、いえ、マリアンジェラの願いは、あなたの生。罠ではないわ。だって――」

「おれが、捕まってないから。契約の猶予時間が、過ぎても」

ナオトはファイルのリストを――マーリアの想いを眺め、目と鼻に力を込めた。

マーリアは自分を拉致できた。だが、しなかった。生かそうと決めたのだ。

「……マリアンジェラっていうのは、マーリアの本名ですか？」

「そうよ。正確には、昔の名前ね」

カンナが立体ウィンドウを展開する。

そこに表示されたのは、ライフシェル社という企業名と、白衣姿の二人の男女。

どこかマーリアの面影がある二人。ナオトは、その顔に覚えがあった。

「……ライフシェル社。【六・二〇】で使われたナノマシン・ウィルス〈ヴァイパー〉のアンチソフト開発をアメリカ政府と共同研究していた企業。そのプロジェクトの責任者が、アレオッティ夫妻。マーリアの両親で、体内ナノマシン・ソフトの天才よ」

やはり最近の夢は、夢ではなかった。

マーリアがＬ・Ｏ・Ｓ・Ｔ化した記憶を、追体験していたのだ。

「世界中の〈ヴァイパー〉被害者やその家族にとって、二人は希望だった。そして実際に、【六・二〇】からわずか数ヵ月後に試作データを作った。けれど公開前に――」

「研究所が〈無二の規範〉に襲撃されて、失った。マーリアの両親も」

「……全滅、だったそうよ。彼女を除いて。でも、彼女の地獄はそこから」

カンナは苦々しげに言う。

その顔には、どこか自分を責めるような雰囲気があった。

「各国は彼女の悲劇と生還劇を、世論の対テロ戦争誘導の材料として使うために公表した。それは過ちだった。……テロ被害者やその遺族の恨みは、彼女へ向いたの」

「どうして？　悪いのはテロリストなのに」

「不幸をだれかのせいにしたかったのよ。そして恨むにはテロリストみたいな曖昧なものではなく、もっと具体的なものがいい。それと……ええ、わたしみたいな詮索屋のせいよ」

自己嫌悪を抑えるように、カンナは自分の側頭部の髪を掴む。

「アレオッティ家はイタリア貴族で、マーリアの祖父は有名実業家。そのせいで、いろんな陰謀論が飛び交った。両親はマーリアを助けるために試作データを――世界中の被害者を見捨てたとか。あの事件は仕組まれたもので、試作データを持って逃亡し、アリバイ作りに娘を置いてったとか。……実際、彼女の祖父は〈ウルヴズ〉の財務に関わっていたらしいわ。研究所を〈ウルヴズ〉が守っていたのも、その縁。だから余計に、世間の妄想の歯止めが利かなくなった」

「……マーリアのご両親が、試作データより彼女を選んだのは、ほんとうだった」

「ええ。きっと、そうなのね」

カンナはいちど深呼吸すると、マイコが眠っている部屋のほうを見た。

「マーリアの祖父が自殺して、国々もマズいと思ったのでしょうね。人類史で最も大きな検閲を敷いた。彼女の名前は、ネット上やあらゆる追悼行事、ニュースから消えたわ」

「だから〝消された少女〟。そして、羽場さんは〈ヴァイパー〉の被害者遺族……」

だれかを恨まなければ堪えられないときがある。ナオトも、それは知っている。

ナオトの両親は、飲酒運転の車に衝突されて死んだ。そのとき相手ドライバーも死んだが、生きていたら、ナオトも復讐を考えただろう。両親を愛していたから。

「そのあと、マーリアは保護施設を抜け出した。重度ストレス障害を抱え、自力で動ける状態じゃなかったから、警察は誘拐事件として捜査したけど、見つからなかった」

「真相はグリッチャーとなったことで、動けるようになっていた」

「ええ。その前後に〈ウルヴズ〉と出会い、殺し屋となったのね。……ネット上で作られたマリアンジェラではなく、実物の自分を見てくれるファミリーのために」

それが、マーリアの人生だ。彼女も両親を愛していた。だが、永遠の別れが、その愛の強さだけ強烈な束縛となった。だから、彼女はL・O・S・T化したのだ。

自分を取り巻く無力感と、世界の憎悪の中でも動けるようになるために。

しかし、いまはちがう。マーリアはマリアンジェラに戻りつつある。

ナオトはR・O・O・Tを握った左手を――マーリアと出会うきっかけになった手を開閉させ、目を閉じて思考の深みにいく。闇の中で、獅子剣士が唸っていた。

「部長、羽場さんをお願いします。マーリアは、彼女のことも事件にしたくないと思う」

「それはいいけど、一人で逃げられる?」

「おれは逃げません。マーリアを探す。あのケガです。きっと、まだミドウ市にいる」

「ちょっとまって、日野くん！　彼女を探そうとすれば、逃げる時間がなくなるわ！」

玄関へ向かい、自分の靴を履こうとするナオトを、カンナが追いかけてくる。

「マーリアは、自分がおれを殺せないと知った。彼女は、そのことを〈ウルヴズ〉に自白する。そして、みずから処刑台に立ちます。急がなきゃ」

ナオトは弱った人の心が読める。だから、マーリアは予想どおりに動く。絶対に。

しかしカンナが回りこみ、玄関ドアを背中で抑えた。

「日野くんが逃げないでマーリアを探すっていうなら、どこにもいかせない」

「マーリアと話をしなきゃダメなんです。殺されちゃう」

「あなたもよ！　マーリアは、あなたに生きてほしいと願った！　わたしもよ！　……わたしには、あなたを巻きこんだ責任がある。だから、絶対に死なせない」

「部長はなにも悪くない。だから、お願いです」

ナオトとカンナは睨(にら)み合う。

緊張した空気の中で、ナオトのデバイスから通知音が響いた。

長いテキストだった。ナオトはカンナとそれを読んでいき、やがて目を見張った。

それは計画で、〝契約〟だった。

カンナは脱力し、後ろにした玄関ドアにトンと後頭部を当てる。

「……いくんでしょ？」

「はい」

カンナに、もう止める気はない。彼女だってマーリアを助けたい。ナオトのために憎まれ役を演じていたに過ぎない。そこに計画が現れたとなれば、止める気力など残らない。

「なら、約束して。かならず戻ってきて。……マーリアと一緒に」

ナオトはうなずくと、左手首のリンクデバイスを右手で強く握りしめた。

ある男が言った。自分は変わらなければならないと。

そして、なんでもできるグリッチャーだと。

十一章　Crepi!

マフィアの処刑法は色々あるが、今回は、効率が重視された。

「アーロンが裏切者なら、R・O・O・Tは〝敵〟の手に落ちたと考えるべきでしょう。我々は、あれの対策を発見しなければならない」

フィルマンのそんな提案に、ボス・フォルナーラも同意した。

「影響を受けたマーリアの脳を回収したいが、アーロンは見過ごさないだろう。せめてアバターから、可能な限りR・O・O・Tの被害データを手に入れる」

そうして、リンカをリーダーとし、近くの実験場へマーリアを連行するように命じた。

ファスト・トラベルも座標指定ログインも、逃亡の恐れがある。厳重監視が必要だ。

いまのマーリアは、ファミリーが知っている〝お嬢〟ではないからだ。

リンカはマーリアを五人乗りクロスカントリー・ビークルに押しこむと、同型の五台に警備メンバーを詰め、螺旋状（らせんじょう）の山道を出発した。トージョーも同行すると言い、意外にもボスは承諾した。野放しにするより、安全だと思ったのだろう。

エリア時刻は午前五時。すれ違う車はない。マーリアは車列二番目の車の後部席に乗せられ、左右を見張りに固められていた。

しかしマーリアに逃げる気はない。さっさと生を終わらせ、死の底で忘れ去られるのを待ちたかった。数多の死が積み重なる奥底は、きっと静かで、心地良いだろう。

そんな平坦な心境を、リンカからの通信が乱してきた。

『ねねっ、マーリィ、外みて、外！　きれーだよー』

つられて、マーリアは外を眺めた。たしかに綺麗だ。緑に包まれた山々の間で霧が蟠り、顔を出しはじめた朝日に照らされて黄金の川のようにゆっくり流れている。

綺麗だ。それを、どこからでも、だれとでも共有できるのがＶＲＳＮＳだった。

「一緒に、見たかったですね……」

マーリアは呟き、困惑した。だれと？　いまの自分に、なにが、だれが残っている？

自問していると、運転手がとつぜん怒声を放った。

「先頭車両から報告！　正面からグリッチャーがくる！　速いぞ！」

どうでもよかった。そのはずだった。自分は電賊ですらなくなったのだから。

それなのに、首を伸ばし、フロントウィンドウの先を見た。

深紅の毛皮。新緑色の宝石尾と兜を煌めかせ、そして右前足に大剣を握った雌獅子が、正面から車列に突進してくる。その背には、小柄な人影がしがみついていた。

口元を覆った黒マフラーの両端を、たなびかせながら。

「リオニ・アラディコだと？　対象だ！　よせ、攻撃するな、命令をまて！」

リオニは衝撃波コード〈証明の渦〉を足裏から発して道路を陥没させ、反作用で高々と跳んだ。全員が、頭上を飛び越えていくリオニを見送った。リオニは車両隊後方に着地すると、再び〈証明の渦〉で道路を破壊。身を捻って止まった。前後の道を壊された車両隊がうねりながら停まると、武装したメンバーたちが飛び出し、横列を作り獅子と相対した。

車内に残されたマーリアは、口と目を真円にしていた。

「ナオト……？」

まにあった！　ナオトは歓喜した。銃を持った厳つい大人たちの壁が間にあるが、その向こうの車内には、こちらを見るマーリアの姿がたしかにあった。

「はいはーい、ちょっとごめんー、通してー」

大人たちの壁を掻き分けて、一人の少女が前に出てくる。黒髪黒瞳の、同い年くらいのゴスロリ風日系少女。マーリアが言った、ボスの直弟子だろう。

「やほー、アタシはリンカ。いま、R・O・O・Tを破壊しろって命令されたんだー。でも、そのまえに確認があるんだってー。ナオトくん、なんできたのー？」

「マーリアと話をするためだ」

「やーん、情熱的ー。アタシ、そういうの好きー。けどー、ねー、トージョーさーん？」

呼ばれ、集団の中から隻眼の男が出てきてリンカの横に並ぶ。

「これって、マーリィを使ったハニー・トラップ？　それとも、別の思惑があったり？」

トージョーは右目でリンカを見下ろす。リンカは小首を傾げたまま、返答を待った。

歴戦の狼が、静かに言った。

「……〈テイルズ〉、行動開始だ」

「あっ、やっぱそーゆーこと？」

刹那、二人は互いに逆回転し、ポーチ窓から抜いたナイフと長刀をぶつけあった。

同時に、道路の上斜面にある山林で二〇のログイン光柱が生まれた。

「ログイン奇襲だ！」

光柱たちがコンバットスーツを着けたアバターを形作るまえに〈ウルヴズ〉の面々が連射する。ログインした男はなにもできないまま弾幕を浴び、茂みに倒れた。もう一人も殺された。しかし残る十八名はログインに成功し、すばやく木立の陰に隠れつつポーチ窓から銃を出したり、L・O・S・T具体化光を発生させたりしていた。

そして銃弾や榴弾、ヒグマや巨大カマキリのL・O・S・Tが逆落としに車両隊へ襲いかかった。〈ウルヴズ〉も車両の裏に飛びこみ、応戦した。

リンカが鍔迫り合う長刀の峰にタックルをかまし、ナイフごとトージョーを退ける。

「やー、トージョーさん、やっぱ裏切ったかー。でもさー……」

リーダーから離れたことにより、〈テイルズ〉の照準がリンカへ集まる。

天に突き付けられた長刀の周囲に、黄の粒子が発生していく。

魔法のステッキのように刀を回すリンカ。その笑顔は、無邪気で、血なまぐさかった。

「全盛期が過ぎた身で、アタシに勝てんの？　――おいで、カガイ・ソウキュウ」

黄光が凝縮し、一滴の雫のようなものがリンカの肩に落ちた。小さなイナゴだ。掌サイズで、青色外殻に黄の翅を纏った姿は、ブローチみたいに愛らしい。

拍子抜けだが、〈テイルズ〉は遠慮せず、リンカに集中砲火を浴びせた。

しかし彼女の周囲に無数の黄線が描かれると、金属音が連続した。イナゴが超高速で射線に割りこみ、外殻で弾丸を跳ね返したらしい。トージョーが眉をひそめた。

「高レベル対飛翔体マクロか。L・O・S・Tで制圧しろ」

「了解。スティール・ブリッツ！」

赤い巨大カマキリが坂を駆け下りる。その大鎌がリンカの頭を捉える前に、ソウキュウが光線となってカマキリの眉間を破り、鎌を振り上げた姿勢のまま停止させた。

L・O・S・Tを攻撃に使った。いまがチャンスと〈テイルズ〉の一人がリンカを再捕捉するも、肩に違和感を覚え、そちらを見て驚愕した。

黄翅青甲のイナゴが、右肩に留まっていたのだ。

兵士がそれを払うまえに、イナゴが自爆した。カットシステムが破砕し、爆熱で爛れた兵士の顔に外殻片が突き刺さる。仲間が倒れた兵士を木陰へ引きずりつつ、驚きを叫んだ。

「あのスペックで群体型だと！」

「ちがう！　いますぐそいつを手放せ！」

トージョーが警告したとき、負傷した〈テイルズ〉が仲間に引っ張られながら激しくせき込み、悶えた。その見開かれた眼球を押しやり、イナゴたちが溢れ出てくる。負傷者を引っ張っていた兵士はライフルを連射するが、死体から這い出るイナゴたちに飛び掛かられると、その塊と羽音のなかで、悲鳴も発砲音もすぐ絶えた。

イナゴたちが離れると、二人の痕跡は骨すらなく、かわりにイナゴの数が倍化していた。

イナゴ群が飛翔し、巨大カマキリを内側から食い破って出てきた大群と合流すると、暗い朝空を覆うように広がっていく。

旧くから神罰と畏れられた蝗害が、ここに再現された。

〈テイルズ〉たちが銃口を上に向けるが、リンカのバカげた戦闘力に戦慄するばかり。

「――こい、ムカン・ササガニ」

リンカへ走るトージョーが具体化したのは、赤い外殻を持つ人間大の蜘蛛。八本の脚先には青の鉤爪が煌めき、頭部にある八つ目は、機械のセンサー装置のようだ。

それがトージョーの背に飛びつき、四本脚をかれの胸前で交差させて身を固定する。

「むむっ？　ソウキュウー、目標をトージョーさんに変更ー」

そして残りの四本脚が閃(ひらめ)き、襲来してきたイナゴたちを青鉤爪で次々と両断。死んだソウキュウたちは体内で溜(た)めていた熱圧力を断面から噴射し、無軌道に散っていった。

リンカが手を振り、カマキリの頭内から最初の一匹を呼び戻す。

その一匹が無尽に飛翔し、蜘蛛の四本脚と連続で激突する。咲き乱れる火花の中、トージョーはリンカ自身が突き出してきた長刀をナイフの峰で受け、また膠着(こうちゃく)した。

「……【成長の青(クーシタ・ブル)】〈原始の覚え〉。L・O・S・Tやアバターを擬体へ書き変えるコードか。それを【自由の黄(ジャーロ・リベルタ)】熱量コード〈憤怒の発散〉で自爆させるとは……厄介だな」

「へへー。元々、トージョーさんとマーリィを殺すために鍛えられたしねー」

会話の間にも、トージョーはナイフと長刀を軋(きし)らせつつ、四方から集まってくるイナゴ擬体たちを蜘蛛の四脚で切り払っている。そのうえで、無音通信まで開いていた。

（いまだ、ナオトくん。いけ）

トージョーがリンカを止めたことで、増殖したカガイ・ソウキュウの統制が乱れた。入れ替わりに、斜面上山林の〈テイルズ〉と車両を盾にした〈ウルヴズ〉の戦いが激化した。

ナオトに注意を向ける暇人はいない。いまのうちにリオニと匍匐(ほふく)前進で道路の破損部を渡り、車両隊のほうへ近づいていた。

目前の道路に流れ弾がミシン目みたいな弾痕を作っても、イナゴに群がられた〈テイルズ〉メンバーが転がり落ちてきても、ナオトは止まらない。着実に進み、たどり着いた。

マーリアが乗る車両側面には二人の〈ウルヴズ〉が隠れ、忙しく弾倉交換をしていた。

「〈反感伝播(でんぱ)〉！」

そこへ、少年と獅子(しし)剣士が襲いかかった。一人は宝石兜(かぶと)の頭突きを胸に、もう一人は獅子の腕力を宿した拳を腹と顎(あご)に喰(く)らい、どちらもカットシステムを砕いて失神した。

ほかの〈ウルヴズ〉には気取(けど)られていない。ナオトはすばやく車の後部ドアを開けた。

「マーリア、ケガはない？」

「どうして、あなたがここに？」

声も顔も虚(うつ)ろで、車を降りる素振りもない。いまの彼女には行動動機がないのだ。【力の赤(ポテレ・ロッサ)】で認めさせる相手はおらず、【信頼の緑(フィドーチャ・ヴェルデ)】で繋(つな)がりを強くしたい組織もない。

それがトージョーの予測で、かれが送ってきた救出作戦最大の障害だった。

咆哮(ほうこう)。ヒグマと巨大ギツネが噛(か)み合いながら坂を転がってきて、前の車両に激突する。

その車両の裏にいた〈ウルヴズ〉たちが動いた車体に突き飛ばされ、悶絶(もんぜつ)していた。

急がねば。ナオトはむりやりマーリアを車外へ引っ張り出した。

「どこへ行く気ですか？　わたしは……」

「話はあとで。──トージョーさん、マーリアと合流できました！」

（よし。ここでログアウトは難しい。例のポイントへ向かえ。そこで次の計画に移る）

ナオトはリオニの背にマーリアを乗せると、自身もその前に乗った。

リオニはそばのガードレールを飛び越え、山林の斜面を駆け降りる。気付いた〈ウルヴズ〉の一人が叫んでいたが、その声はすぐ〈テイルズ〉の支援射撃にかき消された。

例のポイントまで約三〇〇メートル。リオニの足ならすぐだ。しかし……。

（くそっ。リンカに振り切られた。そちらへ向かうぞ。予測保有コードを送る）

トージョーの報告と共に、左右から低い羽音が聞こえた。樹冠に寸断された朝日を浴びて、霊魂のように輝く青黄の光。Ｌ・Ｏ・Ｓ・Ｔカガイ・ソウキュウの擬体たちだ。

七匹いる。しかしイナゴたちは並走するばかりで、距離を維持していた。

Ｌ・Ｏ・Ｓ・Ｔのこういう動きには、覚えがある。

「リオニ、防御に集中！」

ナオトの悲鳴と雷鳴じみた銃声が重なる。リオニは飛来してきた大口径弾を大剣で受け止めたものの、体勢を崩して坂を転がり、ナオトたちも背から放り飛ばされた。

ナオトは宙でマーリアを横抱きし、土を両膝で抉るように着地する。腹の傷に障ったらしくマーリアが呻くが、とにかく大樹の裏へ隠れ、毒づいて、すぐそこから飛び出した。

また銃声が轟き、いちど身を隠した大樹に大穴が穿たれた。

やはり、あのトンボのグリッチャーと同じテクニック――Ｌ・Ｏ・Ｓ・Ｔ観測射撃だ。

リオニが大剣を一閃すると、広域衝撃波が坂を駆けあがっていく。だが、外したらしい。応射が、ナオトのそばで土柱をあげた。あわてて、ナオトは近くの小岩の陰へマーリアと飛び込み、身を縮めた。

観測役のイナゴたちをどうにかしなければ。しかし、方々に散っている。うかつにリオニを使い、ダメージを負えばそこで終わりだ。となると――。

「マーリア、武器を貸して！　なんでもいいから！」

「……？　あなたに扱えるとは思えませんが」

マーリアはたじろぎつつも、ポーチ窓からいつもの装備を出す。ナオトは岩陰でもがくようにナイフ鞘を腰に差し、予備弾を懐に押しこんでから、仰向けでリボルバーを構えた。

狙いは約二〇メートル先。樹皮に留まり、ナオトたちを観察している一匹のソウキュウ。銃口が火を噴く。反動は〈反感伝播〉で抑えたが、散弾は樹皮の端を削ったのみ。

「やばっ、外した！」

観測役のイナゴ七匹が四方からこちらへ飛んできた。自爆コードの兆候だ。パニックが頭で膨れあがった瞬間、リボルバーを握る左手が純白に輝いた。

――オブジェクト確認。管理者系コード〈追憶〉実行。記録のインポート完了――

リボルバーが五連続で吠え、イナゴ五匹が爆砕。ナオトはリロードしようと左手をポケットへ突っ込もうとするが、まにあわない。左手の行き先を腰のナイフへ替えた。左から迫る一匹を抜き打ちで斬り、転がりつつ逆方向からきた一匹を裂く。

ソウキュウの残骸が熱を吐いて飛び回る中、マーリアは呆然としていた。

「それは、わたしの動き……？」

「た、たぶん！　なんかR・O・O・Tが、教えてくれたみたい！」

ナオト自身が戸惑っている間にも、両手はスピードローダーを出し、リボルバーを再装填していた。R・O・O・Tが盗むのは、L・O・S・Tだけではないらしい。

仮想兵器からも記憶――使用履歴を読み取り、その情報を与えてくれるのだ。

これで戦力はリオニだけではなくなった。だが、それはリンカにも知られたはず。

「リオニ！」

獅子剣士がこちらへ走りつつ、大剣を頭上に掲げる。そして負い紐でバカでかいライフルを背に吊り、長刀ごと樹上から降ってきたリンカの一撃を受け止めた。

「あら、防がれた。――っとぉ？」

リンカがリオニの兜を蹴って跳び、顎から放たれる衝撃波を回避する。彼女はマーリアを殺す訓練を受けている。リオニは通用しない。この拳銃術もナイフ術も、通用しない。

リンカは助走をつけるように、自分の周りでオリジナル・ソウキュウを旋回させている。

――情報を読み解け。相手の考えすら読み、先を読め。すべてを変えるために。

「具体化解除！」

リオニが赤い塵に転じ、光矢となったオリジナル・ソウキュウがそれを貫く。こちらの行動を読み違えたリンカは反撃を予想し、すぐにソウキュウを呼び戻した。

しかしナオトは、マーリアの手を引いて逃走していた。

マーリアと真逆のことをすれば、リンカは混乱する。当たりだった。

さらに、こちらには絶大な切り札がある。ナオトは走りながら叫んだ。

「R・O・Tよ、カガイ・ソウキュウを食べちゃえ！」

「うひゃ！」

追撃してきたソウキュウが急上昇で逃げていく。だが、ナオトは左手を向けていなかった。かわりにマーリアを前へ突き放すと、両手でリボルバーを一発撃った。

散弾は遠くのリンカの胸に当たった。カットシステムの光がノーダメージを表すが、負い紐が千切れ、ライフルが地に落ちる。リンカがそれを拾おうとし、横へ転がる。次の散弾がライフルに当たり、金属片を散らした。ナオトはまたマーリアの手を引いて走りはじめた。もうL・O・S・T擬体はなく、ライフルも壊した。

——ソウキュウ本体がきたら、こんどこそR・O・Tで食べてやる。

「あー、やっぱ無茶だよー。擬体の大半をあっちに回しつつ闘うなんてさー」

リンカは追跡を諦めたように、いじけ顔で左前腕に留めたソウキュウを撫でていた。

「もーいーや。カットシステム解除ー」

戦闘中ではありえない口頭コマンドに、ナオトは足を止めてしまう。

リンカは懐から革バンドを出すと、右手と歯を使い、左の二の腕をきつく縛っていた。

「んでもってー……あーあ、半年はリハビリだろなー。ソウキュウー？」

ガブリと、イナゴがリンカの左前腕に噛みついた。肉を抉り、穴を開け、体内へもぐりこんでいく。飛び散った血がリンカの顔に当たるが、彼女はニコニコしていた。

「おっし、完了。【成長の青】〈原始の覚え〉ー」

「嘘でしょ……！」

リンカの左前腕が爆ぜると十匹の擬体ソウキュウが拡散し、時間差をつけて追ってきた。

ナオトは迫る一匹を銃撃しようとしたが、発砲前に自爆され、爆風と外殻片に全身を叩かれた。殺傷範囲外で、カットシステムを破壊するほどではない。低空飛行していた一匹もまた範囲外で爆発し、足場の土ごとナオトたちをひっくり返した。

降ってくる土や梢を浴びつつ、ナオトは怯えた。恐ろしい仮想負傷を堪えて作った疑体を、隙を作るためだけに惜しみなく使う恐怖の戦術に。

「ナオト、逃げてください。わたしに命を懸ける〝価値〟など――」

しかしナオトはマーリアに肩を貸し、両足に力を込めて立ちあがった。

また爆発に背を叩かれ、膝を突くが、すぐにまた走る。カットシステムが弱ってきた。

再度の爆発に押されるように藪を抜けると、とつぜん、視界が開けた。森内の広場。VRハンティング小屋だ。納屋前には〈テイルズ〉メンバーが二名いる。例のポイントだ。

「納屋に移動系コードを用意してある！　急げ！」

〈テイルズ〉たちは叫ぶと、森の中を掃射する。思わぬ伏兵にソウキュウたちが散開した。

ナオトはマーリアの腕を掴み直し、納屋の木扉をタックルで開いた。

その中央で輝いていたのは、黄色のポータル。【自由の黄】コード〈狡猾な通路〉。二点を繋ぐ短距離ワープゲートで、〈テイルズ〉が用意してくれていた脱出路だ。

ナオトはマーリアを連れ、それに飛びこんだ。


ナオトの視界をモニターしていたカンナは、緊張を吐息にした。グリッチャーが入り混じっていたせいで映像がぼやけまくっていたが、無事に脱出できたらしい。

窮地が去ると、先を思う余裕が生まれ、それが一筋の恐怖を呼んだ。

トージョーの〈テイルズ〉は〈ウルヴズ〉の下部組織だ。戦力差は歴然だろう。

だが、かれはそれを覆す手札を持っているはず。とても強力で、おそろしい手札を。

「……お悩みか、相棒？」

驚きのあまり声を詰まらせる。玄関に、眼鏡の巨漢が立っていたのだ。戦術ベストを着て、背に登山バッグを負っている。そして右手にはサブ・マシンガンを握っていた。

「アーロン……」

「選択のときだ。おれと契約を結ぶかどうか、いますぐ決めてくれ」


黄色のゲートを抜けた先は、牛と鯨の合唱のような機械音に満たされていた。

機械製造工場のメインフロアだろうか。左右では冷却し終えた鋳型盤や3Dプリンターから運搬ロボが部品を取り出し、背部ボックスに詰めている。その数は多く、見えるだけでも数十機いる。太い鳥形四脚と、その二メートルほど上の胴体上にあるアイカメラと紐状マニピュレーターを駆使し、荷物をガラス壁に仕切られた各ブロックへ運んでいた。

手の込んだVR工場だ。頭上でも、キャットウォークや配管がびっしり交錯していた。

近くに監督部屋があり、マーリアと入る。そこの制御盤に『完全オート』と表示されていたから、ここは無人らしい。ナオトはホッとし、椅子にマーリアを座らせた。

「マーリア、平気？　ここ、どこだろうね？　位置情報検索しても出てこないんだけど」

「……どうして、きたのですか？」

のろのろと碧眼が持ちあげられ、泥だらけ煤だらけのナオトを見つめる。

「最後のチャンスを捨ててまで助けた者がどういう人間か、理解しているのですか？」

「うん、教えてもらった。……〝消された少女〟って言葉の意味も」

マーリアが失笑する。

「なるほど。それで、わたしを助けた理由は？　同情ですか？」

「うん、そうだよ。これはきっと、同情だ」

碧眼が鋭くなる。

ナオトは、真正面からその視線を受けていた。

「おれ、リオニを奪ってから、マーリアがL・O・S・T化した記憶を見てたんだ。……ご両親の研究所で起きたことは、恐ろしいことだった。そのあとの出来事も」

「それで？　わたしを憐れんだというわけですか。捨てられた子犬みたいに？」

「うん。でもさ、同情って悪いことなの？」

ナオトは片膝をつき、椅子に座るマーリアを見あげる。

「思いやれる人になりなさい。父さんと母さんの口癖だった。同情は、その一歩だと思う」

「……ご両親は、殺し屋も愛せと？」

「難しい話はわからない。けど、おれはグリッチャーだ。組織にも自分自身にも背いておれを助けようとしてくれた友達のためなら、なんでもできる。すべてを変える」

マーリアは嗤う気力も失ったようにうなだれる。そこで、通信が入った。トージョーからだ。かれも戦場から離脱できたらしく、ここにきて、今後の予定を話すらしい。

「わかりました。――リオニ、マーリアを守ってて。絶対だよ」

通信を終えると、ナオトはリオニを具体化する。獅子剣士は厳命に応えるように唸った。

ナオトは監督室を出ると、深呼吸した。世界を繋ぐＶＲＳＮＳに感謝した。マーリアと出会わせてくれたネットワークに感謝した。たとえ、闇が蠢くネットワークでも。

だから、この出会いを悲劇なんかで終わらせない。

やがてフロア中央に〈狡猾な通路〉の黄色渦門が現れ、トージョーを吐き出した。かれも死地を越えてきたらしく、背広の所々が破れている。しかしプロらしく落ち着いていた。

「マーリアは？」

「無事です。……〈ウルヴズ〉のほうは？」

「〈テイルズ〉が食い止めている。立て直す時間くらいは稼げるだろう」

トージョーは、休むことなく何かを作っている工場を見回す。

「ここは敵対関係にあったころ、電賊〈ブリトリャーニン銃砲店〉から〈テイルズ〉が独自に奪った工場だ。面目もあってヤツらは公表していないから、〈ウルヴズ〉も知らない」

ひとつ懸念が消え、ナオトは安堵する。

しかし、それは無数にある懸念の一つに過ぎない。

「これから、どうすればいいんでしょうか。このままじゃ……」

「解決策はひとつ。〈ウルヴズ〉を乗っ取ることだ」

トージョーはそっけなく言い、ナオトを驚かせる。

「逃走こそ無謀だ。〈ウルヴズ〉は巨大すぎる。この混乱を逃せば、次のチャンスはない」

「チャンス？」

「ボス・フォルナーラに不満を覚えている幹部やメンバーは多い。それらを懐柔して彼女を倒せば、〈ウルヴズ〉はマーリアにかまっているどころではなくなる」

「可能、なんですか？　メンバーは千人近くいるって聞きましたが」

「きみのR・O・O・Tを使い、何人かを殺せばな」

トージョーの右目が、試すような視線を向けてくる。

「……ダメです。やっぱり、おれには、人は殺せません」

「いま〈ウルヴズ〉も〈テイルズ〉も死者を出した。わたしときみの計画でだ。きみ自身は殺さなかっただろうが、大勢が死んだ。それから目を背けるのは卑怯ではないか？」

「だれかが危害を加えるなら、マーリアを助けます、絶対に。でも、人は殺しません」

まるで駄々っ子のような主張だ。しかし、自己嫌悪も、臆面もなく言えた。

トージョーも、うなずくだけだった。

「そうか。それなら、それでいい」

「……怒らないんですか？」

「もとは我々の内輪もめだ。きみを頼ろうとした身勝手さこそ、責められるべきだろう」

「それじゃ、ほかに計画が？　その、マーリアを守るための」

トージョーはうなずき、運搬ロボたちの間を抜けて、ガラス壁に区切られた一区画へナオトを招く。そこでは、この巨大な工場で作られた完成品がラックに並べられていた。

「これは……銃？」

「そう、仮想兵器だ。ここは仮想兵器工場なのだ」

除染光で真っ白に染まった部屋の壁を埋めつくす、拳銃、自動小銃、大砲、レーザー銃。そしてその弾薬やバッテリー、触媒宝石。ほかの区画には軍用ドローンまであった。

トージョーが操作盤を弄ると、室内のマシンアームが拳銃と弾薬を掴み、ガラス壁横にある受取口から差し出してくる。ナオトはそれを取り、綺麗な金属フレームを見つめた。

「……これで〈ウルヴズ〉と戦うのですか？」

「電賊〈ブリトリャーニン銃砲店〉は、その名のとおり仮想兵器の大手だ。当然、ヤツらから奪ったこの工場の武器も一級品。しかし――」

トージョーはナオトの手から拳銃と弾薬を取ると、スライドの動きを確かめた。

「これを使っても戦力差を埋められない。一工夫しなければな」

一工夫とは、どうする気だろう。ただ、多くの血が流れる。それは確実だ。

しかし戦いを拒否した自分に、それを咎める資格はあるのだろうか？

ナオトはガラス壁の向こうにある仮想兵器――人殺しのデータ群を眺めた。

妥当な結末か。ガラス壁に張り付く少年を後ろから見て、トージョーは思った。

かれは普通の少年だ。普通の感性の持ち主だった。

グリッチャーになった者は、大なり小なり優越感に溺れる。それに飢える。

ナオトは違った。普通の感性を持ち、外的な力で己を満たそうとしなかった。

そして、唯一、かれに欠けていたモノ——勇気を得てしまった。マーリアから。

そうして、戦況はトージョーにとって困難なプランBへと到達した。

しかし、そんなナオトだから、マーリアにあれほど人間性を与えられたのだろう。自分が何年かけてもできなかったことを、わずか数日で成し遂げたのだ。

——ままならぬものだな。

トージョーは拳銃に弾倉を差しこむと、スライドを静かに引き、初弾を薬室へ送る。

責任を果たすため、罪を重ねる。引き金がひどく重く感じた。あの夜のように。

それでも、カットシステムと脊椎を砕くために、少年の背を狙って撃った。

十二章　悪辣な者、平凡な者

――分析率九一パーセント……緊急状況確認、意識継続――

弾丸はどこかへ飛翔し、はるか彼方で金属音を奏でた。

発砲寸前に、振り返ったナオトが裏拳で拳銃を叩き飛ばしたからだ。

至近距離で、ナオトと隻眼の男がにらみ合う。男は、右目に淡い感心を浮かべていた。

そして動いた。ナオトの肩を掴んで横へ転がしつつ脇から大型リボルバーを抜くが、回転を片膝で止めたナオトも同型リボルバーを抜き、完璧な膝射姿勢を取っていた。

互いに拳銃を向けたまま、両者が静止する。

「いまの反応は、わたしの裏切りに気付いてなければできなかった。いつ、気付いた」

「確信はありませんでした。ただ、警戒していただけです」

「警戒。いい心がけだが、材料がなければできまい。きみが得た材料は？」

「……〝契約〟しませんか？　まず、おれが質問に答える。つぎにあなたが」

トージョーは意外に打たれた様子だったが、構えを解いた。

「いいだろう。では、答えてくれ」

「〝敵〟は、R・O・O・Tはプランターという人しか使えないと言っていた。おれがプランターだ。でも、あの日、おれとR・O・O・Tが接触したのは偶然じゃない。計画だった。それを成功させるには、あの場の全員を操らなきゃダメだ。普通は不可能だ。けれど〝敵〟とあのメールの送り主が〈テイルズ〉——あなたなら、可能です」

「……正解だが、飛躍しているな？　黒幕はだれとでも仮定できる。未知の勢力とかね」

「未知の勢力じゃ、マーリアの行動の確実な予測なんてできません」

ピクリと、トージョーの片眉が跳ねる。

「グリッチャーだって人間だ。襲われたら途中でくじけるかもしれない。でも、あなたはマーリアを知ってる。彼女なら、かならずR・O・O・Tを届けると知っていた」

「たしかに。そこまでわかれば、警戒に値するな。……それで、きみの質問は」

ナオトは訊いた。声は、怒りで軋んでいた。

「……質問は二つ。どうして六年前、人類と、マーリアの両親を裏切ったんですか？」

トージョーの表情は動かなかったが、左の機械眼が点滅した。

——爆発から、どれほど時間が経ったのだろうか。三〇分か、一時間か。

ログイン・ポッドの円窓から見る合同研究室では、飛び散った可燃液がそこら中に張り付いて火を踊らせている。そのどこを探しても、父と母は見当たらなかった。

外に出て探そうとすると、入口から三つの人影が現れ、少女はマイルズの下に隠れた。

『確認しろ』

リーダーらしい者が言うと、二人の男が燃える室内に広がる。テロリストだ。戦闘スーツの上に防弾ベストをつけ、銃を胸前に吊るしている。顔はガスマスクで覆っていた。

『チーフ、これを』

そのうちの一人が黒い棒状のものを床から取りあげ、それに付いていた焦げたリンクデバイスを掲げる。もうひとつ、同じものを見つけた。

『照合完了。ダヴィット・アレオッティと、その妻ガリーナ。入口の死体は同胞です』

『自爆で、一矢報いたか』

チーフと呼ばれた男は言うと、レッグホルスターから大きなリボルバーを抜いた。

『〈蛇殺し〉は回収し、施設全員の死亡も確認した。最後の始末をつけよう』

『本気でやるんですか？　いまの人工視覚では、ハードな前線に戻れなくなりますが』

『だからだ。我々は奮闘したが、力及ばなかった。そのシナリオに、説得力を与える』

チーフはマスクを外し、黒髪と黒瞳を晒す。そして自分の左目の下――上顎骨にリボルバーの銃口を当て、射線を左目から額へ向くように固定した。それから、撃った。

六年前のアレオッティ夫妻・研究チームの警備主任であり、テロリスト〈無二の規範〉を偽って彼らを殺した男は、ナオトの前で機械の左目を擦っていた。

「マーリアの失った記憶を閲覧したのか？　……いや、わたしが答える番だったな」

トージョーは首を振ると、そっけなく言った。

「仕事だ。依頼人がかれらの死を望んだ。それを代行し、カネをもらうのが殺し屋だ。依頼人の名は言えない。しかし、きみが知りたい別のことを教えよう。それは――」

「……どうして〈ウルヴズ〉の掟と矜持に反する仕事をしたのか。善人を、殺したのか」

ナオトの鋭い声に、トージョーは乾燥した笑みを浮かべる。

「わたしは道具だ。殺すための道具。殺されないための道具。だから〈ウルヴズ〉を強くすることが、わたしの義務。そのために、あの仕事でカネとパイプを得た」

「強く？　〈ウルヴズ〉は、もう世界最大の電賊のはずです」

「ああ。しかし、それはいつまで続く？　VRSNSは、現実よりも過酷だぞ」

罪の告白。それにしては平然としていて、他人事のような口振りだった。

「ここでは情報を武器とする。しかし現実の戦争より紳士的というわけではない。曖昧なソースで無数の命を奪える。核より危険で安価だが、抑止手段も法もない」

「あなたは、なにを――」

「一例を。なぜ【六・二〇】が成功したか。発端は煽動だ。『自分の苦境は豊かな国のせいだ。報復しよう』。そんな文句がVRSNSに流れた。陳腐だが、ユーザーの〇・〇一パーセントでも信じ、その者たちへ〈ヴァイパー〉の作り方を伝えたら？　そうして〈無二の規範〉は世界中に誕生した。四十八時間以内でな」

歴史上、曖昧な噂がきっかけで起きた大事件は無数にある。

国家分裂、物価高騰、銀行破産。……そして、マリアンジェラ。

「VRSNSの正体は戦場だ。経済と人の心を呑みこんだことで、国家やVR企業ですら制御できなくなった戦場。そして戦争は、進歩を要求する。だが〈ウルヴズ〉は？　掟と矜持？　そんなもの、進歩の妨げだ。電賊に次ぐ新たな組織が現れたとき、かならず負ける。——わたしに、それを受け入れる気などない」

「それがマーリアの両親を殺した理由ですか？　テロ被害者を見殺しにした理由？　〈ウルヴズ〉を裏切った理由？」

「言っただろう？　依頼人が望んだと。ほかにもある。かれらの商売敵、真実を暴こうとしたジャーナリスト、敵対的理念を持った政治家。……〈テイルズ〉の手綱さえあれば苦のない仕事ばかりだったし、割の良い仕事だった」

この男は、逸脱している。人道からだけでない。電賊のルール、〈ウルヴズ〉の矜持、あらゆる束縛から。となると……。

「まさか、先代のボス・リヴィオさんを殺したのも……？」

「……ああ。あれは、もっとも簡単な仕事の一つだったな」

「兄弟分じゃ、なかったんですか？」

「ヤツは、わたしという刀の振るい手に足らなかった。それだけの話だ」

冷たく言い放つと、トージョーは思い直したように、一拍おいて首を振った。

「いや、わたしもそれほどの道具ではなかったか。わたしはきみを使い、ボスになろうとした。難しい仕事ではないと踏んでいたが……結果は、これだ」

トージョーは人類を裏切り、〈ウルヴズ〉も裏切り、兄弟も殺した。すべては、殺されないように殺すために。命じられた行動を行い続けるマシンのように。

だからこそ、一点の〝無駄〟が際立っていた。

「……あなたは、マーリアを地獄に落とした。でも、いまは救おうと必死だ。おれの拉致計画のときも、今日の戦いも。完璧な道具であるあなたが、どうして？」

「言ったはずだ。わたしは不完全だよ。マーリアは、その象徴だ」

トージョーは自嘲しつつ、自分で吹き飛ばした左目の機械眼を擦(こす)る。

「マーリアは両親と共に死ぬはずだった。しかし、見落とした。許されないミスだ。あとで始末するのは簡単だったが、わたしは、自身により重い罰を求めた。彼女の人生を修正する。……彼女と共に過ごしたきみなら、この苦難がわかるだろう？」

「いいえ。わかりません」

突き放すように返すと、トージョーが目を細める。

「おれはマーリアといて楽しかった。だから、わからない。——でも、わかることもある。あなたはおれとの〝契約〟を守ってない。嘘(うそ)をついてる。なにを隠しているかわかりませんが。……おれは、あなたみたいな人の心がわかるんです」

「わたしのような人間とは？」

神聖な〝契約〟を破った男に、それを教える義理はない。トージョーは待ったが、ナオトが沈黙を守っていると嘆息し、シークレット・ウィンドウがあるらしい虚空(こくう)を一瞥(いちべつ)した。

「まあいい。いくら嘘を重ねようが、わたしがきみの脅威で、きみがわたしを許せない事実は変わるまい。話は終わりか？　なら、きみを回収させてもらう」

「そう簡単に——」

「いくとは思っていない。……仮想世界ではな」

背筋を、恐怖に撫(な)でられた。しまった。〝敵〟——〈テイルズ〉の現実攻撃チームは、もうミドウ市内にいる。そしてトージョーは、ナオトの位置を知っている。

ナオトが通信でカンナに逃げろと叫ぶまえに、トージョーが言った。

「——チーム・ガンドッグ1、回収を実行しろ」

『あー、残念ですがね。ガンドッグとやらは、いま空き部屋を捜索中ですよ』

突然、目前展開したウィンドウから威勢のいい男の声が響き、絶望を吹き払った。

ミドウ市は常に成長している。建設中の無人区画は多く、人目を避けるのに困らない。そんな新開発予定区の道路を、アーロンはワゴンで爆走していた。

「あなたが、正しかったのね」

カンナが後部席でナオトとマーリア、そして彼女を刺した女子生徒を介抱しつつ言った。

「いいや。おれを信じた、きみが正しかったんだ」

アーロンは、はじめから裏切者か情報漏れを疑い、動いていた。軍情報部にいたころの癖だ。マズいことが起きる原因の九割は、それだった。

客観的に見れば、第一容疑者は自分だ。しかし、潔白を証明できるものがない。だから身を隠し、調べた。騒動の発端——幹部プラチドのデバイスを解析した。

プラチドは保身に使えると思ったのだろう。デバイスには、すべてが残されていた。プラチドがR・O・Tを得ようとした理由も。〈ウルヴズ〉の歴史と〝呪い〟も。いま、トージョーが裏切った理由もだ。

『ログアウトしろ、ナオトくん。それでこの〝茶番〟はおしまいだ！』

「……まさか、スケープ・ゴートに逆襲されるとはな」

トージョーが嘆いているあいだ、ナオトはドロップ・ポータルを脳内構築していた。この機は逃せない。マーリアを連れて、どうにかログアウトしてみせる。

トージョーは右目を開くと、ナオトの横に現れた通信ウィンドウへ訊く。

「アーロン。わたしの裏をかけたということは、すべてを知ったということか？」

『ええ。あなたたちの過去も、取引も、そして〈安全器〉のことも――』

「よせ」

静かで短い声には、アーロンを絶句させるほどの迫力が込められていた。

「おまえならわかるはずだ。それを口にすれば全て終わる。――だれかに言ったか？」

『……ボス・フォルナーラにだけ』

トージョーは吐息を漏らす。心底、安心しているようだった。

『トージョーさん。あなたの負けだ。ボスと話してください』

ナオトは困惑した。まるでお願いだ。組織を、兄弟を、人類を裏切り、アーロン本人すら殺そうとした男へ？　トージョーも苦笑している。だが、アーロンは重ねて言った。

『あなたはR・O・Tを逃した。勝ち目はない。ボスは聡明です。話せば――』

「勘違いしているな、アーロン。わたしは、まだR・O・Tを失っていない」

昏い右目が、ドロップ・ポータル構築を完了したナオトへと向けられる。

その瞬間、工場中で警報音が鳴り響いた。

『――二四〇〇万のランダムなアドレスに仮想兵器の転送準備を開始。完了まで五分――』

「なっ……！」

愕然と辺りを見回すナオトへ、トージョーはなにを驚くかと微笑する。

「いまの〈テイルズ〉では〈ウルヴズ〉を倒せない。だから徴兵するのだ。仮想兵器を送られた者のうち、何人が試したい衝動に勝てる？　そしてツケに気付き、逃げ道を探す。我々〈テイルズ〉が、その受け皿となってやるのだ。……新兵としてな」

「そんなことしたら、世界は大混乱になる。【六・二〇】を再現する気ですかっ！」

「まさしく。効果は実証済みだ」

ナオトが応じるまえに、アーロンが通信で叫んだ。

『ダメだ、逃げろ、ナオトくん！　戦っても勝ち目はない！』

だが、もし百人でもトージョーの思惑どおり動いたら？

その惨劇を、いま、未然に止められるのは、世界でただ一人だけ。

「……やはり、きみは平凡だ。異常といえるほど。グリッチャーよりも、遥かにな」

黒マフラーを鼻まで持ちあげるナオトを、トージョーはそう評した。

そして、あと五分で世界にカオスをばら撒く工場で、戦いが始まった。

十三章　若木と少女

——分析完了。〈理解〉に成功。転送待機中——


少女は、施設でもらったリンクデバイスでＶＲＳＮＳにログインしていた。

あのテロから二年。自分の名は検閲されたことで、〝消された少女〟という都市伝説のような存在となった。それもすぐ、時間と新たな事件に埋もれ、消えゆくだろう。

しかし、両親が死んだことも、世界中の人々に恨まれた傷も、消えはしない。

両親が〈蛇殺し〉ではなく自分を選んだせいで、多くの命が喪われた事実も。

少女は、ＶＲＳＮＳとグリッチャー・アプリに没頭した。この世界には殴ってもかまわない連中が大勢いた。少女はそいつらを痛めつけた。そうやって現実を忘れようとした。

その日も、聞きなれたアナウンスが響く中、ビルの狭間で詐欺師をめった打ちにしていた。だが、その日は特別だった。

二年で培われた勘が、気絶した詐欺師に蹴りを与えようとする彼女を振り返らせた。

「そいつも殺さないのか？」

　小道の数メートル先に、だれかが立っていた。スーツ姿の男？　暗くて容貌を掴めない。

しかし男の左目は、暗がりの中でも赤く輝いていた。

「いつもそうだ。痛めつけるが殺さない。それが仇となった。おまえが噛みついた者の中に中規模の電賊関係者がいた。だから、こうしてわたしに居場所が知られることとなった。

……もっとも、その半端さの理由はわかっているがな」

　電賊？　知ったことか。少女は獰猛な唸り声をあげた。

　男が近づいてくる。そして顔がわかる距離になると、彼女はポーチ窓から、かつて倒した悪党から奪った仮想拳銃を抜き、男の黒い右目と機械の左目のあいだを狙った。

「おまえは、あのときの……！」

「やはり見ていたか。そう、わたしはおまえの両親を殺した男――」

　銃声が轟く。彼我の距離は五メートル。素人でも当てられる距離だ。

　しかし弾丸は男の肩を掠め、ビル壁に当たって火花を散らしただけだった。

「おまえにわたしは殺せない。殺せない理由があるからだ」

　少女は撃つ。しかしいくら撃っても、男には当たらず、弾丸は壁や床を削ぐだけ。

　両手で握り直し、呼吸を整えて狙い直す。これなら外さない。仇を討てる。さあ！

「なん、で……」

　撃とうとする。しかし人差し指は、頑として彼女の意思を――人殺しを拒んでいた。

「それは記憶という呪縛」

男は諭すように言う。

「おまえの両親はいい教育をしたな。だが、その優しさと正しさが、いま、おまえを殺す」

男はポーチ窓から大型リボルバーを抜くと、少女に向ける。

殺される。父と母を殺した男に。仇を討てる武器が手元にあるというのに。

しかし、その時はこなかった。男は銃を構えたまま、何度も銃把を握り直していた。

やがて——。

「……くそっ」

バンバン。銃声が、少女の鼓膜と肩を震わせた。どこを撃たれた？

少女がそれを確かめる前に、上から自動小銃を持った女が降ってきて、そばのアスファルトに落ちて全身の骨を砕いた。しかしその前に、眉間への二連射が命を奪っていた。

とたん、ビル上から弾丸が地上へと降り注いだ。

「こい、ムカン・ササガニ！」

赤い粒子が少女を取り巻いたかと思うと、それは大きな赤い蜘蛛となる。蜘蛛は二本の脚で少女を捕まえると、卵を運ぶように腹下に抱いた。

その外殻と周囲のアスファルトに弾丸が降り注ぎ、火花の畑ができる。その中を、男はカットシステムの紫電を発しながらも駆け、少女を抱く蜘蛛と共に横手のビルの裏口ドアを体当たりで開き、従業員通路へ飛びこんだ。

蜘蛛に放され、少女は両手を床につける。

「なにが……」

「おまえが敵対した電賊どもだ。……これほど接近を許すとは、わたしも鈍ったな」

男は倒れながらもドアを蹴りつけて閉じると、蜘蛛がそれに向かって吠える。すると、ドアが勝手にロックされた。直後、外から恐ろしい力で殴られ、金属ドアがへこんだ。

「グリッチャーまで出してきたか。しかも多い」

男の声に喘鳴が混じっている。見れば、背広の右肩が血に染まり、リボルバーを握る右手からも血の筋が滴っていた。

男は、ドアと少女のあいだで血濡れのリボルバーを彷徨わせていた。

やがて、憎々しげな顔でリボルバーをドアに向けた。

「よく聞け。おまえの選択肢は二つだ。親の仇も取れず、だれにも必要とされず、ここで死ぬか。それとも、新たな自分を作りあげるかだ」

両親の仇の誘いに乗ることが、唯一の道？　皮肉だった。

仇討ちを阻むのも、男の言葉に乗る理由も、自殺しない理由も、すべて同じものだった。

──生きてという、両親が遺した願いだ。

「わ、わたしは、どうすればいい？」

「忘れるんだ。おまえを縛る記憶を。その魂を蝕む記憶を砕き、武器に打ち直す――」

男はすばやく反転して連射する。散弾はビル内の通路角から現れた武装集団の先頭の頭を破裂させ、残り三人を角の後ろへ下がらせた。

弾が尽きた瞬間、蜘蛛がその角へと走り、三つの絶叫を上げさせた。

そのあいだに男はリロードを行おうとしたが、背後で、ロックしたドアがぶち破られた。

男はリボルバーを捨て、殺到してくる悪漢と多様な怪物たちにナイフを構える。

その横を、深紅の獣が過ぎ去った。

獣は右前足に持つ緑大剣で巨人を真っ二つにし、鋭い緑爪で女を引き裂き、突き出した尾で男二人を串刺しにする。そして兜を被った頭部が大口を開け、衝撃波を吐いて生者と死者を向かいのビル壁ごと塵にした。

男は肩の銃創を抑えつつ、喉を反らせて咆哮する雌獅子、そして、瓦礫と血肉の塊を無感動に眺める少女を見た。

「……それが、おまえの応えなのだな？」

振り返る少女の顔から、感情は消えていた。記憶から解き放たれていた。

両親との思い出も、その死に様も、託された想いも失い、彼女は新たな生を得ていた。

死を顧みないという生を。

同型のリボルバーが咆哮を重ね、工場の大気を震わせる。

二人は牽制射を放ちつつ、横へ走る。ナオトはフロア中央にあった貨物箱の、トージョーは端で充電停止していた運搬ロボの陰に滑りこんだ。まるで鏡写しだ。

「その動き、マーリアのものをトレースしたのか？　──ならば」

突然、トージョーの身を隠していた運搬ロボが、折り畳んでいた鳥形四足を立てた。

【成長の青】ウィルスコード〈制御からの脱却・オーバードード〉」

人工筋肉と金属フレーム製の雄牛みたいなロボが突進をはじめる。ナオトは狙いをつけて撃つと、散弾はロボの右前足に当たり、薄い関節部カバーを破って巨体を傾かせた。

「やった！　……うそ、やってない！」

運搬ロボは、高度バランサーで踏みこたえた。そして、逃げるナオトを猛追してくる。

しかし活路を見つけた。頭上のキャットウォークへ続く、簡素なメンテ用階段。ナオトはそこを駆けあがる。その中腹に届いたところで、運搬ロボが大跳躍してきた。

左前足をナオトのすぐ後ろの階段にぶつけ、ロボは転げ落ちていく。チンケな階段をひしゃぐには十分な威力で、ナオトはバキバキと壊れゆく階段を必死にのぼった。

そしてキャットウォークにダイブしたとき、階段が崩壊した。下ではジャンプと落下で重傷を負った運搬ロボが横倒しになり、死にかけの虫みたいに足を動かしていた。

「あ、危なかった。──アーロンさん、仮想兵器の発信を止める方法は！」

（こいつは大がかりな計画だ。グリッチャーの力だけじゃ無理だから……きっと、その工場の仮想サーバーに実行させる気なんだろう。だが、きみにはハックできない）

「なら、どうやって──」

バシュッという空気音が聞こえると、そばの欄干に青い鉤爪が引っ掛かった。細いワイヤーが繋がっている。それがムカン・ササガニの鉤爪だと気付いた瞬間、手首部ワイヤーを巻きながらトージョーが飛翔してきて、ナオトの顔を膝蹴りで打った。

カットシステムの火花に目を塞がれながら逆の欄干に背を叩きつけられつつも、ナオトはリボルバーを撃とうとし──手をひっこめる。トージョーの背にしがみつくササガニが四本腕を霞ませ、逃げ遅れたリボルバーの銃身をバラバラにした。

Ｌ・Ｏ・Ｓ・Ｔ……それなら！

「Ｒ・Ｏ・Ｏ・Ｔ！」

突き出した左腕から白光の根がトージョーへと稲妻のように走り──。

「具体化解除」

すり抜けた。白光の根に嬲られながら、トージョーは呆れていた。

その顔が急激に引き締まり、リボルバーを持ちあげようとする。

白光に紛れて突撃していたナオトがナイフを振るう。赤熱刃は一歩下がったトージョーの鼻先を掠めるだけだったが、続く回し蹴りで、かれのリボルバーを欄干の向こうへ蹴り飛ばす。さらにナオトは突きを繰り出すが、同型ナイフに受け流された。

「マーリアにナイフ・ワークを教えたのはわたしだ。……そして、時間切れらしいぞ」

――管理者系コード〈理解〉失敗。再使用まで二十四時間以上――

L・O・S・Tを封殺している光の根が消滅すると、入れ替わりにトージョーの背で赤霧が湧き、大蜘蛛ムカン・ササガニが再臨、背中に再接続される。

「〈証明の渦・クアドラプル〉」

四本の蜘蛛脚が胸前で畳まれ、一斉解放。放たれた四重衝撃波がキャットウォークを無数の鉄片へと変えていった。

ナオトはコード発動寸前に欄干を飛び超え、下界へ落下していた。

床まで十メートルほど。消耗したカットシステムでも耐えられるだろう。しかし着地点へ、正面から運搬ロボが驀進してきていた。さきほどとは別機体。また乗っ取ったのだ！

宙のナオトの胸に運搬ロボの突進が激突。カットシステムが爆ぜる音にボキリという音が重なり、吹っ飛んだナオトは最奥区画の強化ガラス壁を背中でかち割った。

「くそっ！」

運転席でアーロンがハンドルを叩いた。

チーム間通信アプリ〈ウルラート〉がナオトのダメージを査定中だが、結果が出るより早く、後部席で眠るナオトが目や口から血を噴いてカンナに悲鳴をあげさせた。

「あ、アーロン！　日野くんが、血が……！」

「治療手順を送信する！　それに従ってくれ！」

カンナがデバイスを操作する。必死だが、個人にできる治療などたかが知れている。自分がログインするしかない。アーロンはどこか身を隠せる所はないか探し……。

正面の十字路左から、進路を塞ぐようにSUVが飛び出してきた。〈テイルズ〉だ。

「姿勢を低くしろ！」

横滑り防止システムを止めてハンドルを切り、ワゴンを横回転させる。アクセルとブレーキを交互に踏むと、SUVと横腹を見せあう形でワゴンは停止した。

アーロンはサブ・マシンガンをひっ掴み、サイド・ウィンドウ越しに連射する。しかしSUVの窓に白い亀裂が走るだけ。防弾仕様だ。こんどは短射で、こちらに面している前輪後輪をパンクさせた。たまらず、SUVは応射も戦闘員も吐き出すことなくバックをはじめる。そのうちにワゴンを旋回させ、SUVの鼻先を通り抜けた。

捕捉された。自分がログインするという手はもう使えない。それに、さっきからボスや幹部に通信しているのだが、なぜか、だれにも繋がらない。つまるところ——。

「ドン詰まりだな、こんちきしょう……！」

銃声。マシンの咆哮。コードの炸裂音。悲鳴。

マーリアは監督室の隅で両膝を抱き、座っていた。そんなマーリアに目もくれず、みんなが戦っている。真正面でお座りしている獅子剣士の双眸を除いて。

「……主の元へ行くべきでは？　かれがトージョーに勝てるとは思えません」

リオニは黙っている。対話機能がないから当然だ。自分に呆れ、後ろの壁に頭を当てた。

——なにをしているんだか。なにをしている？　なにをすればいい？

自分を評価してくれる組織を失った。両親の仇へ復讐心を燃やすための感情は、とうの昔に棄てた。消された少女。まさに、いまの自分にふさわしい名だ。

『ほんとにそう思ってる？』

子供っぽく、小生意気そうな声が、耳に滑り込んできた。リオニが、喋ったのだ。

『ほんとにそう思ってる？　あなた、ふてくされてるだけよ』

「……リオニ？　いや、ちがう。あなたは何者ですか？」

『マリアンジェラ・アレオッティ』

リオニ・アラディコは口端を広げ、笑みらしいものを形作る。

『この声、覚えてるでしょ。パパたちにメッセージを作るとき、何回も撮り直したもん』

「覚えているわけがない。わたしは記憶をL・O・S・Tした。失ったのです」

『嘘よ。パパたちの言葉、覚えてるよね？　……思い出させてもらったって方が正しい？』

——嘘はいけないよ。男女の優しい声が脳裏をよぎる。

「ちがう。だって。だって——」

『だって、あなたは、パパとママがどれだけわたしを愛してくれたか覚えてる』

リオニが歩み寄ってくる。マーリアはポーチ窓からすばやく予備拳銃を抜いた。

「あと一歩でも近づけば殺す！」

『あら。なにをしていいかわかんないのに、わたしを殺すことはできるの？』

「あたりまえだ！　堪えられないから忘れたんだ！　世界中の憎悪より、この先、二度とあの人たちに会えないという事実が、わたしにとって脅威だったんだ！」

『ふーん。でも、忘れてない？　L・O・S・Tは倒しても、時間で復元しちゃうよ？』

呑んだくれマイルズをからかったときと同じ調子でリオニは笑う。マーリアは拳銃をくるりと回すと、自分の右耳下に銃口を当てた。

『うん、それが正解。でも撃てる？　あの保護施設で、なんど試したっけ？』

見ていろ、悪魔め。マーリアは人差し指に力を込める。

引き金は重く、キキキと鳴きながら静かに動いていった。

「……お願い、やめて」

熱い雫が頬を伝う。自殺するには特異な覚悟が要る。マーリアにはそれがなかった。

『ダメだよ。それがパパとママの願いだから。生きて、正しい子になってほしいと』

「わたしにはなれない。正しいかどうか、わたしを評価してくれる人は、もういない」

リオニが近づいてくる。マーリアは拳銃を右手ごと落とし、首を振るしかできなかった。

『そうだね。でも、また振り返らせることはできる』

兜を被った頭が、マーリアの胸にこつんと当たる。

『わたしは世界の憎まれっ子。それが一人でも助けられたら、すごいことじゃない？』

一人。自分を破滅させ、再生させた少年……。

リオニが光の粒子となって、マーリアに吸い込まれていく。幸せな記憶と喪失感が溢れてくる。その総和が、これまでの行いを責め立てる。悲しみが、マーリアを襲った。

――全行程完了。管理者系コード〈理解〉を終了――

十四章　あらゆる壁を超えて

ナオトは肘をついて身体を起こそうとするも、顔から赤い雫が落ち、胸と腰にも激痛が走って倒れた。顔下半分に巻いたマフラーも、血でぐっしょりだ。

ここは、ドローン区画らしい。マシンアームが組み立てているのは、下半身が履帯で、上半身は重装甲のヒューマノイド型、両腕の肘先はガトリング銃の軍用だ。壁際には、完成品が十数機並んでいた。

そのうちの一機が起動し、頭部カメラでナオトを捕捉すると、履帯を動かして近づいてきた。ナオトはどうにか立つと、よろよろと逃げはじめた。

『終わりだ、ナオトくん』

ドローンの音声器からトージョーの声が聞こえたが、ナオトは振り返りもせず、逃げた。亀すら呆れそうな速度で。それが、トージョーの好奇心に触ったらしい。

『まだ諦めないか。試みに訊こう。なにが、きみをそうさせる？』

砕けたガラス壁から出ていこうとする。しかし縁につま先をひっかけて転び、悲鳴をあげた。それでもメインフロアの床を這う。ドローンが履帯を動かして追ってきた。

ドローンの音声器から嘆息が、両腕のガトリングから回転音が聞こえてきた。

『……まあいい。目標達成だ。両足を消し飛ばし、それから止血する』

二門の重火器が鉄と火を放つ。だが、撃たれたはずの足は痛くない。銃声もしない。

頭をあげると、自分を中心として弾丸が円状に床を砕いていた。

弾丸を受けて塵となる床片が、ナオトを守るように展開された不可視のドームを灰色に塗っていく。このドームが弾丸と銃声を――衝撃を逸らしていたのだ。

『慣性変更コード〈屈服させる闘志〉だと？　まさか……』

軍用ドローンの上に、大きな影が飛びかかる。その影――獣は右手の緑大剣でガトリング銃の右腕部を切り落とし、左前足の爪でもう片方のガトリングも握りつぶす。そして兜下から伸びる緑牙をドローンの頭頂に突き立て、頭をもぎとった。

「……リオニ？」

獅子剣士はドローンから降りると、〈屈服させる闘志〉を解除して咆哮を轟かせる。

「ひどい様ですね、ナオト。……もっとも、先のわたしよりはマシですが」

工場に、涼やかな声が響く。ついで、カツカツとヒールの音が近づいてきた。

黒いドレスとポニーテールの金髪を揺らし、モデルのように美女が歩いてきた。

マーリアはナオトの横に立つと、いつもの眠たげな目でナオトを見下ろした。

ワイヤー付き鉤爪が超高速で飛んでくるも、リオニが尾で打ち返す。

爪が引き戻され、メインフロアに戻っていたトージョーの背にある蜘蛛腕へ連結される。

「……L・O・S・Tを返還したのか？　いや、ナオトくんのことだ。返せるならとうに返していたはず。R・O・O・Tは、リオニ・アラディコになにかしていたのだな？」

そして師であり両親の仇は、右目を細めてマーリアと対峙した。

「見せてみろ、マーリア。おまえがR・O・O・Tから得たものを」

「得たものはない。ただ、取り戻しただけです。失ってはいけないものを、拾って、返してもらった。そして、どれほど大切なものなのかを教えてもらったのです」

それからマーリアは、ナオトをチラと見た。

「……ログアウトしろと言っても、しませんよね？」

「もちろん。置いてけないよ。友達だもん」

マーリアはひとつ微笑むと、敵に向かって前傾姿勢を取る。檻が開いた獣のように。


マーリアとトージョー。奪われた者と仇は、同じような顔付きで睨み合っていた。

「……兄弟。だから、わたしは言ったのだ」

トージョーは吐息交じりに呟くと、背のササガニが絶叫を放つ。すると、そこら中でマシンたちの呼応するような駆動音が聞こえ始めた。

トージョーのメインカラーは【力の赤】。しかしサブカラーの【成長の青】コードも同レベルで操る。中でも厄介なのが、BOTやマシンを手駒とするウィルス系コードだ。そして、ここには操れる武器が山ほどある。

さらに、あと二分で決着しなければ、世界中に仮想兵器が撒かれる。長期戦は、ない。

「さあ、どうするマーリア。わたしは地の利を得ているぞ?」

トージョーが片手を掲げると、そこら中から運搬ロボが集まり、マーリアを扇状に囲む。その手が振り下ろされると、ロボたちが包囲網を絞るように突貫してきた。自分を囲む敵意の群れ。まるで両親が死んだ直後のニュース・サイトのコメントだ。

だが、いまのマーリアには、それらを睥睨する気概があった。

――L・O・S・T領域と自我の接続、確認――

獅子剣士リオニ・アラディコが吠えると、その身体を赤の粒子へと崩した。

「具体化解除か？　いや、これは……」

トージョーの前で、マーリアのアバターがリオニの粒子を吸い込んでいく。

そして、マーリアは変わっていった。金髪は赤色となり、質感も、獣の毛皮のような高質さを帯びていく。変容に耐えきれず髪紐が千切れ、ばっと、髪が刺々しく広がった。その髪を掻きわけるように、頭頂から、第三、第四の獣の耳が伸びていく。

――自分は忘れることで逃げた。だが、かれは逃げなかった。だから、かれは強い。なら、それを参考にすればいい。

「うああああああああっ！」

マーリアが胸を反らして絶叫すると、アバター変化が爆発的に加速し、完了した。

トージョーは機械と生の目で、呆然と〝それ〟を眺めていた。

四足の獣だった。背を覆う刺々しい赤髪を逆立て、四肢は、腕こそ緑の爪が伸びた程度だが、両足は獣毛に覆われてネコ科骨格になっている。赤髪の隙間から覗く顔にはマーリアの面影が残っていたが、深紅に染まった瞳では瞳孔が縦に鋭くなり、長い緑尾を振りながら獲物を見定めている。ドレスの残骸を纏う、猛々しい獣だった。

運搬ロボの群れが、それを蹂躙しようと集まってくる。

マーリアは変形した両足を折り曲げ、太腿を膨らませた。

「シっ！」

足元の床が破裂した瞬間、彼女が消えた。つぎにロボたちが彼女を捕捉したのは、先陣の頭上で逆さまになっている姿だった。その右手に、具体化した緑大剣を握りしめ。

足裏から指向性衝撃波〈証明の渦〉が放たれ、マーリアが落雷となる。大剣に宿した【力の赤】コード〈戦意の震え〉による微細高速振動で運搬ロボの胴を串刺しにし、踏みつけると再度〈証明の渦〉を足裏から放ってロボを潰しつつ跳躍した。

ロボ群を越え、トージョー本人を強襲。トージョーは交差させた四つの蜘蛛腕で大剣を受ける。同じく〈戦意の震え〉を宿した蜘蛛脚と剣が噛みあい、火花を撒いた。

「L・O・S・Tとの同化。なるほど、それならコードの速度も精度も段違いになる。直感的に行えるわけだからな。……しかし、純粋なアップグレードとは言い難い」

蜘蛛腕を圧して大剣が顔に迫っているというのに、トージョーは冷静だった。

「グリッチャーが記憶をL・O・S・Tとし、自我と切り離すのには訳がある。たいがいが堪えがたい記憶だからだ。いまのおまえはどうだ？　理性を保てているか？」

トージョーはマーリアの内面を見抜いていた。力と共に、あの日に抱いた怒りが脳を焦がしている。獅子のごとき激怒が意識を支配しようとしている。

「……そんなものでは、到底、グリッチャー戦などできはしない」

トージョーの右手が横に伸ばされ、指がくいと曲げられる。すると右方面の区画からガラス壁を割り、ブーメラン形の小型飛行ドローンがジェットエンジンを噴いて飛んできた。

「っ！」

マーリアはバックステップするが、下に重機関銃を備えたチタン翼に胴をひっかけられ、カットシステムをスパークさせながらフロア端まで転がった。

その隙に運搬ロボたちがトージョーの前でスクラムを組み、襲いかかってきた。

「ぉぉおおおあアアアあああっ！」

左手の五爪を振り、〈証明の渦・エッジ〉を放つ。刃状の衝撃波は迫りくる運搬ロボ五機を破壊するが、その遺骸を踏み、続々と後続が襲ってくる。

「そのアバターもまずい。自身と異なる姿のアバターは、自我を損なう危険がある」

マーリアは運搬ロボの群れへ大剣を向け、螺旋状衝撃波コード〈力の標・ライド〉を実行し、自身を竜巻の鏃とする。トージョーへと一直線に走ったが、間のロボの数が多すぎた。人工筋肉と装甲の壁は厚く、〈力の標〉ごと群れの途上で止まってしまった。

機械片の吹雪の中、全周から運搬ロボが猛襲してくる。マーリアはロボの蹴足を剣で切り飛ばし、ワイヤー状マニピュレーターを爪で裂き、尾でタックルを弾き返す。

そのマシンの間隙からトージョーが見えたとき、マーリアは寒気に囚われた。かれの背でササガニが最前腕を伸ばし、頭上に戻ってきた飛行ドローンを捕らえていたのだ。

その翼下機関銃二挺をもぎ、上部二本の腕に接続していく。【成長の青】〈知の借用〉。他者のモジュールを奪ってコンバートを行い、自身の兵装とするコードだ。

マーリアはすぐ〈屈服させる闘志〉のバリアを展開するが、トージョーがさらなるコードを施しているのを見た瞬間、足元のロボの死骸を蹴りあげて左手で掴み、盾とした。

瞬間、同コード〈屈服させる闘志・バレル〉を付与した機関銃が絶叫した。発射ガスを追加砲身となった筒状慣性変更フィールドで収束させた銃撃は、数十発でこちらのバリアを停止させ、盾にした運搬ロボをスクラップへ変えていく。

マーリアは左手から〈証明の渦〉の衝撃波を放ち、盾にしていたロボを前方へふっ飛ばす。トージョーは弾幕を中断し、半身を下げてそのジャンク砲弾を避けた。

続いてマーリアは突撃しようとしたが、後ろから運搬ロボに蹴り倒された。

容赦なき攻撃が殺到した。マーリアは転がって頭を踏みつぶそうとするロボ脚を回避。〈証明の渦〉を放とうとした左腕が、横手から伸びてきたマニピュレーターに縛られる。そして正面の機体がマーリアを撥ね、ついにカットシステムを停止させて彼女は喀血した。

「……眠る時間だ、マーリア」

マーリアは雄叫びを返し、剣と尾で運搬ロボたちを薙ぎ払う。

そして、自らを傷つけるようにマシンの潮の中で暴風となった。

マーリアの暴走ともいうべき戦い方が、トージョーの注意を惹いている。

ナオトは胸を抑えていた。深く呼吸できない。右腰の感覚もおかしく、力が入らない。

霞みゆく意識の中で、ナオトは考えた。自分に、なにができるかを。

コード〈理解〉はもう使ってしまった。仮想兵器から技術を吸う〈追憶〉はあるが……

借りた拳銃もナイフも失くした。工場内には武器が沢山あるが、どれも新品だ。

それでも、どうにかしなければならない。しかし使用履歴のある武器など……。

——あった。いや、確信はないが、試す価値はある。

起きあがり、一歩を歩いた瞬間、右腰に激痛が走る。だが、ナオトは悲鳴をこらえた。

マーリアはロボの群れと戦っている。倒され、立ちあがって剣で斬り、突進を受けてよろめき、衝撃波で消し飛ばす。トージョーは動くこともなく彼女を圧倒していた。

格が違う。だが、弱点はある。

ナオトの移動に気付いていないこと――マーリアに執着しすぎていることだ。

「マーリアが、自分が不完全である、ただの象徴？　……うそつき」

そんなテストの問題みたいなモノに、あれほど固執するはずがない。

かれにとって、マーリアは、もっともっと大きなモノなのだ。

そこに希望がある。しかし、この苦痛を越えなければ、賭けの卓にもあがれない。

進む途中、先ほどのトージョーの問いを反芻した。『なにが、きみをそうさせる？』

答えは簡単。ナオトは、普通の人間だからだ。

この星に生息するどんな生命よりも狡く、貪欲な生物だからだ。

死ぬのは嫌だ。友達も失いたくない。悲劇も見たくない。

すべてを得たい。しかし、なにひとつ諦めたくない。

平凡な強欲を燃料として監督室に到着すると、制御盤に寄りかかった。眩暈がする。血圧も酸素も不足している脳は、この賭けに堪えられるか？　期待どおりの結果になるか？

「……イン・ボッカ・アル・ルーポ」

ナオトは呟くと、R・O・O・Tを宿した左手を制御盤に押し当てた。

マーリアはロボたちを延々と破壊し、鉄の屍山を築いていた。

それでも、トージョーにたどり着けない。自身を囲むロボも減らない。

L・O・S・Tとの融合は強力だが、リスクも大きかった。コードを即時発動できるが、それを処理するハードウェア——脳は変わらない。超過負荷域はとうに超えている。

ロボの激流の中で、獣耳がガトリングの駆動音を察知。右後方二〇メートル弱。軍用ドローンだ。大剣の腹で弾雨を受けるが、ショックで突き飛ばされ、背中を後ろの運搬ロボにぶつける。そいつが反応するまえに、振り向きざまの唐竹割りで叩き斬った。

切断面から左右に分かれていく運搬ロボ。その隙間から、青い鉤爪が飛んできた。マーリアは剣で弾こうとするが、鉤爪はワイヤーを大剣に絡ませた。

そのワイヤーを巻きつつ、トージョーが飛んでくる。

マーリアは大剣を手放して頭を下げる。トージョーは鎌のように曲げた蜘蛛の一肢で金髪を数本切ると、マーリアの頭上を越して後ろに着地した。

両者が振り返る。マーリアは右手を後ろに伸ばし、二つに分かれた運搬ロボの片方の前脚を握る。トージョーは大剣を彼方へ放るとワイヤーを巻いて鉤脚を再接続していた。

「うぅああアアアあっ！」

ゴウと、半分になったロボが縦半弧を描いてトージョーの頭に振り下ろされるが、ササガニの四本腕に解体された。その蜘蛛脚の右二つがマーリアの左太腿と脇腹を突き刺し、体勢を崩させる。マーリアは突いた左膝を支点に横回転し、尾でトージョーの足を払おうとするが、跳躍で避けられ、おまけに上側脚二つに両肩を刺され、右膝まで突かされた。

トージョーの右目は、マーリアと対照的に冷ややかだった。

「二面戦争は避けろと教えたはずだ。まして、わたしと戦いながら過去と闘うなど」

トージョーのいうとおりだった。戦っているあいだ、両親との思い出、そして暗殺者として過ごしてきた記憶が、心から血を流させていた。

『仮想兵器の転送まで、残り一分。五十九、五十八、五十七——』

「おまえにわたしは殺せない。収まらないだろうが……救いもある」

機械音声のカウントの中で、トージョーは口調を僅かに和らげた。

「わたしには目的がある。しかしその途中で、わたしも早々に死ぬだろう」

「なら、あなたは……」

黙るトージョーのかわりに、背で大蜘蛛ムカン・ササガニが顎肢を鳴らし、トージョーの胸前でクロスさせている四脚を締める。まるで、かれを絞め殺そうとするように。

ムカン・ササガニは、リオニよりもはるかに強い。それにモチーフは蜘蛛——家を紡ぐ者だ。トージョーは両親を殺し、ヤクザを殺し、〈ウルヴズ〉にも牙を剥いた。その歩んできた道の暗さだけ強い。だから、トージョーは強い。

だからマーリアの両親を殺せた。だから、いま、このようなテロを起こせる。

『四十二、四十一、四十——緊急連絡。軍用ドローン、アサルト・フォートの起動開始』

「なんだと？」

だから、かれの計画にはいつも立ちはだかるものがある。人の、意思だ。


ここはVRSNS。工場だって、オブジェクトだ。

そしていくらオート化工場といえども、メンテナンスや設定を組むのは人間だ。

——管理者系コード〈追憶〉完了——

監督室の制御盤に左手を当てると、設計者や監督の操作記録をインストールできた。パスワードにテスト方法、目標設定……。それで、軍用ドローンを四つ起動させた。

たった四機。もっと用意するべきだろうが、つぎの予定があるし、十分だろう。

彼女は、けっして隙を逃さないから。

マーリアの獣耳は、遠くの区画から新たに軍用ドローン四機が起動するのを聞き逃さなかった。ウィルス系コード〈制御からの脱却〉による起動ではないと確信していた。

戦っているあいだ、ナオトが必死に監督室へ向かっているのに気付いていたからだ。

フロアに出てきたドローン四機が横列を作り、ガトリング銃をトージョーへ構える。

「ナオトかっ！」

ガトリング銃が一斉放火を開始。トージョーは蜘蛛脚を翻して弾幕を跳ね返すが、対弾マクロの限界に達すると判断し、周囲の運搬ロボたちを前に立たせて壁とする。ロボの壁もみるみる崩壊していくが、そのうちに〈屈服させる闘志〉の慣性変更ドームを形成した。

懐へもぐりこんだ、マーリアを内包して。

突き出された緑大剣をナイフの柄で受け流そうとするが、砕け、切っ先が肩口に当たる。カットシステムは一撃で停止し、左腕の付け根を深く斬り裂いた。

「まだだっ！　おれはまだ終われないっ！」

トージョーが吠え、マーリアの顎を蹴りあげる。竿立ちになった彼女の胴へさらに前蹴りを加えて倒すと、慣性変更ドームを解除。ムカン・ササガニが絶叫をあげてウィルス系コード〈制御からの脱却〉を放ち、ドローン四機を攪乱・停止させた。

そして右腕でポーチ窓から予備拳銃を抜き、剣を杖に立とうとするマーリアを狙った。

「おまえが立ちはだかるなら、おれは、おまえを殺してみせる！」

黒い隻眼と、青の双眸が視線を交錯させる。

銃声が響いた。

ムカン・ササガニが対飛翔体マクロを起動させ、横から飛んできた散弾を四本足で弾き返す。トージョーが銃声のほうを見ると、マシンの残骸の中で再びマズルフラッシュが輝き、ササガニが防御した。

ナオトは、トージョーが落としたリボルバーを輝く左手で握り、伏射姿勢でまた撃った。何発撃とうがササガニの前には無力だ。しかし、それは決定的な要素となった。

トージョーの相手は、何度コケようが、隙をついて食らいつく。そう教わったから。

全身の傷から血を流しつつも、マーリアは立ちあがり、緑大剣を小脇に構え直していた。

そして、刺突から螺旋状衝撃波コード〈力の標・デュアル〉が発動した。

二重螺旋衝撃波が慣性変更ドームを内部から突き破ると、ロボや残骸を巻き取って無数の鉄刃としつつ、トージョーを掻っ攫う。その威力は奥の区画のガラス壁を砕くに留まらず、工場外壁にも大穴を開け、施設を震わせてパイプや通路の破片を雨と降らせた。

破壊の嵐が過ぎたあと、マーリアはぺたんとその場で座ってしまった。

『二十七、二十六、二十五……工場システム、リブート。全作業を中断します』

終幕を告げるように、工場から音が消えた。

『リブート、完了。全作業をマニュアルで再開させてください』

ナオトはマフラーを下げて立ちあがると、、マシンの残骸の中でアヒル座りになっている獣人娘のほうへ急いだ。

マーリアが振り返ると、獣の目で微笑（ほほえ）みを作った。

「助かりました。……仮想兵器の発信は、止められたのですね？」

「う、うん。でも、あれは……」

そこへ、アーロンからの通信が開かれた。

『やったな、おい！〈テイルズ〉の現実攻撃チームが引きあげてったぞ！』

『それより、二人ともすぐログアウトして！　バイタルがめちゃくちゃよ！』

割り込んできたカンナの怒声に、アーロンも『そ、そうだな』と興奮を抑えた。

『やっとボスと連絡がついた。〈ウルヴズ〉の支援がくるから、はやくログアウトを――』

「いえ。まだ仕事が残っています」

マーリアは通信を切ると、アバター形態を金髪の女性へ戻す。それから、ナオトの左手からそっとトージョーのリボルバーを取った。その残弾を確認し、ナオトに振り返る。

「肩を貸してくれませんか？　……わたしも、まだ一人では歩けないようです」

「うん」

ナオトは右肩でマーリアを支えると、行き先を聞くまえに歩きはじめた。コード〈力の標〉が作った床の大溝をたどり、壁穴の方へと。

外壁穴を潜ると、工場は〈ウルヴズ〉襲撃地点からそう遠くない場所だとわかった。山腹を掘って作ったらしい。入口は林に隠れ、山裾に蟠る朝霧が視界を一層に悪くしていた。

「……そうだ。各員、予定した手順で撤収。現実部隊にも連絡しろ」

声と石畳に点いた血を追って歩いていくと、大量の無人トラックが停まる駐車場に出た。

その一台のタイヤに、トージョーは背を預けて座っていた。

凄惨な姿だった。胸に無数の鉄片が刺さり、左腕は肘から先が消し飛んでいる。

トージョーは二人に気付いたが、通信を続けていた。

「これまでの記録は抹消しろ。集合し、命令を待て。――以上だ」

通信を終えると、トージョーは二人へ言った。

「安心しろ。ただの撤退指示だ」

「ですが、あなたは逃げられない」

「しかり。おまえたちは勝利し、わたしは敗北した」

そこで初めてトージョーは切断された左腕をチラと見て、細く息を吐いた。

「さて、マーリア。この出血だ。急がねば、時間に仇を奪われるぞ？」

マーリアは右手のリボルバーの照門越しに、トージョーをジッと見つめる。

ナオトは口を開き、そして閉じる。その閉じた口が、笑みを作った。

マーリアが、拳銃を下げたのだ。

「わたしはあなたを許せませんが、殺しません」

「……この数年で情が芽生えたというのなら、最低の弟子だと評価するしかない。わたしが生き延びたら？　ふたたびナオトくんを狙う。そんなこともわからんのか」

「そんなことは関係ありません」

トージョーの叱責を、マーリアは叩き切る。

「もちろん、わたしの料理で貸家が爆破し、助けにきたあなたが大火傷した過去も。職務質問されたとき、あなたが殺し屋だとわたしが答えたせいでカーチェイスになり、あなたがわたしを庇って胸の骨を折ったことも、関係ありません」

「……猪狩りへ連れていったとき、わたしの顔のそばで銃を撃って鼓膜を破ったことが抜けているぞ。それも関係ないはずだ」

二人がしばし口を閉じ、見つめ合う。〝関係ない過去〟を噛みしめるように。

トージョーは吐息を漏らすと、頭上を仰いだ。

「ストックホルム症候群でないなら、わたしを殺さない理由はなんだ？」

「あなただけではない。わたしはもう二度と、人を殺しません」

力強く言うと、マーリアはナオトを横目で見る。

「わたしは電賊を抜ける。正しい人になる。その正誤は、電賊ではなく、ほんとうのわたしを見てくれる人に決めてもらう。天国のパパとママ、ナオトのような人に」

マーリアが、傷ついた身体をナオトに預ける。ケガをして、おまけに身長で負けているので大変だったが、それでもナオトは支えた。

「……そしてわたしのために火傷し、骨折し、鼓膜を破った人に」

その言葉は、孤高の暗殺者から、不器用ながら父であろうとした男の顔を引きだした。

しかしトージョーはすぐに、その顔を無表情で覆い隠した。

「記憶と感情が復旧しても、増幅した精神欲求は戻らんらしいな。……だが、難しいぞ？」

「生きることは困難です。死ぬことよりも、ずっと」

「……そのとおりだな」

トージョーは両足に力をこめ、立ちあがる。そして、二人に背を向けて歩きはじめた。

「どこへ行くつもりですか？」

「言ったはずだ。わたしは生きている限り、役目を全うせねばならん」

そして、トージョーは朝霧の向こうへと消えていった。

「わかりません」

トージョーが去ったあと、マーリアがぽつりと言った。

「かれは、わたしを撃てた。しかし撃たなかった。理由はわかります。〝子供の無念〟。かれは子供を殺せない。それを超えようと、自分に言い聞かせていた。でも、できなかった。

──では、なぜ、仮想兵器発信を？　多くの子供が巻き込まれるはずでした」

「……嘘だった。工場の制御にアクセスしたとき、わかった。あれは嘘だった」

「嘘、とは？」

「音声再生だけだった。あの人にテロを起こす気なんか、なかったんだ」

「それなら、どうして、六年前にわたしの両親を？　あれでも多くの子供が死にました」

ナオトは首を振る。そこまではわからない。ただ、トージョーは傷つき、疲れ果てていた。ずっと。弱った人の心を汲み取れる、ナオトの感覚にひっかかるほどに。

なにが、かれを傷つけた？　なにが、それでもかれを動かしている？

「おれもわからない。世の中、わからないことだらけだ。……でもさ」

仮想の太陽が、東の山裾を超えて朝日を向けてきた。わだかまっていた霧が黄金色に染まり、輝く風となる。綺麗だった。とても、綺麗だった。

惨い戦いと、その戦場を包む美しい光風。仮想も現実も、こんな感じに混濁している気がする。善悪も。嘘も真実も。壁を超えて。

そう。ナオトに断言できることは少ない。だから、その少ない真実を口にした。

「おれ、マーリアとまたお話できてよかった」

「わたしもです、ナオト」

二人はポータルが完成するまで、幻想的で暴力的な景色を一緒に眺めていた。

十五章　始まりと終わりの昼夜

悲しくて、苦しくて、痛くて、不安で、混乱している。でも、自分は勝った。

ナオトは、山林の斜面にある墓地の、二つの白い十字架を眺めて、そう確信した。

長いあいだ墓参者がいなかったらしい。しかも心ない人に蹴られたらしく、十字架の端が折れている。だが十字架も墓石も、最近、だれかに磨かれ、綺麗な花も供えられていた。

ナオトは仮想負傷を負った身体を、松葉杖とカンナに支えてもらいながら、それを——マーリアの両親であるアレオッティ夫妻の墓を見下ろしていた。

すこし先に、だれかがきたらしい。かれらの善心と愛を知る者が。

「……入れ違い、ね。残念ね、日野くん。最後にお話したかったでしょ？」

「はい。でも、元気ならそれでいいです」

ナオトたちは振り返り、山裾にある港町と、その向こうに広がる青々とした海を眺めた。

ここは、現実のイタリア。

ナオトとカンナは、〈ウルヴズ〉に身柄を抑えられていた。アーロンは仲間だったが、一時的なものだ。〈ウルヴズ〉もR・O・Tを狙っていた。それは変わらなかった。

だからトージョーが敗北すると、現実の本拠に連れてこられたのだ。

ナオトはもう一人前のグリッチャーだ。抵抗手段はいくらでも思い浮かぶ。

しかし抵抗しないかわりに、〝契約〟をかわした。

「終わったかね？」

石畳と芝生を踏み、胡麻塩頭の知的そうな男性がやってきた。

「我々は約束を守った。これが、その証明になるといいのだが――」

「あのねー、アタシも手伝ったんだよー。ねー、フィルマンさーん？」

フィルマンという男性の後ろから、少女がぴょこんと顔を出し、ナオトとカンナを仰け反らせる。あの愛らしく暴力的な女の子――リンカだ。

包帯を巻かれた左腕はだらりと下げられているが、やはり爛漫の笑顔を咲かせていた。

「……おい、リンカ。外で待っていろといったはずだ」

「だって護衛だしー、いつ〈テイルズ〉とトージョーさんが湧くかわかんないしー」

フィルマンとリンカの言い合いの隙間をどうにか見つけ、ナオトは訊いた。

「あ、あの、その、マーリアは？」

「んー、そーだねー、向かった空港と時間からして――ぐむっ」

フィルマンが、すばやくリンカの口を手で抑える。

「我々はきみの望みを叶えた。お嬢は〈ウルヴズ〉から抜けた。あとのことは、わたしたちも知らない。この世には、知らないほうがいい情報もある」

「……そうね。そのとおりだわ」

カンナがどこか痛そうな顔で言い、ナオトもうなずいた。

マーリアは二度と人を殺さないと誓ったが、これまでの仇(かたき)たちが彼女の〈ウルヴズ〉脱退を知れば、どうなるか。だれも行き先を知らないほうが安全だ。

「お嬢の件は片付いた。こんどは、きみたちが約束を守る番だ」

「わかってるわ」

ナオトの身を松葉杖(まつばづえ)に任せ、カンナがずいと前に出る。

「わたしたちは、新規のグリッチャー組織になる。組織名は〈ルーターズ〉」

「そのとおり。おれたち〈ウルヴズ・ファミリー〉の下請けだ」

「下請け？　バカ言わないで。業界では伝説の暗殺者の反乱を退けたことになってるけど、実際のあなたたちは弱り切ってる。トージョーと〈テイルズ〉を喪失。一発逆転のR・O・O・Tは？　プランターの日野(ひの)くんしか扱えないわ」

フィルマンが口を噤(つぐ)み、リンカも「お姉さん、なんか、すっごーい」と目を丸くする。

ナオトもその勢いにすこし引いたが、ここは、ハッキリさせなければならない所だ。

「おれたち〈ルーターズ〉は電賊じゃない。世界には、おれやマーリアみたいに、グリッチャーとなって裏社会に巻き込まれてる人たちがいる。それを助けるのが目的です。――だれも殺さず、だれも死なせずに」

それが、ナオトの答えだった。生き死にの世界なんて大嫌いだ。しかし、知ってしまった。世界の裏側で、悲しみ苦しんでいる人がいることを。

そして、自分次第では、その人たちを、誰一人死なせることなく救えると。

その可能性を無視して生きるには、ＶＲＳＮＳに覆われた地球は狭すぎる。

「……ああ。ボスも承知だ。きみたちの活動は他電賊のグリッチャー・リクルートの妨害になる。だから、きみたち向けの情報を送るし、資産も提供する。いま、ミドウ市でパイプ役のアーロンがきみたちの拠点構築をしている。来月には完成するだろう」

「ええー、アーロンさん、日本に残るのー？　いいなー、アタシもいきたいー」

フィルマンはリンカの顔を手で押しのけつつ、ナオトとカンナを見回す。

「だから〈ルーターズ〉稼働は一ヵ月後。それまで、二人にはここで訓練を受けてもらう」

「い、一ヵ月、ですか？　ええと、学校とかに連絡は――」

「なしだ。〈ウルヴズ〉と〈ルーターズ〉の関係は漏らしたくない。もちろん、きみたちの失踪は行方不明事件となるが……そちらで処理するように。闇に生きるのもいい。完璧な偽装工作を行い、学生に戻るのもいい。――そこは、オペレーターの腕次第だな」

「……やってやろうじゃない。完璧な嘘を作って、学校に戻ってやるわ」

――なんだか、フィルマンさんって勝気な女性に慣れている気がするなぁ。

しかし、ナオトもカンナと同意見だった。学校に戻って、勉強して、クラスメイトとお話したい。少し前までは遠い夢だったもの。一度は手にしたそれを、諦める気はない。

「ねーねー、お話、終わった？　もう行かなーい？　アタシ、喉乾いたー」

「……リンカ、一分ほど黙っていてくれないか？」

「けどさー、ほんとにトージョーさんがきたら、いまのアタシじゃ守りきれないよー？」

「その心配はない。〈テイルズ〉もトージョーも、二度と現れることはない」

「「えっ？」」

ナオトとカンナが首を傾げ、リンカもきょとんとする。

フィルマンは、少年少女に肩をすくめてみせた。

「ボス・フォルナーラがそう言ったのだ」

「……きっと、その理由も知らないほうがいい情報なんでしょうね」

「呑み込みが早いな。おそらく、そのとおりだ。じつは、おれも知らされていない」

トージョーは消えるまえに言った。目的があると。しかしボス・フォルナーラは襲撃の恐れはないと言う。かれは、死んだのか？

それにどうして、R・O・O・T奪取と並行してクロエ社役員を殺していた？

……たぶん、これも知るべきではない情報なのだろう。

「我々は、伝説の暗殺者に裏切られたが、それを退けた。先代亡きあとも、その矜持と力は健在だと業界に示せた。そしてきみたちは、お嬢をこの業界から救い、〈ルーターズ〉

を創設したことで、我々との敵対も避けた。大団円だな」

フィルマンのいうとおりだ。自分は勝った。そして電賊にならず、マーリアも電賊を抜けた。それだけわかっていれば、いいのだ。

「……しかし、ほんとうに〈ウルヴズ〉に入らないのか？　これはオフレコだが、〈ルーターズ〉の価値が思ったほどでなかった場合、ボスは容赦なくきみたちを切るぞ？」

「はい。だって、マーリアを脱退させたのに、そのおれが入ったら変じゃないですか」

フィルマンは難しい顔をしたが、ナオトの微苦笑を見ると、説得を諦めた。

「さーさー、お話終わった？　なら、もう行こ？　アタシ、お腹も空いてきたー」

ついにリンカが、上司であろうフィルマンと、松葉杖をつくナオト、運動神経がよろしくないカンナを一列にし、三人が転びそうな力でグイグイと押して園外の車へ向かう。

——自分の行く末を想像すると、怖くないといえば嘘になる。

しかしナオトは、どこかで新たな人生を歩む少女を想うと、すこしだけ勇気が湧いた。

一年前

リヴィオ・ピアッツェラは、午前三時なのに、館の書斎でウィスキーを呷っていた。

静かな夜だった。L・O・S・Tに〝安らぎ〟を喰われたくせに、ティレニア海の潮騒にひとり耳を傾けている様は、とても心地よさそうだ。

その酔眼が、潮風に揺れるカーテンへと向けられる。

「入ってこいよ、兄弟。一杯やらないか？」

テラスの闇から人影が現れる。衣装の上下から戦術ベストまで真っ黒だ。目立つのは、たまにセンサーを起動させて赤く光る左の機械眼と、黒髪に混ざりはじめた白髪くらいか。

だが、ここまで隠密用意する必要はなかった。館の各種ディテクターの配置は熟知しているし、今夜、護衛や使用人だけでなく、家族も出払っていることも調査済みだ。

だから、右手に握るサプレッサー付き拳銃一挺だけで足りる仕事だった。

「……おれがくるのをわかっていたのか？」

「待ちくたびれたくらいだぜ。だから、ほら、人払いまで済ませてる」

「ああ、遅すぎた。もっとはやく、こうするべきだった」

拳銃を向けると、リヴィオは面倒くさそうにグラスを置いて両手をあげる。

その余裕が、暗殺者の勘に障った。トージョーの警戒に気付き、リヴィオは嗤う。

「あいかわらず頭の巡りが悪いな、兄弟。おれが、なにも手を打っていないと思ってきたのか？　おまえの変化に気付かなかったとでも？」

「変わったのはおまえだ、リヴィオ」

暗殺者の口から、怒りと悲しみに熱せられた声が漏れる。

「クロエ社と裏取引を始めてから、おまえは変わった。資金援助を受け、〈狼の血〉をもらい、魂を売った。いまのおまえはクロエ社の駒だ。おれになにをさせた？　マリアンジェラを——子供を、どうして殺させようとした？」

「だから、おまえは道具なんだよ、兄弟」

酷薄な笑みを浮かべるリヴィオ。

「ライフシェル社の研究はアメリカ政府との共同だったからな。先に開発されれば、テロ被害者の命が狡猾な役人どもの手に落ちる。だが、クロエ社なら、迅速に治療薬を配信できる……こんなチャチな嘘で動いてくれた。——ああ、すべてが嘘じゃなかったな。ちょっとしたトラブルで、治療薬の配信が予定より二年ばかり遅れただけだ」

「その二年で、何人が犠牲になったと思っている？」

「そのおかげで、〈ウルヴズ〉がどれほどの力を得たと思う！」

デスクに両手を叩きつけ、リヴィオが喚き散らす。

「いつまでエセ倫理にしがみ付いてる、兄弟！　いずれガキ共も下の毛が生え揃い、おまえのマトになる！　お嬢だってそうだ！　おれたちはマフィアで、慈善団体じゃないんだぞ！　おまえも、薄汚い殺し屋でヒーローなんかじゃない！」

「夢はどうした。矜持（きょうじ）のあるマフィアという夢は？」

「……ああ、認めるよ。おれも手放したくなかったさ。でも、現実は？　これだ」

リヴィオは疲れた笑みと両手を広げる。高級に着飾っているが、目は激情と無力感の間を行き来し、その下には青黒いクマが浮かんでいる。その全身から無数の操り糸が伸びているのをトージョーは幻視し、悲しみのままに、拳銃を持つ右手を下ろした。

いまのリヴィオの姿こそ、〈ウルヴズ〉の正体だった。

——世界的犯罪組織に勝った理由は？　慈善団体援助会のときに出会った大企業クロエ・アンド・カンパニーから裏で金銭支援を受け、それを元手に敵の市場を奪ったからだ。

——グリッチャーたちが連合を組み、襲いかかったときは？　クロエ社が体内ナノマシン治療を軍事転用するための試作アプリ〈狼の血〉を供給したからだ。

そう。ファミリーにも秘密だが、リヴィオにはクロエ社という後ろ盾がある。

その値段は、リヴィオの夢だった。

リヴィオは鼻息を漏らすと、のろのろと両手をあげ直した。

「VRSNSは時を加速させた。マフィアは腐るのが必然なら、おれが腐るのも当然か。でも、かわりに力を得た。おまえもプラチドも知らない、絶対的な力——〈安全器〉だよ」

「……〈安全器〉？」

「おれとクロエ社が、掟（おきて）だけで〈ウルヴズ〉を縛れると考えるとでも？　おまえたちが投与した〈狼の血〉には、〈安全器〉が仕込んである。発動すると、致死性のストレス障害を起こす。つまり、おれはボタン一つで裏切者を殺せるわけだ」

「では、〈テイルズ〉に移動した者たちは……」

「運がいい連中だよ。VRSNSで治療法を探し、なんとかクロエ社にたどり着いた。そして自分たちを呪った相手だと知らずにセラピー――洗脳を受け、ヤツらの犬になった。まるで売人に縋る中毒者だ。……だがな、兄弟。おまえは危険だ。ここで始末する」

トージョーは内心で己を罵った。会話のあいだ、リヴィオは手を何回も動かした。左手首にリンクデバイスを巻いた手を。そして、いま、自分は拳銃を下ろしている。

偉大なる男が笑顔で、伝説の暗殺者が仏頂面で、デスクを挟んで睨み合う。

「……懐かしいな、ええ？　あのときの続きだよ、覚えてるか？」

「ああ。そしておまえは、また負ける。あのときもおれのほうが速かった」

「そいつはどうかな？」

リヴィオがシークレット・ウィンドウを操作し、トージョーは腰だめに二発撃った。

二つの弾丸がリヴィオに当たり、椅子を巻き込むようにデスク裏へ倒す。トージョーは右手で拳銃を構えたまま、左手で頭を抑えた。

――〈安全器〉とやらの効果か？　ひどい吐き気と悪寒だ。拳銃を持つ右手が震えた。

しかし、肉体は暗殺者の仕事を覚えていた。中腰になって反撃に備えつつ、目前に拳銃を持ちあげ、デスクを回りこむ。そして、先の二連速射の結果を確認した。

リヴィオは一発目で右肺を、二発目で喉元を撃ち抜かれていた。シルクシャツに赤い染みが広がり、口からは血と細い息が漏れている。

ここが病院でも、まず助からない傷だ。だが意識はあった。

「マジ、かよ、兄弟？　現役のときより、速くなったんじゃ、ねえか……？」

「おまえが肥りすぎたんだ。肉体も、魂も」

あの〈安全器〉とやらは、まにあわなかったらしい。この吐き気は天然のストレスだ。

とどめを刺そうと眉間を狙うと、その眉間が左右にぶれた。

「頭は、よせ。フォーラに、おれのグリッチャー・アプリを、移してやりたい。あいつ、グリッチャーのお嬢に、いつも嫉妬、してたからさ」

「二分は苦しむぞ。心臓を撃つか？」

「いや、いい。おまえの言葉、エントロピーだ。自由と、責任の、エントロピー……」

リヴィオが噎せて血を吐く。その血が呼吸を封じ、溺死の苦しみに喉を掻きはじめた。

トージョーは身体を横にして血を吐かせようとしたが、リヴィオはそれも拒否した。

リヴィオはもがき、苦しみ、四肢を突っ張り、痙攣し、やがて、最期の息を漏らした。

電賊界の伝説であり、兄弟だった男は死んだ。腐りきり、苦しみきって死んだ。

それを確認すると、トージョーは痒くもない首裏を掻き、発する言葉もないのに口を開閉させた。あてどもなく、あたりを見回した。

その目が、デスクの据置端末を捉えた。困窮したリヴィオとクロエ社を結んだものだ。

トージョーは拳銃でその端末を撃った。連射した。

そのうち腹で暴れていたものが、怒号となって吐き出された。

狼(おおかみ)の遠吠(とおぼ)えだった。兄弟を探す声だった。だが応えはない。ヤツは責任を取った。

それなら、自分の責任は？　自分はなんだ？　弾切れの拳銃を下ろし、考える。

――おれは道具だ。ヤツの夢を叶(かな)える刃(やいば)だ。

トージョーはリヴィオの死体からリンクデバイスを外すと、懐へ入れる。

リヴィオは、次のボスにフォルナーラを推していた。しかしクロエ社は若い彼女を飛び越し、自分とプラチドに交渉するだろう。そして最終的に、どちらかをボスに据える。

……ここで死ぬつもりだったが、まだ仕事が残っているらしい。

偉大なる男の夢を叶えること。そして、責任を果たすこと。

一匹狼(いっぴきおおかみ)は、破壊と死体を残して闇に消えた。暗い暗い、闇の中へと。

エピローグ　あなたを運命の下に

七月末。VRSNSにも夏の気配が訪れていた。

香港第三エリアの繁華街は、証券取引所の隣に占い屋があるような無節操さで、混沌とした活気がある。人も、観光客とVRワーキングのサラリーマンが混ざりあっていた。

その中に、小柄な人物が混ざっていた。薄手パーカーのフードを被っていて、黒のマフラーで鼻まで覆っている。ゆいいつ露出している黒い双眸はとても真剣だった。

その目が、通りに連なる軒の向こうに、超高層ビルを捉える。

日野ナオトは、シークレット・ウィンドウで通信を開く。すると、手元の端末に指を踊らせる寿カンナが映し出された。

「チーム間通信〈ウルラート〉チェック。部長、ビルを目視しました」

『全感度良好。オーケーよ。一ヵ月ぶりのVRSNSはどう？』

「う、うーん。とくに、なにも感じないですね」

『ほんと？　わたしなんか、ずうっとVRSNS中毒の発作が起きそうだったわ』

この一ヵ月間。秘匿のためにログインを〈ウルヴズ〉から禁じられていたが、さして苦ではなかった。というより、地獄の訓練・勉強漬けで、思い出す暇もなかった。

『あと、日野くん。カンナでいいわよ。もう部活じゃないんだから。わたしたちは――』

「〈ルーターズ〉」

ナオトとカンナは、二人して微笑む。

この一ヵ月。〈ウルヴズ〉の現実本拠で鍛えられた二人は、立派なグリッチャー組織の卵となっていた。だれも殺さず、だれにも殺されず、人を助ける組織。

今日、それが孵る時だ。

「ところで、カンナさん。今日の任務を終えたら日本に帰るんですよね？……おれたちが行方不明になってるニュース見ましたけど、平気ですかね？」

『もちろん。準備は整ってるわ。……といっても、けっこうな数の偽装を継続しなければいけないけどね』

カンナは凝った首を回す。

『わたしたちの行方不明だけでなく、あの事件の痕跡はたくさんあるから。ナオトくんのクラスメイトの羽場マイコは、あの日のことを夢だと思っているらしいけど、それが悪夢になって遠い病院に入院することになったし、それに――』

「マーリアもいなくなった」

『……ええ。だから、えっと、そのへんは、〈ウルヴズ〉と口裏を合わせなきゃダメね』

ナオトは口元を隠している黒マフラーに触れる。

マーリア。その名は、いつまで経っても胸を抉った。

彼女は社会に戻った。電賊の関係者が会ってはダメだ。探してはいけない。

この一ヵ月で、何百回、この呪文を唱えたことか。

『日野くん、集中して。今日は〈ルーターズ〉の一歩目。〈ウルヴズ〉も、わたしたちを値踏みしている』

ナオトを叱咤するように、カンナは強い口調で言う。

『今回の対象はグリッチャー化したばかり。混乱し、攻撃的になっていて、電賊〈オセロメー〉のメンバーを傷つけた。ヤツらが報復するまえに説得しなきゃ、殺されるわ』

そして説得が失敗して戦いになれば、自分が対象に殺されかねない。

生きるか死ぬかの、昏い世界。

しかし自分次第でだれもが死なず、そして自分は、なんでもできるグリッチャーだ。

「そうですね。わかりました」

『ええ。それじゃ、わたしは監視に回る。そっちも隠れて監視できるところを探して。〈ウルヴズ〉の情報によれば、対象はいつも正面の高層ビル屋上にログインするけど、そのまえに知り合いに見つかって大騒ぎになったら目も当てられないわ』

「あはは。そこまで不運じゃないと思いますけど、了解です」

しかし、そのときのナオトは甘く見ていた。ＶＲＳＮＳを。

かれは通りで、ゆいいつ、高層ビルを監視できる位置のリード店舗を探し当てた。飲食店系で、通りに面した席で窓から見張っていれば、対象のログイン光柱を見逃さないだろう。ナオトは店の入口でリード表を出し、長居ができる飲食店を条件に検索し、嗜好(しこう)を読み取ったリード機能が一番上に表示した店をクリックする。

選ばれたレトロなカフェのドアを潜る(くぐる)と、店員BOTが挨拶してきた。

「いらっしゃいませ。お好きな席へどうぞ」

店内は木製の家具と内装で統一され、席は二十以上あるものの、客はいない。店員もBOTだけ。静かで清潔。当然だが、ナオト好みだ。

しかし、ビルを監視できそうな角度にある四人テーブルに、ひとりだけ客が座っているのを見て、眉をひそめた。まいった。知らない人と、それも大人の女性と相席するの？

そんな嘆きは、一瞬で吹っ飛んだ。ナオトは店の真ん中で棒立ちになった。

——これは、なんだ？〈ウルヴズ〉の試練か、それともトージョーの策謀か？

ちがうと、すぐに気付いた。

かれは、彼女から勇気をもらった。だれかを助けられるだけの。

彼女は、かれから学んだ。正しい人という、本来、彼女があるべき姿を。

だから、二人は同じことをしにきた。混乱したグリッチャーを助けようとしにきた。

そして、その目的と、かつて一緒に遊んだ記録から、リード機能が最適な店へと導いたのだ。理解したときには、ナオトは足早にそちらへ向かっていた。

その足音に女性――いや、長身の少女が気付き、臨戦態勢に入る。グリッチャー・モードへ移行しつつ、金のポニーテールを翻(ひるがえ)して素早く立ちあがった。

ナオトはポーチ窓から大型リボルバーを抜いた彼女の手を掴(つか)むと、思いきり引き寄せ、抱き締めた。恥ずかし気もなく、彼女の肩に顔を埋(うず)めた。

「ナオト?」

震えた、綺麗(きれい)な声が降ってくる。彼女はリボルバーを床に落とすと、幻ではないかと恐れるような手つきで、両腕をナオトの背に回した。

「あなたが、なぜ、ここに」

――もういい。だれかが契約違反だのと文句を言ったり、彼女を狙ったりしてきたら、おれが蹴っ飛ばしてやる。おれは、なんでもできるグリッチャーだ。

彼女は、とても寂しがっていた。背に回された手の震えでわかる。ナオトも寂しかった。

だから、もう手放さない。絶対に、悲しませない。

「運命だよ、マーリア……」

トージョーは現実のアメリカ、昼のロサンゼルスにいた。

一人ではない。ＢＭＷの後部席に座り、運転は任せている。ふだんは他人にハンドルを握らせないが、一ヵ月前に仮想切断された左腕をギプスで固め、アームスリングで胸前に吊っている。リンクデバイスも、右手に巻いていた。

それに、隣に座っている黒髪の子供を監視しなければならなかった。

その日系の子供は、旧式のＶＲヘッドセット・ゴーグルで幸せな夢の中にいた。

車がビル群を抜けていく間、トージョーは後部席の端末で日本のニュースを閲覧していた。高校生が一ヵ月前に行方不明となってから、いまだ発見されていないというニュースだ。

――なんとか、まにあったか。

「通信です」

運転手が立体ウィンドウをよこしてくる。トージョーは横の子供を見てからアクセスすると、秘匿通信ウィンドウに映されたのは、フォルナーラだった。

初めて会ったとき、まん丸の目で自分を見上げていた赤ん坊は、いま、リヴィオのデスクに両肘をつき、美貌と威厳がこもった笑みを浮かべていた。

「フォルナーラ。いまは、〈テイルズ〉の残党狩りの最中のはずだが」

『もうガキじゃないんだ。優先順位というものくらい理解している。おまえの踊りにだって、見事に調子を合わせただろう？』

「踊りとは？」

『とぼけるなよ。今回の騒動は、だれが見ても、わたしとおまえの政権争いだ。おまえの狙いはそこだった。だがな、わたしはより深く物事を見通している。おまえがしたこと、しようとしていること、すべてお見通しだ』

フォルナーラは笑みをしまうと、真剣な表情となった。

『親父(おやじ)を殺したのは、おまえだな？』

「……情報が古いな。わたしは一年前から知っていた」

『最初からわかっていたさ。犯人はソロだった。偉大な男を一人で殺(や)れるヤツが、この世にどれだけいる？　――だが、勘違いするなよ。おまえは親父に勝ったわけじゃない』

「どういう意味だ？」

フォルナーラが画面端に手を伸ばし、ひとつの写真立てを手元に引き寄せる。

こちらからは死角だったが、それがなんの写真ではあるかはよく知っていた。

『親父は、クロエ社との契約を後悔していた。しかし〈安全器〉とやらを仕込まれた〈狼(おおかみ)の血〉を投与したファミリーを人質にされ、ヤツらの駒とされた』

「ちがう、リヴィオはクロエ社と同調していた。認めたくない気持ちはわかるが――」

『〝頭の巡りが悪いな〟、叔父貴(おじき)？』

リヴィオの声真似(こえまね)をされ、トージョーは口を噤(つぐ)む。

フォルナーラは、勝ち誇るように左手首のリンクデバイスを掲げてみせた。

『わたしが〈狼の血〉を投与してない理由は？　親父の遺言だ。だからクロエ社はわたしを脅せず、おまえと親密になるしかなかった。射界に、関係者どもが出向くしかなかった』

「だが……あの夜、リヴィオはわたしを〈安全器〉で脅した。殺そうとしたんだぞ」

『そんなことだろうと思った。しかしクロエ社が、親父に〈安全器〉の権限を与えるはずないだろう？　狼の頭領を、ヤツらがそこまで信用するはずない』

　トージョーは唖然とした。

　言葉がでない。口を開くが、舌が乾くばかりだ。

『親父は、権力に憑かれた演技をしてたんだよ。その裏でクロエ社への反撃を考えてたが、まにあわなかった。ライフシェル社をおまえに襲わせたとき、親父もクロエ社に騙されていたんだ。そこが親父の限界だった。善良な研究者たちを、テロ被害者たちを、おまえに殺させてしまったことが』

「……だから、わたしの弾丸を待った。そのトリガーが、マリアンジェラ殺害命令か」

『そうだ。親父は、おまえがマーリアを殺せないとわかってた。そして自分を殺したあと、おまえが〈ウルヴズ〉の存続を目的とすることもわかっていた。今日、こんな風にな』

　トージョーは天井を仰ぐ。まさか、死んだあとも振り回されていたとは。

　――道具冥利に尽きるじゃないか。なあ、兄弟？

　視線を戻すと、フォルナーラは微笑んでいた。すこしだけ、寂しげに。

『親父とプラチド。ファミリーの闇を知る者は消えた。リヴィオ・ピアッツェラは偉大な男、そして電賊のルールであり続ける。残るはクロエ社だけ。……行くのだろう？』

トージョーは隣のＶＲゴーグルをつけた子供を確認してから、うなずく。

「ああ。そのためのＲ・Ｏ・Ｏ・Ｔであり、あの内紛だ。準備は整っている」

『たった一人、傷を抱えてか』

フォルナーラは意味深な笑みを浮かべ……ようとしたが、すぐに眉間に力を込め、浮かびあがろうとする姪っ子の表情と戦っていた。

『生きて戻れ、とは言えんのだろうな』

トージョーは鼻先で笑う。やっと、反撃の機会が訪れたらしい。

「いいかげん、我々の稼業がどういうものかわかってもいいころだろう。フォーラ？」

すると、フォルナーラは持ち前の負けん気を出し、ボスらしい態度に戻る。

少なくとも、上辺だけは。その成長が、トージョーは嬉しかった。

『ミスは許さん。対象は、あと三時間で日本行きの便に乗る。それでクロエ社にバレるだろう。チャンスは一度きり。かならず成功させろ。〈安全器〉の権限を破壊するんだ』

「承知しました、ボス」

二人はしばらく見つめ合ってから、通信を切った。

やがて車が目的地に着き、降りた運転手が後部ドアを開きに回った。

「着きましたよ、チーフ」

もじゃもじゃ頭と髭の中で笑う男――〈テイルズ〉副官マイク。

「気分はどうだ、マイク」

「気分？　脳みそをぐちゃぐちゃにされて、そいつが、親身になって治療してくれていた先生たちの仕業だと知った気分ですかね？　おまけに信じていた指揮官に、計略のために使い潰された。ようするに、クソみたいな気分です」

マイクは笑うが、両目は澱み、酷い隈が浮かんでいる。いまにも自殺しそうな形相だ。

「……クロエ社のセラピーはもう諦めろ。あれは洗脳だ。それと、自分も責めるな。アレオッティ研究チーム殺害や、いままでの汚れ仕事は、すべてクロエ社とわたしの責任だ。すべてを忘れて生きろ。おまえたちなら、〈ウルヴズ〉を躱すのも楽だろう」

「べつにおれは後悔しちゃいない。くされクロエ社に操られていても、あちこちで悪党をするのは楽しかった。チーフがどう思おうがね。だから――」

マイクがリンクデバイスを弄る。

すると、トージョーのデバイスでもチーム間通信〈ウルラート〉が起動した。

『チーム・ガンドック1。所定位置についた』

『ガンドック2、いつでもいける』

『ラーチャー4、5、6、7。治療室で待機。セキュリティ・ルームまで五〇メートル』

「……〈テイルズ〉？　なぜ、ここに？」

〈安全器〉で脳をやられ、セラピーという洗脳でクロエ社の傀儡とされ、悪に染められ、世界を傷つけ、ついにはトージョーにすら裏切られた男たち。

「命令ですよ、チーフ。ボス——フォルナーラと、先代からの」

マイクが代表し、肩をすくめながら言う。

「むかし、先代が言った。世界が壊れた気分になったときは、チーフに続け。すこしはマシな死に場所をくれるってね。そしてこないだ、その娘が作戦をくれたわけです」

「自殺行為だ。クロエ社が〈安全器〉の出力を上げれば、おまえたちは即死するぞ」

「おれは死んでる。覚えのない戦争犯罪を問われ、事務屋どもに軍服を奪われたときに。ほかの連中も似たようなモンだ。——でも、チーフと先代がまた命をくれた。だから行く」

そこでマイクが顔をしかめ、訂正した。

「いや、おっさん共のためってのは張り合いに欠ける。だから……そう、お嬢のために」

通信〈ウルラート〉で苦笑が続き、『お嬢のために』と唱和されていく。

そのとき、停車に気付いたらしい。車内の子供がVRゴーグルを外して「ミスター？」と呼んだ。マイクはその子供に微笑んでから、後部ドアを閉めた。

「お嬢にも〈安全器〉はあるが、アンタは恥を知る男だ。口が裂けても自分が親を殺った子供のためなんて言えないでしょ？　だから代わりに言った。ほら、おれたちが必要だ」

トージョーはうんざりし、首を振った。

──まったく、VRSNSは恐ろしい。

堕ちた先、その闇の奥底でも、これほど強固な繋がりを作るとは。

「……各員。わたしの合図を待て。マイクはパッケージを離脱させたのち、戻ってこい」

暴力の匂いに、マイクは濁った両目をギラギラさせて運転席へ戻る。後部席では少女がなにか言おうとしていたが、マイクは彼女を〝見せつける〟と、車を反転発進させた。

目前には、ガラス壁と栄光に煌めくクロエ・アンド・カンパニー本社。

そこへ向かいながら、トージョーは車内に残した少女とよく似る少年を思い出していた。

R・O・O・Tは、いつか世界に変革をもたらす。すべてを一新する。

そのとき、かれの根は腐るか、大樹の支えとなるか。

……賭けるなら、後者だ。自分が地獄へ落とした少女を、かれは救った。これはとても大きな力だ。もっとも、少年も、マーリアの影響を大いに受けてしまったが。

そして、ふと考えた。リヴィオが苦悩を自分に吐露していたら、あの二人のように支え合っていたら、別の結果になっていたのではと。『気味が悪いぜ、兄弟』。そんな声が聞こえた気がした。同意見だった。

──おれは、偉大な男の名刀。

──そして束の間、厄介な娘を持つ父だった男だ。

クロエ本社前までくると、二人の警備員を連れた役員の男が出迎えにきた。

「〈ウルヴズ〉で内紛が起き、日本のニュースで学生の行方不明事件が流れた。つまり、きみは目的のものを手に入れたと思っていいのかね？」

「商談は、わたしの〈安全器〉を抜いてからだ。下手な真似はよせ。ＶＲＳＮＳの裏市場を掌握するカードが消し飛ぶぞ」

役員の男が怪物と遭遇したような顔をして、上の人間と無音通信を始める。

「……わかった、ともかく入りたまえ。人の目がある。我々は善良な企業であり、きみのような人間とは縁遠い存在でありつづけたいんだ。わかるだろう？」

トージョーはうなずくと、クロエ本社へと入っていく。

――リヴィオも、おれも、存分に楽しんだ。クロエ社も同じならいいのだが。

これから、罪人たちが等しく責任を取る時間なのだから。


ＶＲＳＮＳを介して、とあるニュースが世界を駆け巡った。

大企業クロエ・アンド・カンパニー本社で襲撃事件が発生。会長を含む、役員三名、研究者八名が死亡。サーバールームなどが爆発したため、正確な死傷者数はいまだ不明。

犯人たちは警備員と銃撃戦になり、全員、その場で死亡が確認された。

あとがき

こんにちは、扇友太です。お久しぶりの方もいるかもしれません。生きていました。

本書を手に取っていただき、ありがとうございます。内容は……私が語らなくてもいいでしょう。なぜなら、イラストを描いてくださったｔａｔｓｕｋｉさんのメッチャ恰好いい絵がすべてを表していますから！

なので、別のことを。

皆さん、『豪華客船』『人喰いミミズ』『シージャック』という言葉で、なにかピンときますか？　ピンとこなかった方は、この本を読んだあと——逸るお気持ちはわかりますが、この本を読んでからのほうが嬉しいです——調べて、観ましょう。ピンときた方もまた観ましょう。

さてさて。なぜ、唐突に九〇年代の傑作映画の話をしたかというと……好きだからです。友達と飲みにいった時にワンシーンのモノマネを回したくらいには。

そのときに気付きました。これが、私が目標とするエンタメなんだなと。

ジャンルや媒体、方向性は色々ですが、時を経て、友達と「あったなぁ、アレ！」とワイワイ盛り上がれる作品は、エンタメの完成形のひとつだと思うのです。

私も、いつかそういうモノを作りたい。実生活で「お次は何だ？」と言ってみたい！

……はい。その極致へいける確率がとても低いし、実生活で怪物に襲われたくもないですが。ともかく！　そういう意気込みで、本書と向き合いました。

楽しいエンタメを作れるように、あの水生怪物に少しでも近づけるように！


最後に謝辞を。

私のバラエティ豊かな厄介事をフォローしまくってナチュラルに「お次は何だ？」と呟いていそうな担当さん、私のお願いに最高の絵で応じてくれたｔａｔｓｕｋｉさん、えらい数の誤字脱字と向き合ってくれた校正さんたち。ほかにも私の文章を本にする上で、力を貸してくれた方たち。二ヵ月毎に面白い話を聞かせてくれる先生。

お手紙をくれたり、応援してくれた方たち。お手紙、大切にしています。

そして。いつも当然のごとく幹事を押し付けようとしてくる君たちに、真夜中どころか朝や昼まで遊んでくれる君たちと、時差を考慮しない君たち。疎遠になっている君たち。

歴代のモコモコを含めた家族。捨て犬、おまえを拾ったことは僕にとって幸福だった。

もちろん。いま、この謎のあとがきを読んでくれている皆さん。

皆さんが思っている一万倍ほど、私は皆さんに救われています。

それにお返しするためにも、がんばります。それでは。

MF文庫J

ブラックガンズ・マフィアガール

2023年 8月 25日 初版発行

著者 扇友太

発行者 山下直久

発行 株式会社 KADOKAWA
〒102-8177 東京都千代田区富士見 2-13-3
0570-002-301（ナビダイヤル）

印刷 株式会社広済堂ネクスト

製本 株式会社広済堂ネクスト

Printed in Japan　ISBN 978-4-04-682768-5 C0193

【 ファンレター、作品のご感想をお待ちしています 】
〒102-0071 東京都千代田区富士見2-13-12
株式会社KADOKAWA　MF文庫J編集部気付「扇友太先生」係　「tatsuki先生」係